U0506837

Adam Mickiewicz

Pan Tadeusz

塔杜施先生

又名立陶宛的最后一次袭击

〔波兰〕亚当·密茨凯维奇

易丽君 林洪亮 译 袁汉镕 校

四川文艺出版社

图书在版编目（CIP）数据

塔杜施先生／（波）密茨凯维奇著；易丽君，林洪亮译，
袁汉镕校. ——成都：四川文艺出版社，2016.8
ISBN 978-7-5411-4400-4

Ⅰ.①塔… Ⅱ.①密… ②易… ③林… Ⅲ.①叙事诗
－波兰－近代 Ⅳ.①I513.24

中国版本图书馆CIP数据核字（2016）第234941号

TA DU SHI XIAN SHENG

塔杜施先生

（波兰）亚当·密茨凯维奇 著　易丽君 林洪亮 译　袁汉镕 校

策　　划　副本制作文学机构
出版统筹　冯俊华
责任编辑　周　轶
责任校对　邓　敏
责任印制　唐　茵
封面设计　Tsui－Shichi　黄　几
封面原画　欧飞鸿

出版发行　四川文艺出版社（成都市槐树街2号）
网　　址　www.scwys.com
电　　话　028-86259285（发行部）　028-86259303（编辑部）
传　　真　028-86259306

邮购地址　成都市槐树街2号四川文艺出版社邮购部　610031
排　　版　四川胜翔数码印务设计有限公司
印　　刷　成都东江印务有限公司
成品尺寸　140mm×203mm　1/32
印　　张　15.75　　　　　　　字　数　315千
版　　次　2016年8月第一版　　印　次　2016年8月第一次印刷
书　　号　ISBN 978-7-5411-4400-4
定　　价　68.00元

前　言

　　波兰浪漫主义诗人亚当·密茨凯维奇给后世留下了许多不朽的诗篇，《塔杜施先生》是他的最后一部长诗，代表了诗人创作的最高成就。长诗围绕霍雷什科和索普利查两个家族两代人的悲欢离合，展现出一个时代的辉煌画卷，描绘出各个阶级、各个阶层众多人物在变幻莫测的政治风云中错综复杂的经历和心态，交织着强烈而执着的恩怨情仇，字里行间处处激荡着诗人对故国家园崇高的爱和浓郁的思恋之苦。它以其"清澈弘厉，万感悉至"①的艺术魅力在自问世以来的一个半世纪中不仅"影响于波兰人之心者，力犹无限"②，而且受到世界各国读者的喜爱。

　　密茨凯维奇于1798年12月24日出生于立陶宛诺伏格罗德克城郊的查阿西村。1815年他到维尔诺大学学习，毕业后在科甫诺地方教书。立陶宛在1318年就通过王室联姻的途径实现了同西南罗斯，即以后的白俄罗斯和乌克兰的合并，继而在反对条顿骑士团的共同斗争中又同波兰结成了联盟。根据1385年立陶宛和波兰王国在克列瓦签订的条约，立陶宛大公雅盖沃于1386年2月来到克拉科夫，接受了天主教

————————————

①② 见鲁迅《摩罗诗力说》。

1

的洗礼，同波兰女王雅德薇嘉结为伉俪，开创了波兰历史上绵延一百八十多年的著名的雅盖沃王朝。1569年立陶宛与波兰合并成一个国家——波兰共和国。这个实行贵族共和的国家拥有从波罗的海到黑海的广袤疆域，曾是仅次于俄国的欧洲大国，1795年终因被俄国、奥地利、普鲁士三国瓜分而灭亡。这样，在密茨凯维奇的心目中，立陶宛和他的祖国波兰融成了不可分割的整体，也就非常自然了。立陶宛是诗人梦绕魂牵的"儿时之国"，也是他毕生创作灵感的源泉。是立陶宛的青山秀水培育了他超凡的艺术想象力；正是在立陶宛他发表了著名长诗《青春颂》（1820）和第一部诗集《歌谣和传奇》（1822），从而开创了波兰文学史上光辉的浪漫主义时代。他的诗体小说《格拉席娜》（1823）反映的是立陶宛的古老传说，诗剧《先人祭》第二、四两部（1823）则是他青年时代经历的镂心刻骨的初恋的印证。也正是在立陶宛的维尔诺大学他学会了"为祖国、学问和正义"而斗争，在青年学生中组织了秘密爱国团体，因而受到沙俄当局的迫害：1824年10月他被判处流刑。流放俄国期间，他发表了《十四行诗集》（1826）、叙事长诗《康拉德·华伦洛德》（1828）和两卷本《诗集》（1829）。1829年5月诗人秘密离开彼得堡，流亡西欧。1830年11月起义期间，他准备回华沙参加战斗，但当他辗转抵达普占区的波兹南时，起义已经失败。他又一次踏上了流亡之路，并于1832年7月底到达巴黎。当年12月，他在巴黎出版了气贯长虹的《先人祭》第三部以及《波兰民族和波兰巡礼者之书》，也就是在这时，他动笔写《塔杜施先生》，到1834年7月初，这部后来传遍天下的杰作便已赫然出现在巴黎的书店了。

《塔杜施先生》的故事情节是在三个时间层面上展开的。一是过去发生的事，二是当时发生的事，三是将来发生的事。作者用倒叙法，通过诗中人物讲的故事和诉说，把过去的时间追溯到很远，反映了波兰和立陶宛两个民族建立的波兰共和国由盛世走向衰亡，像那宏伟壮丽的古城堡变得百孔千疮一样。诗中涉及许多重大的历史事件，说明了波兰人民为争取独立和解放而进行的艰苦卓绝的斗争，构成了《塔杜施先生》壮阔的历史背景。当时发生的事是长诗的主要内容，持续的时间却很短。前十章描写两个家族由彼此仇恨到共同对敌。罗巴克在贵族中进行革命宣传和组织工作，塔杜施投身抗击俄军的斗争等，一连串的事件都发生在1811年夏季的短短几天中。后两章描写1812年春天波兰军队随拿破仑大军进入立陶宛，到塔杜施宣布解放农奴，前后不到二十四小时，却把全诗推向了高潮。拿破仑进军俄国虽非正义之师，却点燃了波兰人光复祖国的希望。波兰军队去攻打占领者沙俄，是他们一系列求解放斗争的继续，受压迫的波兰民族长期孕育的全部爱和恨，全部伟大和诗意，也在这个春天统统爆发出来。将来发生的事，是对国家未来的展望：建立一个解放了农奴、各民族一律平等的独立、自由的波兰。

　　密茨凯维奇选择这个时期发生的事件作为抒发自己爱国情感的契机，作为一种精神的依托和慰藉并非偶然。他在童年时曾目睹进军俄国的队伍路过诺伏格罗德克时受到民众热烈欢迎的盛况，那情景给他留下了不可磨灭的记忆：

　　　　我一出娘胎就受着奴役的熬煎，
　　　　在襁褓之中就被人钉上了锁链！

一生之中只有一个这样的春天。

为了再现这个珍贵瞬间的复兴祖国之梦，诗人像一只"神奇的仙鹤"用自己的"一片片羽毛"编织出一个神奇的、独特的、充满了幻想的童话般的世界：人们穿着色彩斑斓、光灿耀眼的波兰古代民族服装，系着华丽的佩带，饮宴、游乐、狩猎、集会、争辩、斗殴、袭击、打仗，无不充满了浪漫色彩。这是用一双孩子的眼睛看到的世界，也是用充满童心的幽默语言描绘的世界，因此才有这童话般的诗的意境。诗人不仅在描写贵族日常生活时带有许多幽默和戏谑的成分，就是跟俄国兵殊死搏斗的场面，表现的也不是尸山血海的战争恐怖，而是写得既热闹又好玩，就像童话王国里精灵们的打斗。

童话色彩只是这部作品表现出的一个方面。整部长诗还激荡着一股澎湃的抒情潜流，它从第一章至最后一章始终以一种几乎无所不在的方式主宰着全诗。作品的至为感人之处也恰恰在于这种丰富、浓郁的抒情韵味。

《塔杜施先生》是融各种不同的、甚至似乎是相互矛盾的文学形式于一体、并使其珠联璧合的交响乐式的作品。诗人以鲜明突出的场景、真切入微的细节、栩栩如生的人物形象和浓重瑰丽的色彩，在广阔的历史背景下，描绘出一幅挥洒自如、又极富时代特征的五彩缤纷的民族生活全景画，使这部传世之作成为"世界文学中的最后一部史诗"①，也是

_____

①　见切斯瓦夫·米沃什《波兰文学史》。

"十九世纪所产生的唯一成功的史诗"①。

诗中展示的是一个新旧更迭的时代，生活在立陶宛的波兰贵族即将退出历史舞台。诗人用"立陶宛的最后一次袭击"、"最后一次古波兰宴会"等一系列"最后的"形容词，来说明他们是波兰最后一代贵族。他们保持了波兰贵族的一切品性。一方面，他们无政府主义思想突出，各行其是，恣意妄为，又勇猛好斗，动辄以武力解决争端；另一方面，他们又都是爱国者，"热爱祖国胜过自己的生命"。他们是那样执着地恪守着波兰文化传统，从波兰特有的菜肴到服饰，无不独具一格。他们生活中体现出来的波兰贵族习俗独特而又繁琐，他们手执的每一件兵器都有特殊的来历，都说明了它们的主人同外国侵略者斗争的光荣史。

从人物塑造上，《塔杜施先生》也可说是陈列诸多人物肖像的画廊。诗人不仅用浓墨重彩对主要人物进行精心的刻画，即使是一些着墨不多的次要人物也描绘得活灵活现。长诗中出现的有名有姓的人物五十多个，无不真实生动，形神兼备。诗人喜欢用对比手法，不仅在人物之间进行对比，就是在一个人物身上也常作前后的对比，从而突出了人物性格和思想的变化。

塔杜施在入伍之前表现一般。虽然一表人才，年轻、健壮、善骑射，但学习不用功，成绩平平，一回家便陷入了情场角逐。他同泰莉梅娜的恋情不免有些荒唐。他在狩猎时由于胆怯险些丢了性命。诗人对这个青年的幼稚不乏嘲笑和揶揄。与此同时，作者也揭示了他身上的优秀品质。他有强烈

---

① 见格奥尔格·勃朗兑斯《十九世纪波兰浪漫主义文学》。

的爱国心，在驳斥别人的崇洋媚外思想时振振有词；为了家族的荣誉他不惜跟伯爵决斗；面对俄国军官他表现得很勇敢，在战斗中弹无虚发。但这一切都没有超出一个贵族青年的水准。是在波兰军队里经受了锻炼，才使他思想上产生了飞跃，他不仅能说出一番振聋发聩的话来，而且能有解放农奴、把田地分给农民这样的壮举，使人感到，振兴波兰的希望就在他这样具有民主主义思想的新一代身上。

塔杜施这个形象起到贯穿全书故事情节的作用，但他不能左右事态的进程，因此还不是诗中真正的主人公。诗人心目中真正的英雄是塔杜施的父亲雅采克。诗人不仅花了最多的笔墨来塑造这个人物，而且在他身上投入了全部的爱、同情和钦佩，在刻画这个人物时不带丝毫的嘲弄，也不运用常用的旁敲侧击的诙谐手法。然而，这个人物的前半生和后半生简直是判若两人。读者首先看到的是带有神秘色彩的罗巴克，围绕这个人物作者设置了许多悬念。他是个募化修士，可一举一动却像个军人，他既是个慈祥的长者，又是个智勇双全的秘密活动家。是他把有关拿破仑和波兰军队的信息带到了偏远的贵族庄园，他在动员和组织贵族准备起义时显示了何等的聪明睿智，在排解纠纷时他是何等的豁达大度，在危难时刻又是何等的沉着和奋不顾身。而从盖尔瓦齐嘴里讲出来的雅采克，却是个狂妄之徒，是杀害御膳官的凶手，是两个家族结仇的祸源，甚至是民族的叛逆。尽管诗人在第八章交代过罗巴克就是雅采克，但在读者的想象里，两个形象一时还难以重合。直到第十章，听到雅采克的临终诉说，才拨开了笼罩在作品中的迷雾，雅采克的形象也越来越高大，最终和罗巴克完全合二为一。从他的诉说中我们知道，雅采克是位刚正不阿的硬汉子，与艾娃真诚相爱，是御膳官的门第观念摧毁了他们的幸福，在忍无可忍的情况下，他才朝那骄横的大贵族开了枪。正是这一枪成了雅采克生命中的转折点，使他从沉沦中走出来，带着负疚的心情隐姓埋名，加入了波兰志愿军团，在为解放祖国而进行的英勇斗争中，屡经磨难，以至容颜大改。雅采克变成罗巴克，完成了由追求个性解放的浪漫主义者转变成为民族解放而斗争的无畏战士的历程，其中也影射出诗人个人的经历。雅采克的临终诉说，是忏悔，是申辩，也是控诉。诗人写得那样凄楚悲愤，那样真挚深沉，真是字字血，声声泪。诗人在年轻时代也是由于封建门第观念而失去了热恋的情人，对雅采克的痛苦感同身受，才写得出如此回肠荡气的篇章。

　　长期漂泊于异域的诗人，怀着赤子之心把故乡的景物描绘得灿烂辉煌。在景物描写中采用拟人化的手法是长诗风景描写的一大特色，诗人赋予自然景物以人的特征，如同荷马史诗中的众神都具有人的特征一样。在描绘原始森林的时候，展示出来的不仅是它的广阔无垠，而且充满了原始的神秘性。这大森林，静如处子，动若脱兔，时而百鸟啁啾，浅吟低唱，时而像大海，奔腾咆哮。在这大森林里隐藏着一个"鸟兽和植物王国的京都"，有森林之王，还有其"臣僚"、"诸侯"，一如人类的社会结构。具有画家灵感的密茨凯维奇不仅善于运用声音、形态、色彩，也善于运用光线，阳光和月色的辉映使各种景物变得更加绚丽迷人。诗中的画面都充满了动感，不仅是地上的动物龙腾虎跃，连天上的云彩也是变幻无穷。诗人就是以这种"兴来洒素壁，挥笔如流星"的气派给读者展示出立陶宛大自然神奇的美。森林中狩猎的场面更是写得令人惊心动魄，那林边的号角声清扬激越，气势磅礴，表达了诗人对祖国炽烈的爱、希望和渴念；是诗人奏起的这波兰民族的最强音世世代代在人间回荡。

这里奉献给读者的《塔杜施先生》译本，是我国直接从波兰文原著译出的第一个中译本。译文曾经袁汉镕先生校阅，在此特向他表示衷心的感谢。

易丽君

1997 年 7 月 北京

目 录

第 一 章　田庄 ……………………………………… 1

第 二 章　城堡 ……………………………………… 47

第 三 章　调情 ……………………………………… 87

第 四 章　鼓动和围猎 …………………………… 125

第 五 章　争斗 …………………………………… 175

第 六 章　贵族庄园 ……………………………… 217

第 七 章　协商 …………………………………… 249

第 八 章　袭击 …………………………………… 277

第 九 章　战争 …………………………………… 317

第 十 章　逃亡·雅采克 ………………………… 353

第十一章　一八一二年 …………………………… 399

第十二章　让我们相亲相爱！ …………………… 435

跋　诗 …………………………………………… 479

第　一　章

田庄

少爷归来——第一次相会在小房间，第二次在餐桌旁——法官关于礼仪的严肃教诲——监督对时尚的政治观点——短尾和猎鹰之争的开始——沃依斯基的哀叹——最后的执达吏——当时立陶宛和欧洲的政治形势一瞥

立陶宛！我的祖国！你像健康一样；
只有失去你的人才珍视你，把你向往，
今天我看见和描绘你辉煌的美丽
因为我思念你，怀着赤子的心肠。

圣母啊，你守护着光明山圣地①，
你把维尔诺的尖门照亮！
你庇护着诺伏格罗德城堡和忠实的人民！
你用奇迹使孩提时的我恢复了健康
（那时悲哭的母亲把我奉献给你，
我睁开无神的眼睛，战胜了死亡
立刻就能赤着脚走进你神圣的殿堂，
为获得第二次生命感谢上苍），
求你再显一次奇迹把我们送回父母之邦。
此刻请你把我渴慕故园的灵魂
带到那些小丘、森林，如茵的牧场，
那儿蔚蓝色的河水静静地流淌，

---

① 指波兰琴斯托霍瓦光明山大教堂，17 世纪波兰军队曾在这里大败瑞典
侵略军。

辽阔的大地伸展到涅曼河滨；
带到那广袤的田野，那儿美如仙境，
小麦一片金黄，稞麦银波粼粼；
白芥似琥珀，荞麦像雪一样亮晶晶，
那闪耀着处女羞红的是紫云英，
环绕着的田塍绿油油，像丝带一样，
丝带之上还有静静的梨树成行。

曾几何时，在这无边的田野，在小溪边，
在一座小小的山丘上，在白桦林中，
有一座贵族宅院，是石基的木质房；
它那粉白的墙壁远远就闪闪发光，
在暗绿色白杨的掩映下显得更白，
苗壮的白杨树为它把秋风抵挡。
居室不算宽敞，却整洁、亮堂，
还有一座大粮仓，三堆禾秸摞在它近旁，
看来是屋顶下无处存放；
也说明了这一带丰裕、富饶，
地里纵横摆放着无数的麦束，
金灿灿像繁星缀满夜空，
一排排犁杖早已把休耕地翻过，
留下了一道道笔直、齐整的犁沟，
大片的黑土地无疑属庄园所有，
像花园里的苗床得到精心侍弄：
也展示了这个家庭的秩序和富足。
敞开的大门把过往行人迎候，

声明它盛情、好客，向所有来宾招手。

一位年轻公子把双马轿车驾御，
在院子里兜了一圈，又在门廊前停住，
他轻盈地跳下车，让马自由放牧，
马儿啃着青草慢悠悠朝大门走去。
宅子里没有人：廊前是闩紧的双门
门闩上又插了一颗销钉。
这青年并没去下房询问，
却开门走了进去，回归的喜悦填满他的心。
他很久没有看见过这座庄院，
因为他在遥远的城市里读书，
总算盼到了毕业的这一天。
他打量着古老的墙壁，用贪婪的眼神，
宛如打量多年故交一样动情。
还是原先的家具，还是原先的帷帷，
都是他儿时的旧物，为他所喜爱；
可如今似乎没有那么大，也没有那么美。
这儿是科希秋什科①，他穿着克拉科夫长衫
抬头望天，手握一把双刃利剑；
那时他站在祭坛的阶梯上立下誓言，
说要用这宝剑把三强②赶出波兰，

----

① 塔·科希秋什科（1746—1817），波兰民族英雄，1794 年领导反抗外族
　　入侵的民族起义。
② 指瓜分波兰的俄国、普鲁士、奥地利。

4

否则就让自己殒命于此剑。

接着是身穿波兰服装的雷坦①，

他坐着，为失去自由而悲叹，

他手持尖刀，刀尖直指自己的胸膛，

他的前面摆着《菲陀》②和《卡托传》③。

再过去是雅辛斯基④的画像，

他是一位俊美而忧郁的青年，

旁边是科尔萨克⑤，他形影不离的伙伴，

他俩站立在普拉格堡垒上，肩并着肩，

站在成堆的俄国佬尸体上边，

他们砍杀着敌人，周围已是烈火一片。

他也认出了古老的八音钟，就在门后边，

装在一只木制的盒子里，亦如当年，

他带着儿时的欢乐拉了一下钟绳，

想把东布罗夫斯基的军乐⑥再听一遍。

他把整个宅子跑遍，寻找那个房间，

儿时他曾住过，转眼已是十年。

---

① 塔·雷坦（1741—1780），波兰爱国者，1780 年自杀。曾任波兰议会众议员。
② 《菲陀》是柏拉图的一篇对话，讨论"不朽"。
③ 卡托（前 95—前 46），古罗马爱国者，罗马共和国灭亡后自杀。
④ 雅·雅辛斯基（1759—1794），波兰将军、诗人，参加 1794 年起义，在华沙普拉格区阵亡。
⑤ 塔·科尔萨克（1741—1794），参加 1794 年起义，与雅辛斯基一起阵亡。
⑥ 指扬·亨·东布罗夫斯基（1755—1818）将军在意大利为拿破仑作战时的军歌《波兰不会灭亡》，后来成了波兰的国歌。

他踏进又退出，向墙壁投去惊诧的目光：
难道这可能是女人的住房？
是谁住在这里？老叔父还未喜结良缘，
他的姑母也在彼得堡住了多年。
难道是女管家？为何钢琴摆在里面？
琴上是乐谱和书；都是顺手放置，
零乱不堪；多么甜蜜的杂乱！
如此抛扔定非老年人的手所干！
一件白长衫，刚从挂衣钩上取下
不曾穿，便随意往椅子背上一搭。
窗台上摆着一盆盆香气袭人的名花，
有天竺葵、翠菊、堇花、紫罗兰。
这游子走近一个窗口，又是一阵惊愕：
果林中，在从前长满荨麻的那边，
有一座小花园，羊肠小道纵横交错，
园子里到处是英国草和香薄荷。
周围是矮小的组成数字的木栅栏，
上面缠绕着飘带似的雏菊，色彩鲜艳。
看得出花坛刚被浇灌：
旁边还放着些储水的白铁壶，
可那小园丁却哪儿也瞧不见；
她走不远，刚被推过的小门仍在摇颤，
门旁的沙地上还有脚印，
是一双没穿鞋袜的小脚的印迹，
嵌在像雪一样又白又细的干沙里。
脚印清晰，但很轻，你会设想

那是一双飞奔的玲珑小脚留下来的，
那人跑得如此轻快，双脚几乎触不着地。

这游子久立窗前，凝视，遐想，
吸吮着窗外飘来的阵阵花香，
他俯下身子，脸几乎贴到了堇花，
向那些羊肠小道好奇地张望，
后又收回视线，停留在那细小的脚印上，
他思忖着，这脚印好费猜详。
他偶尔抬起眼睛，又向外一望，
木栅旁边立着一位年轻的姑娘。
她的白衣裙只把那苗条的身子裹到胸口，
露出了双肩和白天鹅似的颈项。
立陶宛姑娘只有在清晨才是这般打扮，
穿这样的服装从来不能跟男子见面；
虽说四周无人，她还是交叉双臂挡在胸前，
使她的衣裙上又添了一重遮掩。
她的头发并未披散，而是绕成小结
紧紧地包藏在小小的白色卷发纸里面，
发鬈奇妙地装饰了她的脑袋，
在阳光下恰如圣像上的冠冕。
她的脸看不见。因为她面向田野
用眼睛搜寻着下方远处的一个人。
她看见了，笑了起来，又把双手一拍，
像一只雪白的小鸟从栅栏飞到草原。
她沿着花园飞奔，跨过栅栏，跨过花丛，

这青年还来不及注意，
她就顺着靠在房间墙上的木板
从窗子里飞了进来，
月光一样的明亮、迅速、宁静、轻盈。
她哼着歌儿，手提长裙，奔到镜子跟前；
蓦地见到这青年，衣裙从她手中滑落，
娇容失色，那是由于扪隆和惊恐。
这青年脸上却泛起玫瑰色的羞红，
宛如云朵碰上了灿烂的朝霞；
他闭上眼又用手遮住，态度温文尔雅，
本想赔礼道歉，却说不出一句话，
只是鞠了一躬，连连后退；
姑娘大叫一声，凄怆而又含混，
像一个睡梦中的孩子受到了惊吓；
这青年怔营地抬起头，已是人去房空，
他狼狈地离开，只觉得心头怦怦地跳动，
不知该如何理解这古怪的相逢，
是滑稽呢，害臊呢，还是其乐融融。

当时下屋里的人并未失去警觉，
有客人驱车而来，他们早已看到。
马已被牵进马厩，而且喂得很饱，
按体面人家的惯例，给了燕麦和干草，
因为法官从不喜欢采用流行的时髦
把客人的马匹送到车店去照料。
没有仆人来迎接，请别感到奇突，

也莫去责怪法官之家礼仪不周；
仆人们正等候着大管家①穿戴打扮，
可他此刻还在屋里安排今日的晚餐。
通常主人不在家，总是由他做代表
来欢迎和接待那些不期而至的客人
（他是主人的远亲，也是这家的朋友）。
看见来了新客，他便悄悄溜进下房
（因为迎接生客他不能穿着平日的衣裳）；
于是他赶快换上了节日的盛装，
其实他已准备好了，因为他早就知道
要陪同共进晚餐的客人肯定不少。

沃依斯基远远就认出了来客，便张开双臂
叫喊着，又是亲吻，又是拥抱；
寒暄之后是急促杂乱的交谈，
想把多年积累的事用一口气说完，
谈话中掺和着询问，惊叹，
接着又是新的嘘寒问暖。
沃依斯基把想问的话都问了个够，
最后才把当天的事提了个头。

---

① 从前是个官职，在贵族参与民团活动期间由他照顾他们的妻子儿女。但
这一职务很久以来就无事可做，只剩下空名。在立陶宛有种习惯，对尊
重的人，出于礼节常以过去有过的头衔相称，习惯上也认为合法。例如
邻居称他的友人为"军需官"、"御膳官"或"行觞官"，起初只在谈话
和通信时用，后来在公文上也用。俄国政府曾禁止过这类头衔，企图以
讥笑把它取消，再根据俄国的等级划分，用另一套头衔来代替。立陶宛
人对俄国的等级制度非常反感。——原注

"很好，我的塔杜施，

（他如此称呼这青年，

他的名字是对科希秋什科的纪念，

因为他是出生在起义的那一年），

很好，我的塔杜施，赶巧你今天回到家里，

正好有许多漂亮姑娘和我们在一起。

你叔叔想不久就给你举行婚礼；

适逢仕女盈门，挑选尽随君意。

我们家里这几天来了许多人，

因为正准备领地法院开庭，

结束我们同伯爵之间的长期争端，

而伯爵本人明天也会光临我们庄院；

监督①已经到了，带着他的夫人和千金。

年轻人都在森林里打猎作乐，

老人和妇女都到林边去看收成。

他这会儿定会在那里等候年轻人，

我们也去吧，如果你高兴，

不久就会见到你叔叔、监督

和尊贵的夫人、小姐们。"

沃依斯基和塔杜施沿着大道走向森林，

他们一路款款谈心。

太阳已临近天上行程的终点，
光芒减弱，却照得比白昼更弥散，
通红的落日，像结束了一天劳作的农夫
回家休息时的那张健壮的脸。
森林上方环绕着耀眼的光圈，
朦胧的夜色已爬上了枝柯和树尖，
森林似乎受那光圈的束缚，融为一体；
黑魆魆俨如一座巍峨的大厦，
它上方的红太阳恰似屋顶上的火光；
太阳冉冉西沉，但余晖依然穿过树干，
犹如从窗板缝隙里射出的一缕缕烛光，
终于熄灭了。庄稼地里叮当响的镰刀，
奔驰在牧场拖干草的耙
骤然一起停息而归于寂静；
这是法官下的命令，
他的庄园的活计是随日落而停。
"天主知道，我们应该劳动多久；
当太阳，主的工人从天上消失，
也是农夫离开干活的田地的时候。"
这是法官的口头禅；而法官的意志
对于诚实的大管家又是神圣的法典，
即使已在装载稞麦的大车
没有装满就驶向了粮仓；
那些牛都为负载少有的轻松而喜洋洋。

一大群人正好走出了森林，
秩序井然，高高兴兴；前面是儿童
和保姆，随后是法官陪着监督夫人，
她身旁是监督，被家人团团围住；
姑娘们跟着老年人，青年男士溜边
相隔大约半步，小姐们走在男士前头
（这是礼节要求）；谁也不会争先，
谁也没有去排定男士和女士的次序，
可每个人都不约而同地遵守。
因为法官家里奉行这古时的习俗，
排行原则是年龄、出身、学问和职务，
而且从来不许逾越雷池一步；
他说，"家和国都因有秩序才光彩，
一旦秩序遭破坏家和国也必衰败。"
因此他的家人和仆役对秩序都习以为常；
就是初来的宾客，无论是亲戚还是外人，
只要到法官家里访问，顷刻之间
就会接受那被大家都遵守的规定。

法官和他的侄儿交换了简短的问讯，
他庄重地伸出手让侄儿亲吻，
又吻侄儿的前额，诚挚地表示欢迎；
他跟侄儿说话不多，是为了招呼客人，
然而他匆匆用衣袖揩去眼泪，
可见他对年轻的塔杜施的爱有多深。

随主人之后，牲畜从庄稼地和森林，

从草原和牧场一起回到庄院。

咩咩叫的羊群挤进一条小路，

扬起阵阵尘土；接着是走得慢悠悠的

一队挂着铜铃的提洛尔①种小牛；

嘶鸣的马群从草原奔来，争先恐后；

所有的牲畜都奔向水井，

那儿秸秆不停息地吱吱响，

清凉的水往水槽里哗哗地流。

法官虽然疲乏又为宾客所包围，

但他并未忽略对田庄的照料，

他亲自来到井边；在这黄昏时分

主人最看得出六畜生长的景况，

而且从不把它们交给仆役去照管，

因为能够使马匹肥壮的是主人的眼睛。

沃依斯基和执达吏②普罗塔齐都站在前厅，

手举着蜡烛交谈着，甚至发生争论；

因为沃依斯基外出执达吏便私自下令

将晚餐桌从家里搬出，

---

① 提洛尔，属阿尔卑斯山区，在奥地利和意大利交界的地方，以畜牧业著名。
② 执达吏是根据法庭的命令从有地产的小贵族中选出来的，他们送达传
票，宣布某人依据判决合法享有财产，调查，按照法庭便览传案子，等
等。通常这职务是派给小贵族的。——原注

13

匆忙地摆在旧城堡的中心，
这城堡的残址就在森林附近。
为什么挪动？沃依斯基满脸不高兴，
他向法官道歉；法官也大吃一惊，
但事情已经发生，要改变已太迟又难，
他只得请客人原谅并带他们去那空厅。
途中执达吏不停地向法官申明，
他为何要改变主人的决定：
因为庄院里没有一个够大的房间
能容纳这许多尊敬而高贵的客人，
城堡里有个大厅，保存得还算完整，
拱顶完好，虽说一面墙壁有了裂纹，
窗上没有玻璃，但夏天毫无妨碍；
而且方便了仆役，因它与酒窖相邻。
他边说边向法官挤眼睛；这神态
说明他还有更重要的秘而不宣的原因。

城堡离宅院有两千步远近，
建筑富丽堂皇，结构宏伟严谨，
是霍雷什科家世代相传的老屋；
最后的主人在国内骚乱中亡故。
产业全部被毁，由于政府没收，
由于法院判决，也由于无人照顾，
一部分已归属女方的远亲，
其余的均被债主们瓜分。
谁也不想占有这古堡，

维修的费用谁也负担不了；
那位近邻——伯爵，业已长大成人，
他很富有，又是霍雷什科家的远亲，
他从国外旅游归来一眼便看中了城堡，
说它是哥特式建筑；
虽说法官引经据典要使他相信
建筑师是维尔诺的工匠不是哥特人。
说只管说，伯爵想把城堡据为己有；
法官的心里也产生了同样的念头，
荒唐的官司从地方打到了高级法院，
参议院，又回到地方并由省府裁断；
花了不少钱，经了不少宣判，
案件又回到了地界仲裁法院。

执达吏说得不错，城堡的大厅
真能容纳法院的官员和请来的贵宾。
大厅有如修院的大食堂，圆形拱顶
用大柱支撑，地板用石块铺成，
墙壁没有任何装饰，但很整洁，
周围叉着的大小鹿角是唯一点缀，
获取猎物的地点、时间都书写在角上；
还刻上了猎人家族的纹章
和每位猎人姓名的全称；
霍雷什科家的半羊族徽闪耀在拱顶。

客人们顺次而入，大家围桌而立，

监督被推举走到了首席座位上；
就年龄和官职他理应享此尊荣，
他边走边向在场的人频频鞠躬；
他旁边的位子是那伯尔纳修士[1]，
这募化修士之后是法官的位置。
修士念了遍短短的拉丁文祷词；
于是给男宾上酒，大家开始进餐，
静静地有味地吃着立陶宛冷盘。

塔杜施虽然年轻，但他是新来乍到，
便坐在监督大人身边，位居上首；
他和叔父之间的位子暂时空缺，
看来似乎是专为等候某人而设。
叔父不时瞥一眼那空位又望望门，
似乎断定某人会来并期待他的光临。
塔杜施也随着叔父的目光注视大门，
又随着它在这空位子上停住了眼睛。
这位子是个谜，却偏让年轻人喜欢；
对监督的俏丽的千金他心不在焉，
只跟她说了几句话来稍事敷衍；
既不给她斟饮料，也不给她更换杯盘，
也不用彬彬有礼的话来取悦别的姑娘
以显示自己的首都的教养；
这空位却诱惑了他，使他迷惘，

---

① 　属于法国教士圣伯尔纳（1091—1153）教派的修士。

那不再是空位，因为它填满了他的想象。
成千的遐想沿着那个空座位奔跑，
宛如雨后小青蛙在空荡的草地欢跳；
其中一个是王后的模样，像一朵睡莲，
在美好的晴天从湖面探出妩媚的娇颜。

已经上了三道菜。这时尊贵的监督
给罗萨小姐的杯里斟了一滴酒，
又移一碟黄瓜给他的幼女，
说道："我得亲自为我的千金们服务，
虽然我已经是老朽，动作很不灵敏。"
于是有几位青年站起来，大献殷勤。
这时法官从旁向塔杜施瞥了一眼，
又把自己的衣袖整理了一番，
斟了一点匈牙利酒，开始了他的讲演：
"如今我们学新派送青年到首都读书，
我并不否认，我们的后辈子孙，
书本知识胜过老一代的人；
但我一天天看出，我们的青年有多苦，
因为没有学校教会他们同上流社会相处；
昔日贵族青年都到豪门大户去，
我本人就曾在总督①府邸十年长住，
他们就是这位监督大人的高堂

_____

① 总督是波兰省政府的第一长官，虽然没有多少实权，但头衔高贵。因为
在上议院占有席位，所以很受人尊重。

17

（说到此他把手触到监督的膝盖上）；
他的指导使我具有为公众服务的智能，
他不断地关照我，直到我长大成人。
我们家对他们真是感恩不尽，
我每天祈求上帝保佑他的灵魂。
由于在他府上我的课业比别人稀松，
因此我告老后便种田务农，
别人得到总督大人更多的垂青，
后来都飞黄腾达，官至极品。
但无论如何我还是获益匪浅，
在我的家中从未听到对人失礼的非难；
我也敢说，礼节不是无足轻重的学问。
因这它不限于鞠躬时举止斯文，
或者遇到别人时要笑脸相迎；
因为这只不过是商人的俗礼，
与古波兰的和贵族的礼节不可比拟。
礼节人人都应遵守，但不能同循一例；
因为孩子们对于父母真挚的爱，
丈夫在社交场合对于妻子的关怀，
或是主人对于仆役，也并非没有礼节，
而是种种礼节各有其特色。
须要长久地学习，才不会显得懵懂，
才能对每个人给予恰如其分的敬重。
老一辈都学会了；达官显贵的闲谈
对于听者就是一部国家的活历典，
而乡绅之间的交谈就是一郡的家乘。

因此贵族总把贵族看成是自己人，
总觉得大家都知道他，对他不失尊敬；
所以贵族把习俗都看得十分认真。
今天无人问：你是谁或者是何人所生？
你同谁住过，或者你干过什么事情？
人人都可进来，只要不是间谍或乞丐。
没人像维斯帕先①，拿起钱来嗅一嗅，
也不想知道，那钱来自哪些手和国度，
也不想了解别人的出身和习俗！
只要看到印志便足以估出其分量，
人们估量朋友正如犹太人估量钱一样。"

法官说到这里，顺序看了一下客人；
虽然他通常说话流畅，合理合情，
他知道，如今的年轻人缺乏耐心，
他们厌恶纵然是最有口才的长篇大论。
然而大家都侧耳倾听不插一言；
法官便用眼神去征询监督的意见，
监督也不用赞美去打断他的言论，
而是频频点头来显示自己的首肯。
法官不说了，而他却仍在欣赏地点头；
于是法官给他和自己的杯子都斟满酒。
接着说道："礼节不是轻浮的事情：

---

① 罗马皇帝（69—79 在位），他征收小便税，当儿子责怪此举时，他表示
钱不会有臭味。

当一个人学会了去尊敬别人，
同他的年龄、出身、习惯和德行相称，
这时候他也看到了自己的尊严：
正如我们想用天平称出自身的重量，
就必须把别人放在相对应的秤盘上。
值得引起你们特别注意的礼节，
是青年如何对待漂亮的小姐；
尤其是当门第的显贵和命运的慷慨
增加了她的优秀品格和天生的娇美。
礼节会导致恋爱和婚姻的门当户对，
两个家庭的光荣结合——长辈如此安排。
所以……"这时法官把脑袋调转方向，
冲塔杜施点点头，向他射去严厉的目光，
看得出来，演说至此已接近收场。

这时，监督把他的金烟盒敲得叮当响
说道："我的法官，从前还更糟糕！
我不知道，是时髦改变了我们的观点
还是年轻人变好了，总之不引起反感。
唉，我还清清楚楚地记得
当法国的时髦首次传到我们的祖国！
那时年轻的公子哥儿突然从外国拥来，
他们比一群诺盖鞑靼①还要坏，
他们在我们国内毁灭我们祖先的信仰、

---

① 　生活在高加索东北部的一个游牧部落。

我们的法律和习俗，甚至古老的服装。

看到那些黄口小儿真叫人伤心，

他们说话带鼻音，而且装腔作势，

对新的信仰、法律和化妆品的宣传

充斥了小册子和形形色色的报刊。

这种大杂烩在心理上很有力量；

因为上帝要惩罚一个民族

就先要剥夺它的人民的理智。

而聪明人都不敢和这些花花公子对抗，

全国都怕他们，像怕瘟疫一样，

连国家本身也感到病毒在泛滥；

人们喊着反对，实际却以他们为样板；

改变了自己的信仰、语言、法律和服装。

那是狂欢节的舞会，放浪形骸，

过后不久就来了做奴隶的四旬斋。

"我记得，虽然那时我是个无知少年，

当时行觞官的儿子来到奥什绵县，

他乘了法国马车来拜访我的父亲，

他是立陶宛第一个法式打扮的人。

大家像小鸟追雕①似的跑在他后面，

他们对这幢房子非常艳羡，

因为行觞官公子的双轮马车停在门前，

---

① 雕很像鹰。大家知道，常有一群小鸟，尤其是燕子，追随着鹰。因此有一句俗话："像飞在雕后边似的。"——原注

21

这种马车法国人称作'卡利尤雷'。
在跟班的位子上伏着两条小狗,
御者是个德国人,像木板一样干瘦;
他的两只瘦长的脚酷似晒衣竿,
穿着长袜,鞋子上用银纽扣镶嵌,
他的假发的末尾束着条网巾。
见了这样的装束老年人忍俊不禁,
而乡下人则画着十字,议论纷纷:
说是威尼斯的魔鬼乘着德国马车旅行。
行觞官的公子本人,更是一篇故事,
一句话,他看起来像只鹦鹉或是猴子,
戴着个大假发,他爱比作金羊毛,
而我们则将它称作鬼卷毛①。
那时即使有人觉得波兰服装
比这洋里洋气的摩登猴服更漂亮,
他也只好缄口;否则那班青年
就会骂他破坏文化,阻碍进步,是背叛!
那时最有力量的是偏见!

"这位行觞官的公子自称是来改造我们,
来宣传立宪,并使我们变得更加文明;
他向我宣告,有几位能说会道的法国人
获得了新发现,那就是人人平等;
虽说这一点早已写在了经书上,

---

① 波兰的一种地方病。患者的头发纠结在一起,很难看。

每个牧师在布道时也都宣扬。
这是古老的学问，问题在于实行！
但当时盲从统治了人们的灵魂，
连世上最古老的事他们也不相信，
假如他们不曾在法国报上读过什么妙文。
行觞官的公子口说平等，却以侯爵自居；
众所周知，这些称号都是从巴黎传出，
侯爵的称号在当时令人歆羡。
事过境迁，这时髦也会随之改变，
这侯爵又冠以民主主义者的头衔；
时髦的变化有如走马灯，遇上拿破仑，
巴黎来的民主主义者又以男爵自称；
假如他活得长些，兴许还有一次轮转，
男爵又要戴上民主主义者的桂冠。
因为巴黎引以为荣的是时髦变化多端，
而法国人无论发明什么波兰人都喜欢。

"感谢上帝，如今我们的青年
如果出国，也不是为衣着打扮，
也无须到印刷所的车间去寻找法典，
或者到巴黎的咖啡馆去学习讲演。
因为拿破仑，为人聪敏而又矫捷，
不让我们有时间去寻找时装或是空谈。
如今枪炮轰鸣，我们老人都心情激荡，
波兰人的名声又会在世界上传扬；
有荣誉，就有新的共和国波兰！

自由之树常常会发芽于桂冠。
可忧的是，岁月在无为中慢慢消逝！
而他们又总是那么遥远！
这等待太长！而消息又如此之少！
罗巴克神父（他悄声对那修士说道），
我听说，你已得到涅曼河那边的报告；
关于我们军队的消息你也许知道?"
"我毫无所闻，"罗巴克冷淡地回答
（显然，他并不高兴听这谈话），
"我讨厌政治，如果我收到华沙来信，
那是我们的伯尔纳修道院的内部事情；
在晚宴上谈论修院的事实不相称，
在座的都是世俗之人，对此不会关心。"

他说着还望望宾客中的莫斯科人；
那是上尉雷库夫，一位老军人；
他的部队在附近的村子里扎营，
法官出于礼貌请他来当晚宴的嘉宾。
他吃得津津有味，很少参与闲谈，
可是一提起华沙他就抬头开了言：
"监督先生！唉，你总是关心拿破仑，
华沙也总是拴着你那颗心！
唉，祖国！我不是奸细，可我懂波兰文，
祖国！我也感觉到这一切，我尽知情！
你们波兰人跟我这俄国人现在是休战，
我们在一起吃吃喝喝，共进晚餐。

我们的士兵也常跟法国人相逢在前哨，
一起喝酒，可听到喊'乌拉！'就轰大炮。
俄国有句俗话：打得越凶，爱得越深；
拍打情人，就如拍打皮外套下手莫轻。
我告诉你们，这里就会有场战争。
前天，司令部的副官来向普鲁特传令：
准备开拔！不是向土耳其人发兵，
就是打法国佬。波拿巴①可真是位奇人！
缺了苏沃洛夫②他们会把我们狠揍一顿。
当我们去打法国人，团部就这么议论，
说波拿巴道行高，苏沃洛夫法力大③，
他们打起仗来就是斗法。
有次打仗，不知波拿巴在哪里，
原来他变成了一只狐狸！
于是苏沃洛夫变成了猎犬；
他变成一只猫来抓，但那一位变了小马。
请你们留心，波拿巴还有什么变化……"
雷库夫说到这里便停住，忙着吃菜；
这时仆役来上第四道菜，旁门忽然打开。

进来一位女宾，年轻而又娇好；
她的突然出现，她的身材和容貌，

---

① 拿破仑的姓。
② 亚·苏沃洛夫（1727—1800），俄国元帅，1794 年镇压波兰起义，1799
年大败法军。
③ 关于波拿巴和苏沃洛夫，俄国民间流传着许多斗法的传说。——原注

她的服饰，都引人注目，大家把她欢迎，
显然，除了塔杜施，她是大家的熟人。
她的身材窈窕而优雅，胸脯丰满诱人，
她那粉红色的衣裙是丝绸的制品，
衣领裁得很低，镶有花边，袖子很短，
她手上旋着一把扇子，不过作为消遣，
（因为天气不热）；镀金的扇面
摇动起来，四周就金光闪闪。
她的头很中看，头发弯而且鬈，
用几条粉红色的丝带织编，
丝带之间缀着一粒金刚石，若隐若现，
宛如彗星尾巴上的一颗星，光灿灿，
总而言之，这是节日的盛装；
有人在耳语，平常这样打扮过分张狂。
裙子虽短，但看不见她的一双脚，
因为她跑得很快，宛如在水上飘，
就像是三王节①孩子们藏在圣诞棚后
玩着的飘来飘去的提线木偶。
她跑着进来，向大家微微鞠躬致意，
想在为她准备好的空位上入席。
可谈何容易；客人多，椅子一时难寻，
他们分了四排，坐着四张长凳，
必须整排移动或者跨过长凳；

---

①   一名主显节，在每年1月6日，纪念耶稣诞生后第十二天，东方的三个
　　　国王按照星星的指引来跪拜他，并且献上黄金、乳香和没药。

她挤到了两张长凳之间，动作机敏，

然后又挤到一排坐着的客人和桌子之间，

这一次她却像台球似的一转。

经过的时候，她触着了我们的青年；

裙上的绉边又钩住了一个人的膝头，

脚一滑，仓皇间扶住塔杜施的双肩。

她礼貌周到地向他道歉，

就坐在了他和他叔父之间，

她什么也不吃，只是旋着扇柄，

或是整理一下她的镶花边的衣领，

或者是以妩媚轻柔的姿态

抚一下她的鬈发和发间鲜艳的丝带。

谈话中止了约有四分钟之久。

便有人窃窃私语，在餐桌的那一头，

而后又转成了半高半低的交谈——

男人们在进行有关今天狩猎的争辩。

巡官①和书记官②两人各执己见，

一条短尾猎狗成了争论的焦点，

书记官因为有它而感到自豪，

并坚持说是短尾把兔子逮住了；

而巡官也不怕激怒对方反复论证，

---

① 一县的乡村警察由巡官们组成。依法令，一部分由公民选举，一部分由
政府任命。后者称为王家巡官。——原注

② 有一类书记官在政府机关任职，另一类则负责记录判决；二者都由法院
任命。——原注

说这一荣誉应归于他的灵猩猎鹰。
于是询问别人的意见，要讨个公平，
于是有人袒护短尾，有人支持猎鹰，
有的作为行家，有的则是见证。
法官在餐桌这一端低声抚慰客人，
他说："我们先入座了，实在抱歉，
因为再也无法推迟晚餐：
客人都饿了，他们在野外走得很远；
我原以为你今天不能跟大家共进晚餐。"
说完这话，他就同监督把满杯酒饮干，
悄悄地进行着有关政治的交谈。

餐桌两端的人都在忙各自的事，
塔杜施就仔细端详这陌生女士；
他记起，最初瞥见这位子的时候
他立刻就猜到，它应归何人所占有。
他红了脸，一颗心儿怦怦地跳，
他脑海中的哑谜终于揭开了！
这真是命中注定，跟他挨得这么近
竟是那位他在昏暗中所见的美人；
诚然，她现在似乎身材比较高，
因她是盛装，服饰会使人改变个头。
那一位的头发很短，是浅黄色，
这一位的为何又长又鬈又黑？
那颜色必定是由于阳光作祟，
西下的夕阳，照红了一切。

当时他没看到那张脸，她像昙花一现，
然而思想却惯于猜度娇美的容颜；
他幻想着，她一定有双乌黑的眼睛，
白皙的面孔，红得像樱桃的嘴唇；
他看到这一位的眉眼倒也与她相仿；
最大的区别也许就在年龄上：
那个小园丁看起来幼小娇嫩，
而这一位却已是成熟的妇人；
但青年决不向淑女问及出生证，
对于青年男子，个个女人都年轻，
对于少年，个个美女都与自己同龄，
对于无邪的男性，个个情人都是童贞。

虽然几乎满了二十岁的塔杜施
自幼住在维尔诺这样的大城市，
受着教士的监督和严厉的管束，
接受古老道德信条的教育。
他却把纯洁的灵魂，活泼的思想
和天真无邪的心带回自己的家乡；
只是同时也不乏放纵自己的欲望。
他早已计划好，要到乡下来享受
他那长年累月受着羁绊的自由；
他深知自己一表人才，年轻、强壮，
从双亲那里继承了精力和健康。
他姓索普利查，众所周知，这姓氏
个个都因健壮、魁梧而扬名于世，

学习虽不甚勤奋，却很宜于当兵。

塔杜施显然也不会有别于先人，
他骑术高超，走起路来大步流星，
他天分不低，学习却是成绩平平，
虽说叔父为他的教育毫不节省。
他尤其是喜欢射击和舞刀弄剑；
他知道，要他从军是前辈的打算，
父亲的遗嘱也表示了这个意愿，
他坐在学校里常常把军鼓企盼。
可是他的叔父突然改变了初衷，
吩咐他立即赶回家，要给他完婚
承受田产；答应先给他一个小村作试验，
其后要把全部产业压在他的双肩。

塔杜施的这一切美德和品性
都吸引着他邻座的细心的女人。
她已把他那优美而高大的身躯打量，
他有着强壮的肩膀，宽阔的胸膛，
她又望着他的脸，一看到她的眼睛，
这青年的脸上就泛出一阵红晕，
当他从最初的怯懦中完全复原，
就用勇敢的目光望着她，眼中充满烈焰；
她也同样注视他。四目相对燃烧着，

如同降临节①弥撒的烛火。

她首先用法语开始了跟他的谈话；
塔杜施是从大城市的学校归来，
她就问他对新书和作者的看法，
她从他的回答中又提出新的问题；
后来她越扯越远，又转到了绘画、
音乐、舞蹈，甚至还谈论到雕塑！
她还说她对画笔、乐谱和书籍同样喜爱；
这么多的学问使塔杜施目瞪口呆，
他害怕自己失言会成为笑柄，
结结巴巴，就如教师面前的小学生。
幸好这教师慈祥又不严厉；
她猜到了邻座心里在着急，
便换了个浅近而又聪明的话题：
她谈起了乡下生活的枯燥和麻烦，
还谈到应如何取乐和分配时间
使乡村生活过得愉快而安闲。
塔杜施也回答得比较大胆、气粗，
一切顺利，半小时后他俩已成了密友；
甚至彼此开玩笑，还发生了争斗。
最后她在他面前摆了三个小面包球，
代表三个人要他挑选；他挑了最近的；
监督的两位千金皱起了眉头，

① 天主教圣诞节之前的第四个礼拜天。

他的邻座却笑着，什么话也没有说，
这幸运小球不知代表哪一个。

餐桌的另一端，宾客的娱乐则不同，
因为猎鹰派的力量突然占了上风，
他们又向短尾那一党发动无情进攻；
争论激烈，连最后几道菜都没人去动。
他们都站着，一边喝酒一边争吵不息，
最可怕的是书记官，他像只好斗的公鸡。
只要一开口，他就滔滔不绝地论证，
还用手势生动地描述当时的情形。
（书记官博莱斯诺当年做过律师，
别人叫他牧师，因他太喜欢用手势。）
这时他双手顶着腰，手臂向后压，
从他的腋下向前伸着手指和长指甲，
这幅图景表现了两根猎犬的皮带；
他正要结束演说："冲呀！
我和巡官同时放出两条猎犬，
正如一个手指扳着双筒枪上的两个扳机；
呼啦！那只兔子像箭一样奔向田里，
狗追了上去（他说着就把手伸在桌面，
他的手指把狗的动作摹仿得活灵活现），
快呀！离森林不远就赶到兔子前面；
猎鹰冲在前边，它迅猛，但少盘算，
它比短尾向前跑出大约有一指远；
我知道它不行；而那兔子又太聪明，

它装作直奔田野，后面跟着猎犬；
狡猾的兔子！它知道身后跟了一群狗，
便向右猛地一拐，翻了一个筋斗，
那群笨狗也向右，它又向左跳了两跳，
狗又跟着，那时短尾就把它逮住了！"
书记官就这样叫着，身子弯到了桌边，
又用手指比画向前奔跑，冲到了对面，
他这一声尖叫，正对塔杜施的耳朵；
塔杜施和他那谈兴正浓的邻座
突然被这一声大叫吓住，
各自不由自主地把头缩了回去，
正如两棵绞在一起的树尖
被骤起的一阵狂风吹散；
他们在桌下紧紧拉住的手也突然一松，
两张脸同时罩上了连同一气的羞红。

塔杜施为掩盖自己失态之窘
就说："真的，我是见证，毫无疑问，
短尾是一条漂亮的狗，只要它捉……"
"捉？"书记官喊道，"我的爱犬
难道连野物也捉不住？"
于是塔杜施又连忙表示，这狗没有短处；
又为只从森林边上见过它一次表示遗憾，
说是没有机会欣赏它的种种优点。

巡官气得发抖，他把手里的酒杯一扔，

死盯住塔杜施，用一种妖蛇的眼神。
巡官不像书记官那样爱动和大喊大叫，
而且比书记官更瘦，身材也更矮小，
但在舞会上和乡议会中，他却很可怕，
都说他舌头有刺，俐齿伶牙。
他编造的聪明笑话成堆，
甚至可以在历书中登载：
所有的都恶毒而尖刻。他本是个富人，
父亲和兄长的产业都被他荡尽，
只落得在上流社会有个空名；
如今在政府任职，为了活得像个人。
他很喜欢打猎，看中了这娱乐本身，
听号角长鸣、看围猎情景
能使他忆起自己浪荡的青春，
那时他有猎手如云，名犬成群；
如今他一窝猎犬只剩下两条灵猩，
别人还否认这其中一条的功绩。
于是他走上前来，慢慢摸着络腮胡子，
他带着笑，但这笑容充满了恶意：
"没有尾巴的狗如同没有职务的贵族，
而且狗的尾巴对于它的奔跑也大有帮助，
而您却论证秃尾是一大优点！
当然这个问题我们可请您的姑母评判。
虽说泰莉梅娜小姐长住首都，
而且到我们这儿才来不久，
但她比年轻猎手更懂得打猎的事情，

因为知识本身是与年龄齐头并进。"

这意外的风暴把塔杜施抽打，
他愣愣地站起来，一时说不出话，
只是眼盯着对手，愈看愈冷峻、可怕……
幸好，这时监督打了两次喷嚏。
大家高呼"万岁！"他向大家行礼，
然后用手指把他的鼻烟盒敲响：
这烟盒十分珍贵，玉嵌金镶，
中央是国王斯坦尼斯瓦夫①的肖像。
国王亲自将它赠给了监督的父亲，
父亲死后，由监督郑重地继承；
他敲响烟盒，表示要发表演说；
大家便都静下来，谁也不敢开口。
他说："尊敬的贵族，可爱的兄弟！
草原和森林才是猎人们的论坛，
所以对此事我在屋里不作评判，
并把我们的会议定在明天举行。
今天我不允许双方继续争论；
执达吏！明天你在野外再提出本案，
明天伯爵要来，带着他的全体猎户，
法官，亲爱的邻居，您也一道去，
还有泰莉梅娜和各位小姐、夫人，

---

① 指波尼亚托夫斯基·斯坦尼斯瓦夫·奥古斯特（1732—1798），波兰最后一位国王。

一句话，我要举行一次盛大的猎会；
沃侬斯基先生也不会拒绝同行。"
他边说边把烟盒递给一位老人。

沃侬斯基待在拐角上的猎手中间，
他眯缝着眼睛静听，不发一言，
虽说青年人不时询问他的意见，
因为对于打猎谁也没有他熟练。
他用手指从烟盒里挖了一点鼻烟
掂量半天，最后还是决定一闻，
打了响嚏，整个大厅响起了回声，
他摇摇头开了腔面带苦笑的表情：
"唉，我这个老人感到苦闷和惊讶！
以往的猎人不知要说什么话，
如果他们看到在这许多贵族之间
竟会为了一条狗尾巴吵得翻了天！
若是老雷坦再生，他又会怎么说？
他准要回到拉霍维采，躺进坟墓！
老省长涅肖沃夫斯基①又会说些什么，
至今他仍有世上最优秀的猎犬，
养着二百个猎户，按照贵族的习惯，
有百车猎网藏在他伏龙查城堡里，
多年来他像隐士躲在自己的府邸，

---

① 　约瑟夫·涅肖沃夫斯基伯爵，诺伏格罗德的最后一任省长，是雅辛斯基
　　起义时革命政府的主席。——原注

没有人能请他出来参加狩猎；
连总长①本人的邀请他也拒绝！
在你们这种狩猎中他也施展不得。
何等的荣耀，堂堂贵族
竟赶时髦去追一只野兔！
先生们，想当年在猎人的语言里
高贵的动物是野猪、麇和熊罴，
那些没有獠牙、尖角和利爪的野兽
都让给雇来的工人和庄园的奴仆。
没有一个贵族愿拿细管猎枪
射出小小的枪子儿，贻笑大方！
诚然他们也养猎犬，有时打猎归来，
偶尔有只可怜的兔子窜到马前；
他们也纵狗追捕那是为了消遣，
孩子们也会当着大人的面去追赶，
父母高兴看到他们骑着小马奔跑，
可为此发生争执就会被视为可笑！
因此我请求监督大人收回成命，
恕我不能接受您好心的邀请，
我永远不会在这样的猎会上丢人！
我是赫雷切哈家族的后代子孙，
从莱赫王朝起我家就没出过猎兔人。"

---

① 指耶日·比亚沃皮奥特罗维奇，立陶宛大公国最后的总长，曾积极参与
雅辛斯基领导的立陶宛起义。他是维尔诺的国家政治犯的审判官。他在
立陶宛以美德及爱国主义为人所敬重。——原注

年轻人的笑声淹没了他的话语，
大家从桌边站起；监督首先离席，
他由于年龄和职位应得此荣誉。
他向女士、老人和青年鞠躬致意；
接着是募化修士，法官和他在一起，
在门槛边，法官把手臂伸给监督夫人，
塔杜施挽起了泰莉梅娜的手，
巡官挽着司膳官①的千金，
赫莱切哈小姐由书记官伺候。

塔杜施同几位客人来到了谷仓，
他感到不安，心情烦躁而忧伤，
他把这一天的事情都想了个遍，
那相逢和傍着漂亮邻座的晚餐，
尤其是"姑母"一词像只苍蝇
在他耳畔讨厌地嗡嗡叫个不停。
他真想把执达吏叫来，仔细盘问
泰莉梅娜的详情，可他已无踪影；
沃依斯基也看不见，刚结束晚餐
他就跟在宾客后面离开了大厅，
尽地主之谊去预备房间歇息，
把老人和女士们都安排在住宅里，
塔杜施则把年轻人都带进了谷仓，
他代表主人陪客人睡在了干草上。

① 原为管理宫廷膳食的官员，后来只用作称号。

半小时后庄院里一切归于寂静，
犹如修道院刚响过晚祷的钟声；
唯有更夫的梆声打破夜的安宁。
大家都睡了，法官却难阖眼睛：
作为主人他得考虑野外的游猎
家里的欢宴也得有妥善的安排。
他已向管家、监工和司库下达命令，
关照过书记、女管家、马夫和猎人，
又把这一天的各项账目都审清，
最后告诉执达吏，他要宽衣就寝。
执达吏解下他那斯乌茨克佩带①，
它闪耀着密如军盔的羽毛的红缨，
它的正面是绣有紫花的金色彩缎，
反面则是带有银十字花纹的黑锦；
这佩带的两面均能系用，
节日时系金的，悲悼时则系银的。
只有执达吏知道怎样解开和收束；
他忙完后便解释迁席古堡的意图。

"我把晚餐迁移到城堡有何失策？
别人既无损失，而您也许还有所获，
如今关于古堡的诉讼这般激烈。

---

① 　一种丝绸宽腰带，它是贵族服装不可缺少的部分，正面用金线和彩线刺
绣图案，反面用银丝织出花纹，以斯乌茨克地方出产的最著名。

可我们对它的权利是垂手而得，
不用担心对方是何等的气势汹汹，
我要证明，这城堡已为我们占用。
谁在这古堡里大摆宴席招待客人，
就说明谁是主人或者是由谁占领；
我们甚至还可以把对方请来作证：
记得我年轻时有过这样的事情。"

法官睡下了，执达吏悄悄来到前厅，
他靠近蜡烛从衣袋里掏出小书一本，
经常把它充当祈祷时念的经文①，
无论是在家里还是旅行总不离身。
这是《法庭便览》②，录有法院案件，
一桩桩审理的案子依次排列，
有的是多年前由执达吏亲自经手，
有的则是听说后所作的补充纪录。
对于普通人《便览》不过是一串串姓名，
但对执达吏可是一幕幕清晰图景。
他边读边思考，如烟往事头绪纷纭：
奥京斯基和维兹吉尔德的官司不一般，
多明我会的修士们③和雷姆沙诉讼多年，
雷姆沙和韦索吉尔德的案子久久纠缠，

---

① 原文叫"黄色的小圣坛"，许多波兰天主教祈祷书都用这一名称。
② 是一本狭长的小书，按被告的次序记录诉讼双方的姓名，每个律师和执达吏都须备有这样一本便览。——原注
③ 属于西班牙教士圣多明我（1170—1221）教派的修士。

拉齐维乌和韦勒什查卡，盖德尔兹

和罗杜托夫斯基，奥布霍维奇

和犹太公会，尤拉哈和彼奥特罗夫斯基，

马莱斯基和密茨凯维奇，最后是伯爵

同索普利查：姓氏勾起他的回忆，

那桩桩大案件以及全部审理过程，

眼前出现了法庭、原告、被告和证人；

他看到自己，身穿白长袍蓝上衫

站在威严的裁判官之前，

一手执着佩刀，一手按着桌面，

向打官司的双方喊一声"肃静！"

他就这么梦想着做完自己的晚祷，

立陶宛最后的法院执达吏睡着了。

这就是当年的娱乐和争论

在那静悄悄的立陶宛乡村；

而外部的世界却正在血泊中游泳，

那位伟人，战神①正统率万马千军、

千尊大炮，驾御兵车的金鹰和银鹰②，

从利比亚沙漠向阿尔卑斯山挺进，

雷电不绝地轰击金字塔和塔博尔、

马伦戈、乌尔姆、奥斯特利茨。

---

① 　指拿破仑，他于 1798 年在埃及作战；1799 年在叙利亚的塔博尔山大败
　　土耳其；1800 年在马伦戈，1805 年在乌尔姆大败奥军，同年在奥斯特
　　利茨大败俄奥联军，并于 1812 年向俄国进军。

② 　指拿破仑和波兰的联合。波兰的军徽是红底色上绣一只白色的鹰。

胜利和凯旋在他前前后后欢跃。
满载着骑士英名和伟绩的荣光
咆哮着从尼罗河长驱直入向北方，
直到涅曼河岸突然像被巉岩阻挡，
俄国军队把守立陶宛犹如铁壁矗立，
给俄国封锁了瘟疫一样可怕的消息。

可时而也有新闻传到了立陶宛，
像突然从天上掉下了一块石头；
不时有个缺腿断臂的乞食老人，
虽然接受了布施却依然不肯走，
用警觉的目光望一望前前后后。
假如院子里他看不见俄国士兵、
犹太帽子或者是红颜色的衣领，
他就说明他是谁：他是军团①战士，
把自己的一把老骨头带回故土，
他已无力保卫祖国。于是贵族一家
都来拥抱他，连仆役也不例外，
大家都呜咽哭泣，热泪横流！
他坐在桌旁，讲着比神话还奇的故事。
他讲到，东布罗夫斯基将军
怎样努力从意大利回到波兰，

---

① 指东布罗夫斯基指挥的波兰军团，该军团参加了几乎所有的拿破仑战争；1812 年随拿破仑进军俄国。

怎样在伦巴第平原①召集国人，

克涅杰维奇②怎样从罗马神殿发令，

作为战胜者，把夺自恺撒后裔的

一百面用血染的军旗抛在法国人面前；

雅布沃诺夫斯基③转战之地产胡椒和蔗糖，

那里的森林在永恒的春天里鲜花怒放；

波兰将军率领多瑙河军团④跟黑人打仗，

可对于祖国却只能是望断肝肠。

这老人的讲话在村子里秘密流传；

年轻人听了这话便突然离家出走，

他们神秘地偷偷越过森林和沼泽

被俄国人追急了就跳进涅曼河里，

潜水游到华沙公国的边界土地，

便能听到亲切的招呼："战友，欢迎你!"

在离开之前，还要爬上石头小山，

隔着涅曼河冲俄人高呼"再见!"

这样溜走的有戈雷斯基⑤、帕茨和

奥布霍维奇、皮奥特罗夫斯基，

---

① 在意大利北部，东布罗夫斯基就是在那里组建波兰军团。

② 克涅杰维奇·卡尔·奥通（1762—1842）作为意大利前线兵团的先驱，把缴获的军旗交给指挥部。——原注

③ 雅布沃诺夫斯基·伏瓦迪斯瓦夫（1769—1802），东布罗夫斯基军团的将军，曾被派往圣多明各作战，在那里死于疟疾。

④ 为同奥地利作战而在德国组建的波兰军团。

⑤ 安东尼·戈雷斯基（1787—1861），诗人，参加拿破仑战争和1831年的十一月起义。下文提到的其他姓氏也都确有其人。

奥布莱夫斯基、罗日茨基、雅诺维奇，

米耶热耶夫斯基兄弟、布罗霍茨基，

贝尔诺托纳奇兄弟、库普希奇、盖迪明

和其他许多人，我数也数不清；

他们离开了亲人和可爱的土地，

他们的家产都充公到沙皇的国库里。

偶尔有个募化修士来到立陶宛，

当他和当地的贵族结成了密友，

他就割破法衣掏出来一张报纸；

上面记载着军团战士的数目字，

还有军团的各位指挥官的姓氏，

以及每一次胜利或牺牲的记录。

多少年来他们的家庭、父母

才首次获悉儿子的生、死和光荣；

家中举哀，却不敢说悼念的是谁，

附近邻居也只能对此事胡乱猜测，

只有这种农家的报纸才会传出

贵族的静静的悲哀或静静的欢乐。

罗巴克兴许也是神秘的募化人：

他常常独自长久地和法官谈心；

谈话之后便有消息在邻近传流。

伯尔纳修士的态度把真相泄露，

他常不戴头巾，身居修院也不久。

在他的右耳上方，略略高于额角，

有块手心宽的瘢痕皮已被削落，
下巴上有处新伤是枪挑或弹穿；
读弥撒书决不会留下如此纪念。
不仅是这些伤痕和严峻的眼神，
连他的动作和声音也像个军人。

做弥撒时，当他高高举起双臂
从祭坛转向民众说"主与你们同在"，
他总是猛地一转而且动作机敏，
就像听到了长官"向后转"的口令，
他在人前念祷文时所用的声调
就如同军官在连队面前作报告；
伺候他做弥撒的侍役看在眼里。
而且罗巴克对政治事务的精通
超过对圣徒列传，当他外出化缘，
经常爱在县城里徘徊流连忘返；
他关心的事很多；不时收到来函，
他决不当着生人的面拆看信件，
他派遣信使，去哪里，干什么事情
从不公开说明；他常在夜静更深
溜进贵族庄园，跟贵族耳语一阵；
他的足迹踏遍邻近所有的乡村，
在酒馆里常同乡下人促膝谈心，
所谈的常常是有关外国的新闻。
此刻他又来把熟睡的法官唤醒，
一定又是有了什么重要的事情。

第 二 章

城堡

猎犬猎兔——城堡的客人——最后的家臣讲述霍雷什科家族最后一人的故事——果园一瞥——黄瓜地里的姑娘——早餐——泰莉梅娜小姐的彼得堡趣事——短尾和猎鹰的争论再起——罗巴克的干预——沃依斯基的讲话——赌注——采蕈去！

我们之中谁会忘记那青春的岁月，
肩负猎枪吹着口哨走在广袤田野，
那儿既无壁垒也无栅栏挡住去路，
跨过地界也认不出是别人的田畴！
猎人在立陶宛犹如船在海上漂流
有辽阔的空间条条道路任你遨游！
或者像一位术士，他跟大地交谈
彼此窃窃私语，城里人却听不见。

有只秧鸡在草原上叫，寻它是徒劳，
因它像涅曼河的梭子鱼在草丛里飘；
这儿在你的头顶响起早春的铃声，
那是一只云雀在高空的云际飞行；
那儿有只雄鹰张开阔翅飒飒飞过
如彗星吓着沙皇那样惊散了麻雀；
偶尔有只秃鹫，倒挂在蔚蓝的晴空，
宛如被钉住的蝴蝶双翅不停地拍动，
一看到草原上有什么小鸟或野兔，
它就会像陨星一样突然向下俯冲。

上帝啊，你何时允许我们结束流浪
让我们重新生活在祖国的田野上，
去当一名骑兵，但是只打野兔，
或者是当一名背枪猎鸟的步卒；
除了大小镰刀就不知有别的兵器，
除了家庭账目就不知道别的消息！

太阳刚照到索普利佐夫的屋顶上，
随即透过隙缝偷偷地溜进谷仓；
从黑色茅草的空隙中射出金光，
像一束发辫中的丝带闪烁飘降；
落到新鲜、暗绿、芬芳的干草上，
青年们正是用这干草作为卧床；
清晨的阳光嬉戏在熟睡者的脸上
像村姑用麦穗去弄醒她的情郎。
麻雀已经在茅屋顶下啾唧、欢跳，
雄鹅也已嘎嘎地三遍放声高叫，
此后，鸭子和火鸡回声似的响应，
还有去田野的牛群的哞哞叫声。

青年们都起来了，塔杜施睡意正浓，
昨天他睡得最迟；因为他吃过晚餐
回来时就心神不安，直到鸡叫头遍
他还不曾合眼，在草铺上辗转不眠，
他沉没在干草中犹如沉到了水底，
最后他睡熟了，凉风吹拂他的双眼，

这时候谷仓的大门咯吱一声打开
罗巴克修士进来，拿着丝结的佩带，
"起来，小伙子！"①他高叫着让他起来
在他的肩头玩笑似的抢着这佩带。

院子里已经听到了猎人的喊声，
马被牵了出来，车辆也已启程，
院子里被这一群人挤得满满当当，
他们打开了狗窝，又把号角吹响；
一群猎犬兴奋地吠叫着冲出来，
看见猎人的马和看管人的皮带，
这群狗发疯似的在院子里乱窜，
然后都奔过去，把脖子伸进项圈：
一切都预示着这次围猎很盛大；
这时候监督才把出发的命令下达。

猎人们缓慢地走出，一个跟着一个，
但一出大门便排成长长的一列；
巡官和书记官在中央并辔徐行，
虽说彼此不时投以敌意的眼神，
他们却友好地谈天，像高贵的人
要去解决一场你死我活的纷争；
谁也不能从言谈发现他们的仇恨；
书记官领着短尾，巡官牵着猎鹰。

---

① 原文系拉丁文。

后面是乘车的女士，青年走在两边
他们随着车轮前进边和女士交谈。

罗巴克修士在院子里踱来踱去，
正要做完早祷；他向塔杜施睃视，
先是皱了皱眉头，接着露出欢颜，
最后冲他挥手，他便策马近前；
罗巴克又点点头给他威吓的暗示：
虽然塔杜施再三询问和再三恳求，
希望他能把自己的意图说清楚，
伯尔纳修士却不屑一顾，含而不露，
他只把头巾拉到脸上，做完了早祷；
于是塔杜施又策马追赶客人去了。

正在此时猎人们都将皮带勒紧，
所有的人都站在原地停止前行；
相互打着手势叫别人噤声静候，
大家的眼睛都转向了一块石头，
法官就立在附近；他已发现野兽
便向大家发布命令，挥动着双手。
大家都明白了，一齐在路上站住，
巡官和书记官慢慢跨过田野去；
塔杜施因为更近，比他俩都先到，
站在法官身边，用目光四处寻找。
他久未到过田野，一片灰色的平原
难以分辨兔子，尤其是在乱石中间。

法官便指给他看，一只可怜的兔子
正匍匐在石头下面，耳朵竖得笔直；
一只红眼睛遇上了猎人的视线
中了魔似的，预感到命运的悲惨，
因为恐怖，它无法摆脱人们的注视
便趴着不动装死，有如那块岩石。
这时田野上飞扬的尘土愈来愈近
短尾拖着皮带跑，接着是飞快的猎鹰，
巡官和书记官同时跟在后面喊叫：
"追！"就在尘土中同狗一起消失了。

正当他们追猎这野兔步步逼进
伯爵也出现在古堡森林的附近。
周围邻居都知道这位贵族的习性
他从来不会在约定的时间里光临。
今早他睡过了头，就训斥他的仆役，
一看见猎人已到田野，便驰马奔去；
他那英国式剪裁的外衣又白又长，
下摆随风飘舞；仆役骑马紧紧跟上
他们头戴发亮的小黑帽，形如蘑菇
身穿短上衣，有条纹的靴子和白裤。
伯爵的这般打扮的仆役，
在他的府邸被称为"骑手"。

那纵马飞驰的人群冲向了草原，
这伯爵一看到城堡便驻马不前。

这古堡他是生平第一遭清早所见，
晨曦使建筑的轮廓变得美妙、新鲜
使他竟不敢相信这是旧有的墙垣，
伯爵对这新景象发出由衷的赞叹。
塔楼似乎更高，因它周围雾气弥漫；
白铁屋顶被太阳照得光华灿烂，
下方窗框中的玻璃碎片与日争辉，
将东方的阳光折射成五色的彩虹；
下面几层隐没在晨雾的大氅之中
既看不到缺口，也看不见破洞。
由晨风传来的远方猎人的呐喊，
好多次在城堡的墙上发出回响：
你会赌咒发誓说这声音来自城堡，
它已在雾中重建且里面人声喧闹。

伯爵喜爱新颖而又非凡的景象，
说是浪漫，还说他有浪漫的思想；
实际上他是一个彻头彻尾的怪人，
不时会有追赶狐狸或野兔的豪兴，
他又会突然停下，向天空伤心地凝视，
像一只猫望着高高的松树上的麻雀；
他经常不牵狗不背枪在林中游荡，
像逃跑的新兵；或呆坐在小溪旁，
低头向着溪水，好像是一只鹭鸶
想用一只眼睛把所有的小鱼吞食。
伯爵古怪的习惯就有这样的表现；

53

大家都说，他脑子里缺少一根弦。
但人们都敬重他，因他是世袭贵族，
又是个富翁，对农民和蔼仁慈，
对他的邻居，即使犹太人也极宽厚。

伯爵信马由缰已经离开了大路，
就一直穿过田野走到城堡门口，
他独自叹息，朝墙看了片刻之后
便取出了纸张和铅笔开始绘图。
不久他一回头，见二十步外有个人，
跟他一样，也是在专心欣赏这美景，
他的头向后仰着，手插在衣兜，
似乎是在用眼睛数着那些石头。
他立刻认出了，却叫了好几声，
盖尔瓦齐才听到了伯爵的问讯。
他出身高贵，伺候过城堡昔日的主人，
他是霍雷什科家剩下的最后的家臣；
这位身躯高大、白发苍苍的老人，
健壮、粗犷的脸上布满了皱纹，
看上去是那么严肃、冷漠、阴沉。
从前他在贵族中以快乐风趣闻名，
经过城堡的主人捐躯的那场战争，
盖尔瓦齐换了个人，他已有多年
既不参加宗教集会也不出席婚宴；
从此谁也不曾听见过他诙谐的谈吐，
谁也不曾见到过他脸上有一丝笑容。

他总是穿着霍雷什科家的旧制服，
长外衣飘着带有黄色镶边的衣裾，
这花边以前定是镀金的现已发黄；
边上有用丝线刺绣的"半羊"纹章，
邻里就把这位老贵族称为"半羊"。
有人还给他取过"我的少爷"的诨名，
因为这句口头禅他常反复说个不停；
又叫他"老疤"，因他的秃头盖满伤痕；
他姓伦巴沃，他的头衔谁也搞不清。
他给自己冠上了个总管的美称，
多年前他在城堡曾把此职担任。
至今他的腰间仍挂着一大串钥匙，
用根带子系着，带上还拖着穗子。
虽无要开的锁，因城堡的门总敞着，
可他却找来两扇门，自己花钱安装，
打开这门上的锁是他每天的快乐。
他选定了一间空屋做自己的住房；
虽说他在伯爵的府中能受到赡养，
他却不去，呼吸不到这城堡的空气，
无论住在哪里他都会怀念和窒息。

他一望见伯爵，赶忙脱帽敬礼，
向他主人的这位远亲频频致意，
他老远就低下那发光的大秃顶，
上面留着许多刀痕，酷似个剁碾；
他抚摸着头走上前去再一次致敬

阴郁地说道："我的少爷，主人，
尊敬的伯爵，请原谅我这样相称，
这是我的习惯，决不是对您失敬；
'我的少爷'霍雷什科家的人都这样叫，
最后的御膳官①，我的主人，也习以为常；
我的少爷，您真为省钱而停止诉讼
把这古城堡向索普利查家拱手相送？
我不相信，可全县都在如此议论。"
他环顾城堡，又连连哀声叹气。

"这有何奇？"伯爵说着，"费用甚巨，
麻烦更大；我想结束，而对方却坚持；
那位顽固贵族，他早料到我会厌烦：
我再也拖不下去，今天就要谈判
要去接受法院给我提出的条件。"
"和解？跟索普利查家谈判？"
盖尔瓦齐说着把嘴角撇了一下，
仿佛对自己说出的话感到惊讶。
"您可是在开玩笑？这古老的城堡
是霍雷什科家族世代相传的老巢，
岂能叫索普利查家族轻易地得到？
请您下马，让我们到城堡里去看看，
您不知道自己在干什么；如此随便！

---

① 侍奉皇家膳食的官，有时由上议院议员担任。斯坦尼斯瓦夫做波兰国王
之前，就是立陶宛的御膳官。

下马来!"他拉住马镫,逼他离鞍。

他们进入城堡,老人站在大厅门边:
"这里,"他说,"从前的老爷被人簇拥,
常常在午餐之后坐在这软椅中
或是调解农民的争执或是兴冲冲
给客人们讲述种种逸事、奇闻,
或听他们讲故事说笑话寻开心,
院子里年轻人舞枪弄棒笑语喧哗
或者是调教主人的土耳其良种马。"

他们走进了用方石块铺的大厅。
老人说:"您在这儿能找到多少石头,
在昌盛年代就有多少桶琼浆美酒;
贵族们从地窖里把酒桶搬了出来,
他们是被邀请来参加议府、区会,
来给主人祝寿或是来参加狩猎。
宴会时候,乐队就在那边走廊里
奏起了管风琴①和其他的乐器;
当大家举杯祝酒,乐队鼓号齐鸣,
有如世界末日来临,'万岁'之声不停:
首先是祝国王陛下万寿无疆,

---

① 　　在以前的城堡中,走廊上大都摆有管风琴。——原注

其次是祝大主教①大人身体健康，
然后是把王后、贵族和共和国颂扬；
最后已是酒过五巡，便有人举杯
说那句祝词：'让我们相亲相爱！'
这欢声从白昼一直响到次日黎明；
那时候马和车子都准备停当，
把客人一个个送回他们的田庄。"

走过了好几间房；盖尔瓦齐一声不响
目光忽而停在拱顶，忽而停在墙上，
引起时而忧伤时而快乐的回忆：
有时似乎在说："一切皆去矣！"
他伤心地点点头；时而又挥挥手。
显然连回忆他也觉得十分苦楚，
想把它赶走；他们来到一个大房间，
这儿曾装配过镜子，在城堡的上面；
如今镜子已被打碎，只剩下空镜框，
窗户没有玻璃，正对着门的是回廊。
进入回廊老人便深思地低下了头，
用手捂住脸，等他从脸上移开双手，
那表情充满了绝望和巨大忧愁。
对他的隐衷伯爵虽然猜不透，
但望见那张脸便受到深深的感动，

---

① 指格涅兹诺大主教，他享有极高的地位。老国王死后，新国王即位之
前，由他摄政。

就握紧了他的手；彼此陷入无言中，

老人摇着高抬的右手，打破了沉默：

"霍雷什科家和索普利查家和解不得；

我的少爷，你是霍雷什科家的血脉，

令堂狩猎官①夫人是御膳官的亲戚，

她是城防司令②的次女之后，

众所周知，司令是我主人的母舅。

你还是听听你一家的故事，

这故事就发生在这个房间里。

"先主人御膳官是全县第一绅士，

这门第高贵的富翁只有一位千金，

姑娘生得美貌端庄有如天仙；

前来求婚的贵族和阔少踏破门槛。

贵族中有个大恶棍，好斗的流氓，

雅采克·索普利查，人称'首长'，

虽是戏言，但他在省里确实分量不轻，

而对索普利查家族更是颐指气使，

他能任意支配他们三百张选票③，

虽说他本人是个穷鬼，车马全无

除了一小块田地，一把佩刀

———————————

① 　狩猎官是一种官职，分皇家狩猎官和地方（省、县）狩猎官；前者负责
　　宫廷狩猎事务，后者负责地方官员狩猎事务。后来就只是一种官衔。

② 　中世纪城堡的军事指挥官，后来只有不大的军事权限，几乎仅是一种头
　　衔。但因在上议院占有席位，所以很受重视。

③ 　指当时波兰地方议会选举。

59

和从左耳到右耳的大络腮胡。
那时御膳官经常邀请这位勇士
在府邸招待他，尤其是县议会期间，
为了赢得他的亲戚和同党的支持。
殷勤招待使这大胡子趾高气扬，
居然妄想成为东道主人的东床。
后来他经常是不请自来入室登堂，
最后住在这里像在自己家里一样，
人们估计到他不久就会开口求婚，
于是就给他端上了一盘黑色的汤①。
御膳官女儿对索普利查倒很钟情，
只是在父母跟前保密，讳莫如深。

"那是科希秋什科斗争的年份；
我家主人支持'五三宪法'②的实行，
他已召集贵族，要去支援同盟③的人，
俄国人突然在深夜包围了城堡：
刚来得及点炮向村庄发出警报，
也刚好把下边的大门关上闩好。
城堡里只有御膳官、我和夫人，

---

① 女方在招待前来求婚的男子时，如果在餐桌上给他端上一盘黑色的汤
（用鸭血或鹅血做的浓汤），就表示拒绝。——原注
② 指1791年5月3日通过的宪法。该宪法维护了农民的利益，扩大了市民
的权利，废除自由否决权和自由选王制，加强中央集权，有利于国家的
独立和统一。
③ 指以胡果·科翁泰（1750—1812）为首的制定和保卫"五三宪法"的
爱国党。

厨师和那两个帮手都是醉醺醺，
牧师、仆役和四个随从倒很勇敢
操起枪就走到窗前，俄国人高喊
'乌拉！'成群拥上台阶直冲大门，
可是我们只有十支枪抵抗敌人：
什么也看不清；仆人在楼下开枪，
我和主人从回廊向敌人射击，
一切都井然有序，虽说形势危急。
二十支枪放在地板上，就在这里，
我们放完一支，又有人递上一支，
很干练地做这工作的是乡下牧师、
夫人、小姐以及婢女仆妇们，
虽只有三名射手，然而射击不停；
俄国兵从下面射来子弹一阵阵，
我们从上面回击，稀稀落落却很准。
那些乡巴佬有三次向大门冲锋，
但每一次都有三个人倒下不动，
他们便躲在仓库后面；时已黎明。
御膳官持枪走到凉台，很是高兴，
只要俄国兵从仓库后边一伸脑瓜
他便立即开枪，每次都弹无虚发；
每一枪都有顶黑帽掉在草地上，
到后来竟无人敢把脑袋伸出墙。
御膳官看到敌人已经乱了阵脚，
就想组织突围，抓起了他的佩刀
从凉台上喊着令仆人集中火力，

又转身对我说：'跟我来，盖尔瓦齐！'
就在这时，一颗子弹从门外飞来，
御膳官呻吟一声，脸红了又变白，
他说不出话，血堵住了他的喉咙；
这时我看到那子弹正中他的前胸，
我的主人站立不稳，手指着大门。
我认出了他！索普利查这个畜生！
从他的身材和胡子我能清楚辨认！
御膳官饮弹倒下，他还高举着枪，
我还看到冒出的烟，从他的枪膛！
我瞄准了他，这强盗却呆立不动！
我朝他连放两枪，但都没有命中；
由于仇恨或是悲痛我瞄不准目标。
我听到妇女们的哭喊，主人已经断气。"

说到这里盖尔瓦齐停住，热泪涔涔，
后来他结束道："俄国佬已在砸大门；
因为在御膳官死后我就神志不清，
不知道自己周围发生了什么事情；
幸好有帕拉非亚诺维奇①来解围困，
他从霍尔巴托②带来二百密府壮丁，
密茨凯维奇家③人丁兴旺英勇过人，

---

① 诺夫哥罗德地区著名的波兰姓氏。
② 诺夫哥罗德地区的波兰贵族庄园。
③ 诗人密茨凯维奇的家族也在霍尔巴托庄园占有小片土地。

他们对索普利查家早已充满仇恨。

"一位威严、虔诚和正直的贵族就此消亡，
他的先人曾当过议员，有过勋章和权杖①，
是农民的慈父，贵族的兄弟；他膝下无子
也就无人在他墓前宣誓报仇雪耻！
可他有忠心的奴仆；他伤口的鲜血
润湿了我那把人称削刀的阔剑。
（您对我那把削刀必有所闻，
它在大小议会和集市上都很有名。）
我要用它去砍索普利查一家的脖颈；
我发誓一定要把我的削刀砍出缺口，
我在议会、集市和袭击中找他们算账；
我在争吵中砍倒两个决斗时砍倒一双；
我又在木头屋子里烧死了他们一个，
是我同雷姆沙突袭科雷利采②的时候：
就在那儿我把他烤成了黢黑的泥鳅；
被我割掉了耳朵的人真是不计其数。
只有一个还没有收到我的表记！
他是那大胡子恶棍的同胞兄弟，
他还活着并以自己的财富为荣耀，
他的地界伸到霍雷什科家的城堡，
他有职权，是个法官，受到全县尊重！

---

① 指御膳官的先人中有人当过元帅，拥有过元帅的权杖。
② 诺夫哥罗德克东边的一座小镇。

您还想让给他城堡？他龃龉的双脚
能把这地板上我主人的血迹擦掉？
啊，不！只要我盖尔瓦齐一息尚存，
只要那把依然挂在墙上的削刀
我还有一丝儿力气能挥得动它，
索普利查家就甭想夺去这城堡！"

"啊！"伯爵高举起双手喊道，
"我爱这墙垣，真是很好的预兆！
虽说我并不知它有这样的宝藏，
有这许多曲折的故事令人神伤！
只要我能把我祖先的城堡夺回，
就安排你当主管在这四堵墙内；
你的故事使我很感动，盖尔瓦齐，
可惜你不是在深夜带我到这里；
我裹着外衣，就坐在这废墟上
听你对我把这流血的事件细讲；
可惜你不是说故事的超级能手！
这样的传说我常听到也不少读；
英吉利和苏格兰的贵族城堡，
德国的伯爵府第惨剧都不少，
一切古老、高贵、有权势的家族
都不乏流血悲剧或背叛的记录，
此后复仇雪恨也常由后嗣承担；
在波兰我是头次听说这类事件。
我身上有英勇的霍雷什科家的血！

我明白对家族的荣誉应尽的职责。
是的，我不能跟索普利查家谈判，
哪怕将来须要以手枪或砍刀相见！
事关荣誉。"他说完便庄重地离去，
而盖尔瓦齐则默默地跟在他身后。
伯爵走到大门前站住，自言自语，
看了一眼城堡，迅速地跨上马去，
他恍恍惚惚地这样来结束独白：
"可惜，索普利查老头没有妻室，
也没有美丽的女儿好让我钟情！
如果我爱她，但又不能跟她结婚，
那么这故事又会引起新的纠纷：
良心和责任，复仇和爱情扯不清！"

他说着一磕马刺，马向庄园飞奔，
猎人们也正好从对面走出森林；
伯爵爱好打猎，一瞧见那些猎人，
便忘记了一切纵马急驰奔向他们，
他经过大门、花园和栅栏；一拐弯
向周围望望便在栅栏旁勒马不前。

这是一座果园。果树成行壁立，
树荫盖住大片田地，树下是菜畦。
这儿是菜花，它低着苍老的秃头，
似乎在把蔬菜家族的命运研究；
那边，豆荚缠绕着胡萝卜的绿发，

挺秀的蚕豆瞪着千只眼睛望着它；
这里又是玉蜀黍伸出金色的缨络；
到处看得见大肚子肥胖的西瓜，
它从自己的主茎里滚出了很远，
像客人待在大红色的甜菜中间。

菜畦隔着一道道犁沟；每道犁沟
都有排列整齐的粗秆大麻守候，
像蔬菜中的柏树：宁静、挺直、翠绿。
它们的叶子和香味把菜地保护，
由于它的叶子蛇都不敢去触动，
它的香气又能杀灭昆虫和毛虫。
稍远处耸立着罂粟微白的长茎；
你或许以为茎上立着蝴蝶成群，
扑扇着轻纱似的翅膀五色缤纷，
它既像彩虹又像宝石眩目夺神：
它的颜色如此不同又如此鲜艳。
花丛中，犹如满月在群星之间，
向日葵仰着硕大而发光的圆脸
正追随着太阳从东边转到西边。

栅栏边伸展着又长又窄的坡地，
没有大树、丛林和花木，种着黄瓜。
它长得非常茂盛，叶子又宽又大
像是起了皱褶的毯子遮蔽了菜畦。
地中央走着一位穿白衣裳的姑娘，

五月的翠绿一直淹到了她的膝上；
她从菜畦跨到犁沟，似乎不在走
而是在叶上飘，在它的色彩中游。
一顶草帽遮住了她的脑袋，
她的额前飘着两根粉红丝带
和几缕秀发，出自松柔的发辫；
她手里拎着篮子，眼睛朝下看，
她伸出右手，像在采摘什么：
宛如一位在河边沐浴的少女
想捉住在她脚边嬉戏的小鱼，
她又时常把手放低，把篮子放下
去摘那些触到或是看到的黄瓜。

伯爵被这奇妙的景象深深吸引，
他站着，远远听见猎人的马蹄声，
他连忙向他们挥手，叫他们勒马；
他们都停下。他伸长了脖子望着，
酷似一只离群独立的长嘴的鹤
一脚着地，张开警惕的眼睛守卫，
另一只脚却抓住石子，以免入睡。

伯爵肩上和额上受到轻轻一拍
才醒过来，这是伯尔纳修士罗巴克，
他手上高高举着佩带上的线结：

"您要黄瓜吗?"他喊道,"在这里!①
当心,别破坏,在这儿的菜地
您是得不到什么果子的。"
然后用手指威吓,又整了整头巾
他走了;伯爵还在那儿磨蹭,
他笑着咒骂这突如其来的打搅;
他把眼睛转向园子,她已不在;
只是在几个窗户之间闪闪烁烁
她那洁白的长衣和粉红的丝带。
菜畦上,看得出她走过的小径,
她用脚踢过的绿叶,正在伸开,
在重归平静之前,轻轻地颤栗
像池水被小鸟的翅膀掠起涟漪。
而在她曾经站过的地点,
只抛下一个小柳条篮,底朝天,
倒出的瓜果悬挂在绿叶之上
仿佛在碧绿的水波中荡漾。

顷刻间一切又归于宁静和空寂;
伯爵定睛望这屋子,把两耳竖起,
他仍在思索,猎人仍在他身后静立,
接着从这安宁、孤寂的屋子里
传出沙沙声,后是喧闹和欢叫,
如同蜜蜂飞回了空的蜂巢,

---

① 长梭形的线结状似黄瓜。

68

那是客人们都已经从猎场归来
仆役也正忙着准备早餐的信号。

各个房间都熙熙攘攘热闹非凡：
送来了食物、酒瓶和刀叉杯盘；
那些刚进来的男人身穿绿猎装，
拿着盘子和杯子在房间里徜徉，
他们吃着、喝着，时而靠在窗台上，
谈论的话题是猎犬、野兔和猎枪；
监督夫妇和法官在餐桌旁就座；
姑娘们轻声交谈，站在一个角落；
秩序不如午餐和晚餐那样规矩。
在老式的波兰家庭这是新风习；
早餐时法官允许有这么点混乱，
虽然他不很赞成，甚至是厌烦。

给女士和男人的食品并非一律；
端来的盘里放有全套咖啡用具，
这些大盘子都绘有精致的花纹，
上面摆着锡壶，热气腾腾香喷喷，
镀金瓷杯是萨克森瓷窑的产品，
每只杯旁还有新鲜奶油一小瓶。
任何国家都没有波兰那样的咖啡：
波兰的体面人家，按古老的习俗，
煮咖啡是专门由一位女士动手，
人们称她为咖啡师，她是从城里

或是从驳船①购得上等的咖啡豆，
而且她还知道煮这饮料的秘诀，
她煮的咖啡黑如煤炭，明如琥珀，
那是香如木哈②、浓如蜂蜜的饮料。
大家知道上等奶油对咖啡多重要；
这在农村并不难得：咖啡师清早
就把锡壶搁在火上，再到奶房去
亲自轻轻地把新鲜的奶花撇取，
一小瓶奶油放在每只杯子旁边
盖着小盖子，各人可随意调拌。

年老的太太们早起已喝过咖啡，
正在为自己把第二道饮料准备，
那是加鲜奶油的发白的热啤酒，
杯中还飘浮着切成碎块的干酪。

有种种熏制的肉食供男士们选择：
肥鹅、火腿，还有切成片的猪舌，
样样都很精美，都是按土法制备，
在烧着杜松树的烟囱里熏出来的；
最后一道菜是浇了肉汁的牛肉丸③，

---

① 驳船是涅曼河上的大船，立陶宛人用它来跟普鲁士人做生意，输出粮
  食，输入食品杂货。——原注
② 木哈咖啡是一种细粒上等咖啡，最初产于阿拉伯半岛的木哈。
③ 地道的波兰菜肴。用上好的小牛肉加奶油、香料、鸡蛋和面包屑做成的
  丸子；煎、煮、炖都可以。

这就是法官庄园中的丰盛的早餐。

在两间房里聚集了不同的人群：
在一张小桌旁围坐着老年士绅，
他们所谈论的是新的经营方式
以及更严厉的沙皇新颁的上谕；
监督关心的是最近的战事传闻
进行评价并作出政治上的结论。
沃依斯卡小姐戴上了蓝色眼镜
用纸牌算命，来取悦监督夫人。
另一间房里年轻人在讨论狩猎，
谈话的气氛显得比较平和冷静：
因为巡官和书记官两个演说家，
也是追猎专家且又都长于射击，
这时正沉着脸对面坐着生闷气：
两人同时放出猎犬，都胸有成竹
认为胜利一定属于自己的猎狗，
不料就在田地中央有块春麦地
是农民未收割的，兔子钻进这里：
短尾和猎鹰都眼看就要抓住它，
法官却在田边拦住了猎人的马；
他俩虽都怒火中烧，但只得听从；
猎犬无获而归：谁也说不清楚
那野物会溜掉呢，还是能被捉住，
它会成为短尾还是猎鹰的猎物，
抑或二者能同时抓获，谁也猜不透；

双方意见不同，又各执一词
只有等到将来才能解决这番争执。

老沃依斯基从这间房到那间房，
心神恍惚地向两边的人群张望，
他不曾加入老者和猎人的交谈，
有什么重要的事堵塞在他心间；
他手拿着皮制的蝇拍，时而站定
思索良久，然后扑杀墙上的苍蝇。

塔杜施和泰莉梅娜在两房之间
站在门槛边上自由自在地交谈；
他们距离听得见的人们并不远，
于是压低了声音；塔杜施已弄清
姑母泰莉梅娜是个有钱的女人，
他俩并非教会条律禁婚的近亲，
虽然说彼此之间是姑侄的辈分，
可甚至有无血缘关系也难确定。
叔父叫她妹妹，那是他们的双亲
不顾年龄悬殊，要他们如此相称；
后来她因为是长期定居在首都，
给法官办了不少极重要的事务；
法官很敬重她，或许是一时高兴
或为方便交往，便自称她的长兄，
泰莉梅娜为了友谊也并不否认。
这些自白宽慰了塔杜施那颗心。

他们又互相诉说许多别的事情；
这一切都在短暂的时间里发生。

在右边的房里，书记官信口开河
刺激巡官说："我昨天已经说过，
我们一次成功的猎会也无法举行：
因为时间还太早，小麦尚未收尽，
不少农民的春田也没割完庄稼；
因此伯爵也没有应邀前来参加，
说到打猎，伯爵可算是十分老练，
他常常强调打猎的时间和地点；
伯爵自童年起就在国外受教育，
他说，我们这样打猎是野蛮表现，
不顾法律的条文和政府的法令；
也不管是谁的界石和田地界线，
不经主人许可就在他地里驰骋；
春天和夏天一样纵马森林和耕地，
时常捕杀那些正在换毛的狐狸，
有时把猎犬放进刚发芽的麦田
去把那些正在怀胎的母兔追赶，
似这等的虐待，对野兽极为有害。
因此伯爵才发出如此的感慨，
他说莫斯科佬倒有较高的文明：
那里就有沙皇关于狩猎的命令，
还有警察的监视，违者要被判刑。"

泰莉梅娜转身朝向左边的房间，
用一块细麻纱手帕拍打着双肩，
她说："我敢发誓，伯爵说得不错，
我很了解俄国，你们不会相信我，
我曾经说过，政府的认真和威严
有不少的方面确实值得人称赞。
我在彼得堡住过也不止一两年！
激动人心的景象！亲切的怀念！
多美的城市！你们谁也不曾去过？
想看地图吗？它就摆在我的书桌上。
夏天，彼得堡的精英都住在'达恰'，
也就是别墅（'达恰'是'村舍'的演化）。
我住的小小的宫殿在涅瓦河畔，
它离城不算太近，可也不算太远，
坐落在一个人工堆成的小丘上：
多美的房子！我桌上有它的图样。
不幸的是，有一位调查局的小官，
恰在我的邻舍租用了一个房间，
他养着几条猎犬，简直是灾难，
当你跟前有一窝狗和一个小官！
只要我拿起一本书走到花园里，
正想享受一下月光和晚凉天气，
立即就有一条狗跑来，摇着尾巴
竖起耳朵，真像是疯狗一样可怕。
我常常受惊。我的心预感到不幸，
由于那些猎狗这不幸果然降临。

就在一天的清晨我走进了花园，
猎狗在我脚边咬死了我的爱犬
一条可爱的狮子狗！无穷的欢乐！
苏金①亲王把它作为纪念赠给了我；
小狗聪明伶俐，像松鼠一样活泼；
我有它的小照，可我不忍走到桌边。
看到它被咬死，我一时痛苦极了，
只觉得昏沉沉、痉挛、发抖、心跳。
也许我的健康还会遭到更大的损害；
幸好皇上的大狩猎官正好巡视到来，
他就是基里沃·加夫里奇·科佐杜辛②，
他见到我心情沉重便询问原因。
他立即扯着那小官的耳朵进来；
那人傻站着，浑身发抖，面色苍白。
'你怎么敢！'基里沃打雷似的狂吼，
'在沙皇街前春天猎捕怀胎的鹿?'
这受惊的小官徒劳地赌咒发誓，
说今年的狩猎迄今他尚未开始，
而且恳求大狩猎官准许他申诉，
杀死的动物他认为是狗不是鹿。
'什么?'基里沃喊道，'你这无赖！
敢说你了解狩猎和动物种类

---

① 俄国古老家族的姓氏，在波兰语中是"母狗的"谐音。
② 波兰化了的俄国古老家族姓氏，也是"勒死山羊者"的谐音。

胜过我科佐杜辛，沙皇的大狩猎官①？
马上去叫警察局长②给我们判断!'
叫来了警察局长，令他作好记录：
'我，'科佐杜辛说，'证明是鹿；
可他说是条家犬，真是胡编乱诌。
请你判断，谁更懂得狩猎和野兽!'
警察局长深知自己所担的责任，
而对小官的傲慢无礼感到吃惊
把他拉到一边，和颜悦色地规劝，
要他认个错，来减轻自己的罪愆。
狩猎官的气也消了，而且还答应
向皇帝求情，使刑罚略有减轻；
案子的结果是：那些狗都处以绞刑，
而小官则要蹲四个星期的监狱。
这件小事使我们一夜无比兴奋，
第二天便成了传遍全城的奇闻，
都在说大狩猎官处理小狗之事；
我还知道，皇帝听了也笑狩猎官不蠢。"

两个房间的人都大笑。法官和罗巴克
在玩"结婚"的牌戏，王牌是黑桃，
法官要出大牌；修士紧张得心跳，
法官听到故事的开头便觉得有味，
他仰头举起必胜的牌，就要掷下，

---

① ②　　原文系德文。

却静静地坐着，空把那修士惊吓，
故事结束，他才摊下王牌的皇后，
又笑着说："任何人都可尽情赞美
德国的文明或者是俄国的秩序，
尽可让大波兰①人去求教什瓦布②，
为狐狸打官司并召来警察干预，
拘捕一条敢闯进别人森林的狗；
在立陶宛，感谢上帝，我行我素；
给自己和邻人都有足够的野兽，
从来不必为这些区区小事起诉；
我们粮食充足，决不会受饥挨饿，
尽管狗从春麦或稞麦地里跑过；
只有在农民田里我才禁止打猎。"

管家在左边房里说："先生，这不假，
为这样的狩猎您常付出高昂代价。
农民巴不得有狗去踏他们的小麦，
如果踩掉十个穗子您赔他六十个，
还得额外加他一块钱，让他满意；
相信我，先生，农民会越发不讲理，
如果……"
管家的其他论点，法官没有听见，

---

① 指古波兰的西北部地区，被认为是波兰民族的发祥地，区别于南部及东南部的"小波兰"。
② 什瓦比亚是德国中世纪时的一个公国，波兰人称德国人为什瓦布时带有轻蔑之意。

因为这谈话中间又有十几种交谈，
笑话，故事，甚至争论吵成一片。

塔杜施和泰莉梅娜，已被人忘记，
他俩又重开话题，这女士很满意，
她的笑话竟使塔杜施如此高兴；
这青年作为报答对她大肆奉承。
这泰莉梅娜愈说愈慢，愈说愈轻，
塔杜施则装作人声嘈杂，听不清：
于是悄声细语越来越向她靠近，
他的脸觉出她额上撩人的热温；
他憋住气，用嘴去吸吮她的叹息，
用眼睛追随她的目光，片刻不离。

突然他俩的唇间有只苍蝇飞来，
随之出现的是沃依斯基的蝇拍。

立陶宛苍蝇很多，其中有一种
很特别，被人称为"贵族"；
颜色和形状跟别的苍蝇都相仿，
但比普通苍蝇腹大，胸更宽阔，
飞时嗡嗡叫，声音大得令人难过，
它强壮有力，连蜘蛛网也能冲破，
万一它落入网中，也要鼓翅三日
因为它能和蜘蛛打斗，毫不示弱。
沃依斯基研究过这一切，并证明

从这些贵族蝇也能生产出小民，
它在蝇群中有如蜂群中的蜂后，
打死它们也就会毁灭蝇的种族。
不论是女管家或者是乡村牧师，
从来都不相信沃依斯基的结论，
涉及苍蝇的品种他们另有高见；
但沃依斯基的老观点决不改变，
恰好这时一个"贵族"在耳畔嗡嗡；
沃依斯基拍打两次，也怪，都落空，
他第三次打下去，差点打破窗子；
最后那苍蝇被这噼啪声所吓住，
看见两个人在门边挡住了退路，
就拼命地朝他们的脸中间冲锋；
随之沃依斯基的右手伸了过来：
这打击太厉害，两个头倏地一闪，
宛如一棵大树被雷电劈成对半；
两个人都重重地撞在了门柱上，
两人的头上都留下了乌青的伤。

幸好没有人注意，因为迄今为止
谈话进行得活泼、兴奋而有秩序，
结束时突然爆发出了一阵杂音。
犹如猎人追一只狐狸进入森林，
不时听见树裂、枪响和狗的吠声，
一头野猪意外地受到猎人骚扰，
发出信号，于是人和狗一齐乱叫，

似乎密林中的每棵树都在喧嚣——
谈话也是一样：开始慢慢地进行，
直至遇到重要论题，像野猪被惊醒。
猎人谈话中的野猪是争论的热点：
书记官和巡官维护各自的猎犬。
争论的时间很短，而成绩却可观；
片刻间彼此投掷了许多秽语污言，
他们照常用尽了争论的四分之三
挖苦、发怒、挑战，就差以拳相见。

于是大家从别的房间奔向他们，
好像是一阵急流涌浪冲过房门，
冲开了站在门口的一对年轻人
他们俩就像雅努斯①这个两面神。

在他们掠整各自的鬈发之前，
那种威吓的叫喊已烟消云散，
夹着笑声的嘈杂声在房中传播；
争吵停息了，是修士使他们言和：
一位老年人，然而健壮、膀阔肩宽。
正当巡官冲到那法学家②的面前
正当两位斗士威武地相向挥拳，

---

① 在罗马神话中他最初是司光明的太阳神，雅努斯打开天门，让白昼降临
大地，晚上又把天门关上；后来成了司出入口之神。他被认为是一切开
端之神，他的头上有两副面孔。
②. 指书记官。

他蓦地从后面把两人拉到一起，
两次把他们俩的头重重地撞击
如同在复活节玩撞彩蛋①的游戏，
接着他张开了两臂，像一根路标
同时把他俩拖到房中相对的角落；
他又伸着手臂静静地站立了一瞬
喊道："和平，和平，愿你们和平！
　　　　愿你们和平！"②

双方都感到惊诧，甚至发出笑声：
由于对神职人员的应有的尊敬，
无人敢骂修士；而且经过了试验
没有人愿意去向这位修士挑战，
罗巴克终于使这些人归于安静，
很显然，他并不是为了争强好胜，
他不再去恐吓这两个相争的人，
也不指责他们；只是整了整头巾，
双手插进佩带，悄然走出了房门。

这时监督和法官站到双方之间。
沃依斯基也似乎从沉思中醒来
跟着也往争斗的双方中间一站，

---

① 一种复活节的民间游戏：煮熟的鸡蛋上绘有彩色图案，游戏者极力用自
　　己的彩蛋去把对方的彩蛋撞破。
② 原文系拉丁文。

用炯炯的目光向人群扫视一圈，
哪里还有噪声他便用蝇拍一指，
就像牧师挥动他的洒水器一般；
最后他高高举起了皮蝇拍的柄，
像元帅高举权杖，命令大家肃静。

"安静点！"他说，"你们要自尊，
你们可都是全县第一流的猎人，
胡吵会有什么恶果你们可知详？
我们祖国的希望全在青年身上，
他们应把光荣带给我们的森林，
可惜的是，他们本来不重视狩猎，
如今是轻蔑之中又添新的轻蔑！
他们看到，理应以身作则的人们，
从狩猎中却只带回不睦和纷争。
请你们看在我白发苍苍的份上；
我过去认识的猎人都比你们强，
我在狩猎法庭当过他们的法官。
在立陶宛的森林谁比得上雷坦？
论到组织围猎或单独与野兽相斗，
谁是比亚沃皮奥特罗维奇的对手？
如今哪里有贵族热果塔①那样的射手？
一颗手枪子弹便能击中飞驰的野兔。

---

① 诗人原是把长诗的主要人物雅采克·索普利查定名为热果塔。此处是修
改后遗留的残迹。

我认识泰拉耶维奇①，他去捕猎野猪
除了一支长枪从来不会带别的武器！
还有布德雷维奇，他常孤身斗猛熊；
我们的森林昔日见过的是这等好汉！
一旦发生争执他们又是如何解决呢？
他们先选出仲裁人，然后放下赌注。
奥金斯基②为一只狼输掉两千顷森林，
一只獾使涅肖沃夫斯基失去几座村庄！
先生们，你们也该学前辈的榜样
来解决争端，即使赌注小点也无妨。
话语如风，口头争论永无休止
为兔子争论空叫人舌燥唇干；
所以你们首先要选出仲裁人，
无论他如何判断你们都应老实服从。
我再请求法官，猎人在追捕兔子
即使得穿过麦地也不要加以禁止；
相信我能从主人那儿得到这份宠爱。”
他说着便紧紧地抱住了法官的膝盖。

“我赌匹马，” 书记官喊道，“连同马鞍，
我还要到地方政府去立字据备案，
这枚戒指是给我们的仲裁人作酬金。”

---

① 跟密茨凯维奇家关系亲密的家族的姓氏。
② 奥金斯基·米哈乌·卡基米耶什（1728—1800），立陶宛公爵，曾任立
陶宛的军队统帅。

"我，"巡官说，"赌我的狗项圈，

它外面包着蜥蜴皮，另带一把金锁

和丝织的系狗带，它的工艺高超

一如带上的钻石，是无价之宝。

我本想把这套作为遗产传给孩子，

如果我结婚；它原是珍贵的礼品

是多米尼克①亲王的馈赠。

我们一起打过猎，还有元帅

桑古什科②亲王和梅延③将军；

让猎犬比赛，我向所有的人挑战。

那是狩猎史上的壮举，盛况空前，

我用一条母狗抓住了六只兔子。

那时我们在库皮斯克草原④猎兔；

这拉吉维尔亲王在马上坐不住

跳下马抱住我那著名的卡尼亚，

在这小狗的头上接连吻了三次，

然后又在它的嘴上拍打了三下，

说：'我封你为库皮斯克的女亲王。'

---

① 拉吉维尔·多米尼克亲王酷爱打猎，移居华沙大公国，曾统帅过自费装
备的一团骑兵。他死于法国。奥韦卡和涅希维什亲王们的男系到此绝
后。他们原是波兰，也许是全欧最有权势的贵族。——原注

② 桑古什科·埃乌斯塔赫（1768—1844）亲王，曾任 1788 年至 1792 年四
年议会议员，1794 年参加科希秋什科起义，后任华沙大公国民团副总
指挥。

③ 梅延在科希秋什科的领导下参加民族战争，屡建功勋。至今还有人能指
点出留在维尔诺郊外的梅延堑壕。——原注

④ 诺夫哥罗德克东北面库皮斯克镇附近的涅曼河沿岸的草原。

84

像拿破仑把采地封给自己的将军
就在他们势如破竹奏凯的地方。"

泰莉梅娜已对这吵闹感到厌烦，
她要到院子里去，便想找个同伴；
她拿起一只篮子说："先生们，我看
你们想留在家里，我可要去采蕈；
想去的就请跟我来。"她刚说完
就把克什米尔红围巾①裹在头上；
她一只手牵着监督娇小的幼女，
另一只手垂下把长裙提到踝骨；
塔杜施无言地跟着她去采蕈。

出门散步的计划受到法官欢迎，
他想以这方式解决嘈杂的争论，
于是叫道："先生们，到森林去采蕈！
谁若是能把最好的带到餐桌上，
他就能坐到最美丽的姑娘身旁；
由他自己挑选。要是女士采到了，
就让她挑选个最英俊的少年郎。"

---

① 用喜拉马雅山区的克什米尔生产的一种极细的羊绒线织的围巾。

第 三 章

调情

伯爵的园中探险——神秘的牧鹅仙女——采蕈与乐土幽灵的漫游相似——蕈的种类——泰莉梅娜在遐想神殿——有关塔杜施前程的商讨——风景画家伯爵——塔杜施关于树和云彩的艺术观点——伯爵的艺术思想 —— 钟声 —— 便条 —— 一只熊，先生！

伯爵向家门走去，却常勒住坐骑，
他不时回首，向园子里频频谛视；
有一次他仿佛看到，那些窗户中
又有一件神秘的白衣裙在晃动，
又有什么轻巧东西从空中飘落，
转眼之间便斜穿花园一掠而过，
在翠绿的黄瓜藤叶间闪闪发亮：
酷似那从云层里射出的太阳光
落到地里翻耕出的一块硅石上
或把绿草地中如镜的水面照亮。

伯爵下了马，把仆役打发回宅院，
而他自己却想偷偷地溜进菜园；
不久便到了栅栏边，找到个缺口
便悄悄钻了进去，像狼钻进羊圈；
不巧，他碰动了干枯的醋栗树丛。
那小园丁，似乎被这窸窣声惊动，
她环视四周，但什么也没有看见；
于是她就跑到了园子的另一边。
伯爵便从旁边高大的酸模之间，

在牛蒡叶中爬行，用手撑着地面，
像只在草上跳的青蛙，悄悄爬近，
他伸出头来，又望见了一幅奇景。

园子这一边，长着稀疏的樱桃树，
其间是有意混杂了品种的谷物：
有小麦、玉蜀黍、蚕豆、大麦，
黄粟、豌豆，甚至灌木和花卉。
女管家想出在园子里饲养家禽，
她一向以善于经营而远近闻名，
这位能干的科科什尼茨卡夫人
在娘家叫因迪科维库夫娜小姐；
她所发明的把家禽养在园子里，
在养禽史上具有划时代的意义；
如今是众所周知，人人照此办理，
可当年这还是新事物，守着秘密，
只为少数人接受，后来印入历书，
标题是："养鹰或饲养家禽的新术"，
这新术指的就是这样一片园子。

有一只雄鸡，静静地站着守卫，
它一动不动，转过了尖尖的喙，
把大红冠子的头转向一旁
以便更容易向天空凝望，
它看到云中正倒悬着一只老鹰，
便发出长鸣：母鸡立刻在园中藏隐，

突然受惊的还有鹅、孔雀和家鸽，
它们来不及飞到屋顶的下面去躲。

现在天上的敌人已看不见了，
只有夏日的骄阳似烈火燃烧，
鸟儿因此都躲进了密密的麦丛；
有的躺在草上，有的沐浴在沙中。

鸟群中露出一些人的小脑袋瓜，
没戴帽子；明亮的亚麻色的短发
从颈部直裸到肩头；在他们中央
站着一位高出一头的长发姑娘；
孩子们身后有一只孔雀在开屏，
它张开的羽毛像彩虹五色缤纷，
这背景映照着那些白色的小脑袋，
宛如在一张画的背景上衬托出来，
它们在深蓝色的配搭之下
更加闪烁着熠熠的光华，
孔雀尾巴上那一圈圈发亮的眼睛
在谷物间辉耀，如晴空灿烂的繁星。

在金黄色的玉蜀黍秆子中间
是带有银色条纹的英国小草
珊瑚红的水星花、碧绿的锦葵，
花草的形状和颜色相映交辉，
像用金线和银线织成的格花

在风中飘舞，犹如轻柔的面纱。

在稠密的五颜六色的穗和秆上
华盖似的挂着黄蝴蝶，晶莹明亮，
它名叫"小祖母"，四片小小的翅膀
像蛛网一样轻盈，玻璃一样透明，
当它在空中飞行，就难以看得清，
虽然在振动，你会当它没有生命。

这姑娘抬手把灰色的缨子轻摇，
它的形状酷似一束鸵鸟的羽毛，
像是用来保护孩子的小脑袋
把一片金雨点似的蝴蝶赶开，
另一只手拿着有角的金色东西，
你会以为这是哺喂孩子的物器，
因为她轮流送进每个孩子嘴里，
其形状颇像阿马尔忒亚①的金角。

她虽然忙忙碌碌，但一听到响声
便把头转向了熟悉的醋栗树丛。
却不知她的敌人正从对面接近，
他已溜过了花床像蛇一样爬行；

---

① 据希腊神话，是一头母山羊的名字，它曾用自己的乳汁哺养宙斯，后来
宙斯把它接到天上化为星宿，成为御夫星座的五车二星。这头山羊的一
只角是件宝物，谁拥有它就能要什么有什么，人称"聚宝角"。

又骤然跳出牛蒡。她看到他已很近，
只相隔四畦菜地，正向她鞠躬致敬。
她已经调转了头，举起了双臂
像只受惊的金丝雀匆匆地飞离，
她那轻盈的脚步已从叶上掠过，
这时孩子们被吓得号啕大哭，
因为陌生人的闯入和姑娘离去；
她听见哭声，感到这样做太轻率，
怎能把担惊受怕的小东西丢开？
她转过身，犹豫着，但她必须回来，
像不愿受法师符咒召唤的灵魂；
对那叫得最响的孩子她最关心，
她坐在他身边的地上，把他抱紧，
又用手和亲切的话语安慰其他人；
他们放心了，小手抱着她的双膝，
头挨头，像小鸡偎在母鸡的两翼。
她对他们说："这样的哭闹可好听？
这有礼貌吗？可要吓坏这位先生。
先生不是来吓唬你们的丑陋乞丐，
他是和气的客人，你们瞧，他多美！"

她抬头一望，伯爵正好春风满面，
显然是很感激她的这些称赞；
她一看到这，便不说话，垂下眼睑
像含苞待放的玫瑰花满面含羞。

他的确是位漂亮先生，身材匀称，
椭圆形的脸蛋儿，白皙而又红润，
温柔的蓝眼睛，还有金黄的长发，
由几片叶子和几绺小草装饰它，
那是伯爵爬花床时获得的点缀，
绿油油的像是一个散乱的花环。

"你呀！"他说，"我该赠你怎样的美名，
你是神还是仙女①，是妖还是精灵?！
说吧！你来到这世界是出于自愿
还是别人用强权把你锁在人间？
啊，我明白了，一定是傲慢的情人，
富有的绅士或是妒忌的保护人
把你关在城堡园中，当妖来看守！
让骑士为了你去进行一番格斗，
你定是那伤心的传奇中的主角！
美人啊，把你苦命的秘密告诉我！
你定能得到解救，正如你一点头
便已主宰我的心，也能主宰我的手。"
他伸出了手。

她则带着少女的羞红

---

① 伯爵模仿荷马的《奥德赛》中主人公奥德修斯的口吻。那位希腊英雄曾
对瑙西卡公主说："我不知道你是女神还是人间的女郎，但无论你是谁，
我要请你保护我。"

听他说话，脸上充满了愉快的笑容：
正如小孩喜欢看到鲜艳的图画，
也会把闪光的假币①玩得心花怒放，
虽说不知其价值，那动听的话语
她听着舒服，虽说不懂它的含意。
最后她问："先生，您是从哪里来的？
您要在这园子里寻找什么东西？"

伯爵睁大了眼睛，恍惚而又吃惊，
他没有回答；最后他压低了声音
说道："请原谅！我扰乱了您的游戏！
我正赶去进早餐，啊，真对不起！
已经迟了，我想或许还来得及；
小姐知道，要是走大路得绕大弯，
穿过园子，我想能笔直进入庄院。"
姑娘回答说："先生，请您走这边；
不过请别踩了菜畦；草地有小径。"
"它是在左面还是在右面？"伯爵问。
这小园丁抬起了蔚蓝色的眼睛，
似乎在把他研究，充满了好奇心：
房子在千步之外，看来如在掌上，
伯爵还问什么？可他却找她咨询，
伯爵为跟她交谈显然在寻找托词。
"小姐，您住在这里？靠近这个园子？

---

① 一种金属代币，在赌博时代替钱计算输赢。

是住在村子里？为何我在这大宅
没有见过您？您是路过？还是做客？"
姑娘摇摇头。"原谅我，可爱的姑娘，
看得见窗子的那间是您的卧房？"

他心想："她若不是传奇中的主角，
也是一位年轻而美貌的姑娘。
隐藏在寂寞中的常是伟大的灵魂，
伟大的思想，如玫瑰花开放在密林；
只要将它带了出来，放到太阳光下，
就会以无数辉煌的色彩令人惊诧！"

这时小园丁站了起来，不声不响
抱起了一个小孩，把他搭在肩上，
手拉着另一个，前面又赶着几个
斜穿过园子走去，就像赶一群鹅。

姑娘转身来问他："先生，您可愿意
把那些跑散了的家禽赶回田里？"
"我赶家禽？"伯爵叫道，大吃一惊；
此时她已被树木遮挡，不见身影。
只是刹那之间透过树篱的绿荫
有件东西在闪烁，像两只蓝眼睛。

孤独的伯爵久久地呆立在园里：
他的灵魂有如日落之后的大地，

渐渐地冷却，罩上了阴暗的色彩；
他陷入梦幻，可他的梦极不愉快。
他醒了，该对谁发怒，自己也不清楚；
可惜，他期望过高而收获却太少！
因为当他向那牧女爬去的时候
他的头在燃烧，一颗心儿在狂跳；
他把那神秘仙女看得如此娇丽，
加上许多推测，装饰得那么神奇！
到头来天差地别：不错，她长得美，
身段窈窕，但又多么俗气和粗野！
她那丰满的脸盘和鲜艳的羞红
描绘出的是过度而平庸的娇宠！
她的思想还在沉睡，心也未开窍；
而且那些回答又多像个乡巴佬！
"我何必自欺，"他叫道，"事后聪明！
我的神秘仙女原来在放牧鹅群！"

随着仙女的消失，魔术般的景象
都变了样：那飘带，那金银的方格
原来多么迷人，可惜，难道是麦秸？

伯爵倒背着双手痴痴地凝望着
那一小捆用青草缠绕的扫帚草①，
他曾看作是少女手中的鸵鸟毛。

---

① 　　一种具有穗状花序的草，形如扫帚。

他也不会忘记那物器：那个金壶
阿尔马忒亚的金角，却是胡萝卜！
他看到它被一个贪嘴的孩子啃完：
于是符咒、妖法、奇迹都烟消云散！

正如有个少年看到一朵蒲公英，
轻柔的绒毛引诱他用手去抚摸，
他走上去，轻轻一吹，随着这一吹
整朵花上的绒毛都在空中飘飞，
这过于好奇的探究者手中所擎
是一根光溜溜的灰绿色的秃茎。

伯爵把帽子向下一压，迈上归途，
想从来的方向回去，却抄了近路，
他跨过了菜地、花草和醋栗树丛。
直到跨过栅栏才感到一阵轻松！
他记起自己对姑娘提到过早餐；
也许大家已知道他们园中相见，
房子离得很近，也许会派人来寻？
已发现他要溜吗？那可太难为情！
他得赶紧走。在栅栏旁弯下了腰，
打了一千个转，沿着地界，踏着野草
总算走上了大路，他心里很高兴，
这条大路可直通这宅院的门庭。
他挨着栅栏行走，从园里掉转头，
就像那绕开谷仓的心虚的小偷，

为了不让人看出他曾前去光顾。
伯爵如此小心，虽然没有人跟踪；
他把视线转向右边，望着园子对面。

这是一片稀疏的树林，绿草如毯；
草毯之上，洁白的白桦树干之间，
在葱绿而低垂的树枝的华盖下面
有不少人影在晃动，古怪的行径
像是跳舞，奇异的装束：有如幽灵
在月下徘徊。有人穿紧身黑衣裳，
有人穿着飘逸的长袍，雪白明亮；
那一个戴着一顶礼帽大如桶箍，
这一个露着头，有的如裹着云雾，
走着的时候，让纱巾在风中飞舞，
飘扬在头后，有如彗星拖着长尾。
各人姿势不同：有的静静地站立，
只是低垂着眼睑巡视下方土地；
有的盯住前方，宛如梦游走钢丝，
既不向左也不向右看，目不斜视；
但是大家都频频弯腰，方向不同
却都冲着地面，仿佛在深深鞠躬。
如果他们走到一处或对面相遇，
他们彼此不说话，也不打个招呼，
只是聚精会神，关心自己的事情。

伯爵以为他们都是乐土①的幽灵，
他们既无烦恼，也没有疾病、痛楚，
平静而又悠闲地走着，但很阴郁。

谁能猜测到，这多静少动的一群，
这寂静的人们，竟是我们的熟人？
竟是法官的伙伴！从喧闹的早餐
出来参加这采蘑菇的庄严大典：
他们都是谨慎而有德性的绅士，
对自己的语言和行动都很节制，
举手投足都能适合时间和地点。
所以他们在跟法官去森林之前，
就按不同的身份去把服装更换，
合乎散步的是棉布料子的罩衫，
他们穿在外面保护他们的外套，
他们的头上都戴了雪白的草帽，
所以看起来白得像炼狱②的鬼魂。
年轻人都换了装，除了泰莉梅娜
和几个穿法式服装的时髦的人。

这一幕
伯爵并不明白，他不知乡下习俗，

① 据古代传说，善人死后，灵魂在下界的乐土过着平静的生活。
② 炼狱是介于天堂和地狱之间的涤罪所，人死后进入天堂前，在这里涤净
生前的罪恶。

99

于是他诧异地飞快向林子跑去。

蕈的种类多：小伙子们爱采狐蕈，
它漂亮，在立陶宛歌谣中很有名，
虫不吃它，因而成了处女的象征，
怪的是没有昆虫敢在它上面停。
少女们最爱采集苗条的牛肝菌，
它在歌谣里有蕈中上校的美名[①]。
大家都爱采松乳菌，它个子较小，
在歌谣中最不出名，但味道最好，
无论新鲜还是腌过，也不论秋冬。
可是沃依斯基只把毒蝇蕈看中。

其他的普通蕈类便没有人去找，
因它们不是有害就是味道不好；
但不是无用，有的可让野兽去吃，
有的可做昆虫巢或森林的装饰。
在草原的绿色桌布上杯盘陈列：
那叶蕈的圆边带有银、红、黄三色，
宛如斟满了各色美酒的大酒杯；
羊蕈像倒立的杯子凸出的杯底，
漏斗蕈像香槟酒杯，它文雅俏丽，
那圆形的白蕈色白宽大而且扁，

---

① 立陶宛有首著名的歌谣，描绘蕈类在牛肝菌的统率下去作战。歌谣中还说明了食用蕈的特点。——原注

仿佛是盛着牛奶的萨克森瓷盘。
还有那圆溜溜像个球的灰球蕈，
装满了黑色的粉末像个胡椒瓶。
其他的蕈可是多得数也数不清，
在兔子或狼的语言中才有名称，
人类尚未来得及给它正式命名；
狼和兔子的蕈类谁也不愿去采，
若有人弯下腰，当他发现是看错，
一怒就会把它撕碎或抬脚一端；
他如此糟蹋这草地，实在不应该。

泰莉梅娜对所有的蕈概不采集，
她东张西望，心情烦躁而又焦急，
头抬得很高，所以书记官很气愤
说她是在搜寻长在树尖上的蕈；
巡官则恶毒地把她比作了鹪鸟，
想在这一带找地方给自己筑巢。

而她似乎是在寻找孤寂和宁静，
慢慢地，她便离开了自己的伙伴，
穿过树林走到缓缓斜升的坡上，
这儿稠密的大树撒下一片阴凉。
中央有块灰色的石头；石头下面
涌出一股小小的溪流，流水潺潺，
它也找凉快，躲进了蓁蓁的草丛，
由于这水的灌溉，到处郁郁葱葱；

这敏捷而顽皮的溪流，裹着青草
用树叶铺垫，躺着不动也不喧闹，
看不见它，只听得见它的絮语声，
像吵闹过的孩子被放进了摇篮，
他母亲在上面挂了翠绿的帷幔，
又在他的头边撒下了罂粟[①]花瓣。
泰莉梅娜常避到这幽静的处所
并把它称之为自己的遐想神殿[②]。

她站在溪边，把红围巾掷在草地，
它本来飘在她肩后，玛瑙般艳丽，
她像一个冬泳者弯着身子，
正要鼓足勇气往下跳，却跪下了，
慢慢地她侧着身子向下方俯去；
终于像是被这珊瑚之流所吸引，
扑到围巾上并把身子舒展开来，
两肘搁在草上，两鬓用双手支撑；
她的头低下了；在靠近头的下面，
一本法国书的仿羊皮纸[③]光灿灿；
乳白色的书页已被她对半翻开，
上面飘着她的黑发和粉红丝带。

---

① 立陶宛习俗，在小孩的枕畔撒一点罂粟花瓣，起催眠作用。
② 泰莉梅娜模仿的是 18 世纪末波兰"感伤主义"的贵妇们的做派。
③ 一种首先在法国生产的极光滑而且发亮的纸张，用于印刷精装书籍。

翠玉般的茂草间，玛瑙般的围巾上，
穿长衣裙的她有如裹着珊瑚外壳，
一端衬托着她那头深色的鬈发，
另一端是她的黑靴和雪白的长袜，
还有白色的手帕、手和脸都在闪烁，
远看好像一条五光十色的小虫，
在一片碧绿的枫叶上悠闲地爬着。

　　　　　唉，可惜！
这幅图画中的一切妩媚和优雅
竟是徒劳地在等待一位鉴赏家；
无人问津，因为大家都忙于采蕈，
除了塔杜施那从旁注视的眼睛。
他不敢径直去，便绕弯蠕蠕而行：
像个猎人，驾着双马车徐徐前进，
在移动的树枝天幕下向鸨鸟逼近，
又像去猎一只金鸰，躲在马后藏身，
把枪放在马鞍上或挂在马的脖颈，
就像拖着一把耙，沿着田埂前进，
于是离鸟群栖息的地方越来越近；
塔杜施就这样小心翼翼地前行。

　　　　　　可他的计划被打乱，
法官截了他的路，快速走向泉边。
那长外衣的白色衣裙在风中飘动，
系在腰间的大手帕也飘舞在风中；

他那系好的草帽，因匆忙的动作
也像牛蒡的叶子在风中拍打着，
时而落在肩头，时而落在眼睛上；
法官大步走去，手持一根大拐杖。
他弯下身子在溪水中把手洗净，
便在泰莉梅娜面前的石上坐定，
他用双手按着大拐杖的象牙柄，
就这样开始了他跟女士的谈心：

"亲爱的，你看到，自塔杜施来临，
我这颗心就忐忐忑忑极不平静；
我无子息，也老了，而他年轻有为，
实在是我在这世上唯一的安慰，
他又是我的财产的未来继承人。
苍天保佑，遗产的分量不会很轻；
现在应该考虑他的命运和前程；
但是，亲爱的，这事实在使人烦闷！
你知道，雅采克，我的兄长，他的父亲，
是个怪人，他的意图我难以弄清，
他不愿回国，天知道他躲在何方，
又不让儿子知道他活在世上，
却不断发指示，决定儿子的命运。
起先要送他去军团①；我非常担心。

———————————

① 指雅采克原想把儿子送到华沙公国（1807—1815，由拿破仑建立）的军
队去服务。

而后来又同意他留在家里，结婚。
他娶妻不难，我已为他选到好门庭；
论声望或关系，无人可与监督相比，
而他的长女安娜也已到结婚年纪，
姑娘长得很漂亮又有不少妆奁。
我想去提亲。"——泰莉梅娜面色惨白，
她合上了书，抬起身子坐了起来。

"我敢打赌，"她说，"这有何意义？
我的好哥哥，难道你不敬畏上帝？
若是把一个好青年变成种麦人，
难道你以为这是对塔杜施发善心！
这是断送他的前程！他会诅咒你
把他的才华埋没在森林和菜地！
相信我的话，我看这孩子很能干，
值得到外面的世界去磨炼一番；
若是把他送到首都，譬如到华沙，
你就干了件好事；至于我的想法，
最好是把塔杜施送到彼得堡去，
今年冬天我正好也要去办点事；
关于塔杜施的事，我们可以讨论；
我在那边有点影响，认识许多人，
这才是造就一个人的最好方式。
有我的帮助他会接近名门望族，
有要人赏识，职位和勋章不难谋；
然后，如果他愿意，也可弃职还乡，

到那时，他已有了身份和名望。
你以为如何，哥哥？"
"是呀，正值他在青春年华，"
法官说，"是该让他出去闯荡一番，
见见世面，在人们中间磨炼磨炼；
我年轻时也曾游历过不少地方，
有时以律师身份出现在法庭上，
有时也为自己的事务四处奔忙，
到过彼得库夫①，杜布诺②和华沙。
而且我获益匪浅！当然我也希望
能把我的侄子送出去游历四方，
让他去做一名尚未满师的学徒，
且把有关世界的知识都学到手。
不是为了地位和勋章！请你原谅，
莫斯科的地位和勋章，有多大分量？
过去，以至于现在，有哪一位先生
只要是本县里稍微富有的乡绅
会看重这等小事！他们受人尊敬
只是由于他们的家族和好名声，
就是职务，也是本地的职务，
来自与他们同等的公民的选举，
而决不是由于什么要人的恩赐。"

---

① 波兰王国最高法院所在地。
② 在沃伦地区，那里经常举行大规模的集市贸易，远方的人都到那里去。

泰莉梅娜打断说："如果你这样想
那更好，就把他送出去游历、观光。"

"妹妹，你看，"法官阴郁地搔着脑袋，
"我倒愿意，可是新麻烦接踵而来！
雅采克不肯放弃对儿子的照顾，
这不又派了伯尔纳修士来监护，
他是从维斯瓦河对岸来到此地，
是我哥哥的朋友，知道他的妙计；
因此他们安排了塔杜施的命运，
要他结婚，娶佐霞，你的被监护人，
这年轻的一对，除了有我的财产，
还能得到雅采克的一大笔妆奁；
亲爱的妹妹，你也知道，他很有钱，
他的恩惠使我的产业得以保全，
他有权支配一切。请你盘算盘算
如何使事情顺利又能减少麻烦；
应该先让他们接近。他俩都年轻
尤其是佐霞，可这倒也不太要紧；
如今对佐霞的管束也应该解除，
她已经从孩子长成了妙龄少女。"

泰莉梅娜惊诧得几乎是发了慌，
她慢慢抬起身子跪在了围巾上；
她先仔细地听，然后打手势反对，
把一只手在耳朵上使劲地挥动，

想轰走不中听的话，像驱赶昆虫，
恨不得它再回到说话者的口中。

她气愤地说："啊，啊，这倒是新奇！
对塔杜施到底是有害还是有益，
法官大人，您自己尽可去作判断，
我不管，您也别来征求我的意见，
想叫他当个管家还是酒店老板，
或者到森林去打野兽给您下饭，
您想怎么办就怎么办，随您的便！
至于佐霞，法官大人，您岂能去管？
我管着她的婚姻，只有我能去管！
不错，她受教育雅采克是出了钱，
他每年提供了一笔小小的年金，
也许他还作过一些其他的承诺，
不是说这就买下了她。您也知道，
其实这件事早已经是家喻户晓，
你们对于我们的大方并非事出无因，
索普利查家欠着霍雷什科家的情分。"
（法官听到了这里感到十分不安，
充满了困惑、恼怒和明显的厌烦；
似乎怕她再说下去，忙把头点了点，
又做了个承认的手势，羞红了脸。）

泰莉梅娜结束道："是我抚养了她，
我是她的亲戚，是她唯一的庇佑。

除了我，谁也不能决定她的幸福。"
法官抬起了眼睛，反驳她的议论：
"要是她在这婚姻中能找到幸福？
要是塔杜施这小伙子被她看中？"
"看中？这还不是梨子结在柳树上；
看中，看不中，对我是一概不算数！
佐霞虽不可能成为富有的对象，
但她也不是个农家女乡下姑娘，
她的祖先人称'麾下'，省长之女，
霍雷什科的外孙女；不愁没人娶！
为了她的教育我耗尽一腔心血！
但愿她在这里不至于变得粗野。"
法官注意地听着，望着她的眼睛；
他的外表看起来显得十分平静，
他颇为高兴地说："唉，这如何是好，
上帝啊，我诚心想把事情办周到；
请不要发怒，妹妹，如果您不同意，
您有这权利；不过不值得您生气；
我是遵照哥哥的吩咐和您商量，
您若拒绝塔杜施，谁也不能勉强；
我去给雅采克答复，不是我的错
导致塔杜施和佐霞的婚姻无望。
现在我只好自己做主，派媒人去
和监督谈谈，这件事得通盘考虑。"

经过这段时间泰莉梅娜消了气：

"我并没有拒绝，哥哥，请不要着急！
你说过，他俩还太年轻，为时尚早，
让我们再看看，再等等，有何不好，
先让这对年轻人认识；观察他们，
对人的命运岂能马虎，心存侥幸。
不过我事先要提醒你，不要逼他，
也不要怂恿塔杜施去追求佐霞，
因为人心不是奴仆，听主人召唤，
更不肯让别人用武力套上锁链。"

于是法官站了起来，沉思着走开；
塔杜施先生从相反的方向过来，
他装成是采蕈把他引到了此地；
伯爵也朝同一个方向慢慢挪移。

当法官跟泰莉梅娜发生了争论
伯爵站在树后，见这场面很震惊；
他从口袋里掏出了铅笔和纸张
这些随身用具；就靠着一个树桩
铺开了纸，显然是突然来了画兴，
他暗自想："是谁安排了此情此景？
他坐岩石，她坐草地，入画的组合！
有个性的头和脸的对比多谐和！"

他走近前去，又停住，揸了揸视镜①，
又用手帕擦了擦眼睛，看得忘情：
"会不会把这种奇妙、美好的场景
破坏或改变，如果我偷偷地走近？
绒毯似的草地能是甜菜和罂粟？
难道我会把这仙女看成管家妇？"

虽说伯爵经常在法官家里做客，
而泰莉梅娜他也不止一次见过，
但很少注意；此刻却惊讶地发现
竟在她身上找到了绘画的灵感。
地点优美、姿势迷人和服饰高雅
这一切都使人几乎认不出她。
她眼里还闪耀着未熄灭的怒火；
她的脸由于清新的微风的吹拂
同法官的争论和他俩突然到来
涌起了一阵阵火辣辣的红潮。

"女士，"伯爵说，"请您原谅我的大胆，
我既是来表示感激也是来道歉，
道歉是因我暗中窥视您的行踪，
感激是因我做了您遐想的见证；
我得罪了您！我欠了您许多的情！
我打断了您的遐想，却得到灵感！

---

① 　一种带把儿的玻璃眼镜，通常挂在胸前链子上。

多么幸运的时刻！也是我的罪愆，
但那艺术家却正期待您的赦免！
我已经太莽撞，现在我更是斗胆
来请您对我的画进行一番评判。"
他跪下来，把风景画捧到她面前。

泰莉梅娜对他的速写进行评论，
用了客气又是艺术行家的声音；
赞扬虽不多，但也并不吝惜鼓励：
"不错，"她说，"你很有才华，我祝贺你。
你可别偷懒，得去寻找优美环境！
啊！那可爱的意大利的蓝天白云！
啊！那恺撒们的灿烂的玫瑰花园①！
你们，梯布尔②的典雅的瀑布、喷泉！
帕齐利普的可怕的崎岖的隧道③！
那才是画家的天地！这儿，天知道！
缪斯④的孩子放在索普利佐夫哺养
定会饿死。伯爵，我要去配上镜框
或是放进我专门集画的画册里；
我从各处搜集的画都在书桌里。"

---

① 古罗马帕拉蒂诺著名的花园。这两句诗均引自波兰诗人斯·特伦贝茨基
  （1739—1812）的著名长诗《索菲亚花园》。
② 罗马附近的蒂沃利城，在古罗马时称梯布尔。
③ 那波利附近的帕齐利普山上从岩石中开凿的隧道。
④ 希腊神话中司诗歌、艺术和科学的女神。

他们谈起了天的碧蓝，海的汹涌，
芬芳的风的吹拂和岩峰的险峻，
学着旅行家的派头，在言谈之中
不时插入对祖国的讥笑和嘲讽。

立陶宛的森林就在他们的身边，
是那样的美丽又是那样的庄严！
黑醋栗树缠着野忽布花的花环，
花楸树带着羞红的牧女的娇颜，
榛树像一位举起绿神杖 ① 的女妖，
装饰着珍珠似的果像串串葡萄；
在它们的下面是森林里的顽童：
绣球花把山楂紧紧地抱在怀中，
悬钩子用黑嘴唇跟覆盆子亲吻。
树和灌木的叶子把手拉得紧紧，
宛如围绕新婚夫妇的男女青年
站立着准备跳舞。在这一群中间，
那一对体态优雅，色彩格外娇艳，
比森林中的其他树都高大好看：
那是妻子白桦和她的丈夫山榆。
再远一点是年高德劭的山毛榉，
正默默地坐着朝他的子孙凝视。
那边是主妇白杨，还有一棵槲树，

---

① 指追随与崇拜酒神狄俄倪索斯的狂女，她们参加酒神节时带着用常春藤
和葡萄藤缠的手杖，吵吵嚷嚷，疯疯癫癫。

上面布满了青苔，像老者的胡须，
伛偻着背驮着五个世纪的重负，
它靠在别的槲树硬化的枯干上
如同支撑着祖先墓道上的断柱。

塔杜施辗转不安，他已十分讨厌
他不能参与的这没尽头的扯淡；
直到他们开始吹捧外国的森林
又轮流着列举各种不同的树木：
柑橘树、柏树、橄榄树、扁桃树，
仙人掌、沉香树、红木、檀香树，
柠檬树、常春藤、胡桃，以至无花果，
对其形状、花朵和树干赞不绝口，
这时候塔杜施绷着脸喘着粗气
终于再也按不住他心中的愤怒。

他单纯，却能感受大自然的美好，
他眼望故乡的森林，充满灵感地说：
"我在维尔诺的植物园里曾见过
你们赞扬的树，它们生长在东方
南方以及美丽的意大利土地上；
它们中哪一种比得上我们的树？
是避雷针那样长杆的沉香树？
还是柠檬树——那挂满金球的矮妇？
漆亮的树叶，形状又短又粗又圆，
像一个妇人矮小、丑陋，但很有钱。

或者是受赞美的柏树？瘦小细长！
令人感到它不是厌烦就是忧愁。
都说它立在坟头那样子很悲伤①，
像宫廷丧礼上的德国侍者一样，
呆立着既不敢举手也不敢回头，
唯恐自己触犯了什么礼仪规章。

"难道我们老实的白桦不更美丽？
它像个农妇，为自己的亲子哭泣，
或者像哭亡夫的寡妇，扭着双手
让她蓬松的长发从肩头流到地上！
悲痛使她沉默，却未能止住呜咽！
请问伯爵，如果你对绘画真有情，
为何不画自己置身其中的树林？
难怪乡邻们都在笑你伯爵大人
说你住在立陶宛的丰饶的平原，
可画的却是别国的岩石和荒蛮。"

"朋友！"伯爵说道，"美丽的大自然
是形式、背景、素材，灵感才是灵魂，
它是凭借着想象的翅膀而上升，
经过鉴赏力的磨炼，由法则支撑。
单是自然还不够，有热情也不行，
艺术家应该向理想的境界飞升！

---

① 　在欧洲的南部，柏树是坟场种植得最多的树，被人视为悲伤树。

并不是所有美的东西都能入画！

你以后书读多了就会渐渐觉察。

至于说到绘画，要画出一幅好画，

就需要观点、配置、综合，还有天空，

意大利的天空！对风景画艺术来说，

意大利无论何时都是画家的祖国。

因此除了布雷歇尔——不是叫'地狱'的，

是那位风景画家（有两个布雷歇尔[①]）

再除了吕斯达尔[②]，在整个的北方

可还有一个第一流的风景画家？

天空，有了美丽的天空才有绘画！

至于我们的画家奥尔沃夫斯基[③]……"

泰莉梅娜插嘴说："也有股索普利查味儿，

（应该知道，这是一种索普利查病，

除了祖国，他们什么都不放在心上。）

那位画家在彼得堡度过了一生

很有名（他的几张速写被我收藏），

他挨着皇帝，住在宫中，如在天堂，

你难相信，伯爵，他那样怀念故乡，

---

① 布雷歇尔兄弟都是荷兰著名的画家。哥哥彼得（约1564—1638）喜欢以
地狱、魔鬼加火灾为题材，人称"地狱的布雷歇尔"；弟弟扬（1568—
1625）喜欢画风景画，人称"天堂的布雷歇尔"。

② 吕斯达尔叔侄都是荷兰著名的风景画家，叔父吕·萨洛蒙（1602—
1670）长于画河上风光；他的侄儿吕·雅各（约1628—1688）长于画
北方大平原的风光。

③ 奥尔沃夫斯基，著名的世态画家。他在去世前几年才开始画风景画。最
近在彼得堡去世。——原注

他不断地回忆起他的青春时光，
波兰的土地、天空、森林他都赞扬。"

"他有头脑！"塔杜施喊道，充满激情，
"我听到你们谈论的意大利天空，
蔚蓝、清澈，可就像结了一层严冰；
难道狂风骤雨不比它美丽百倍？
在我们的国度里，只要你抬起头，
就会有多少美景映入你的眼睛！
云朵变幻中有多少图像和场景！
朵朵云彩各不相同：那秋天的云
像乌龟懒懒地爬行，背负着阵雨，
带着喧闹声从天空直泻到大地，
如同松散的发辫，那是雨的长溪；
冰雹云像升空的气球，随风飘荡，
那是圆圆的、暗蓝的、带黄色的闪光，
四周还发出轰响；甚至普通白云，
请你们看一看，在怎样地变幻着！
开始时像一群大雁或者是天鹅，
风从后面像只老鹰把它们追着：
它们聚集、挤压、增长，新奇的景象！
多么像一群战马奔腾在草原上：
显出了弯弯的脖颈，高耸的鬃毛，
射出一排排的腿飞驰在天穹上。
它们都白得像银子，它们跑乱了
忽然又从那脖颈上升起了桅杆，

从鬃毛上舒展开了宽阔的白帆，
马阵变成帆船，在蓝天的碧波上
壮观地，缓慢而又宁静地起航！"

伯爵和泰莉梅娜抬头向上望着；
塔杜施一只手给他们指点云朵，
另一只轻轻握着泰莉梅娜的手；
这静默的场面持续了许久许久；
伯爵把纸铺在礼帽上，掏出铅笔：
这时宅院的钟发出刺耳的轰鸣，
这寂静的森林里立刻一片喧腾。

伯爵点了点头，说话的语调严肃：
"这世上的一切都是以钟声结束，
这是命。理想的计划，伟大的筹谋
天真的游戏，愉快的友谊，都难长久，
即使是那种敏感的心灵的表露！
当这青铜从远处咆哮，一切就全乱了套，
都毁了，断了，迷糊了，一切全消！"
他向泰莉梅娜投去动情的一瞥：
"还剩下什么？"而她回答说："回忆！"
她为了减轻点伯爵忧郁的心情，
就以早先采下的勿忘我花相赠。
伯爵吻了吻这花，就往胸口上戴；
塔杜施从另一边把绿树枝拨开，
看到绿丛里有朵白花向他伸来，

这是只洁白的手，像百合花一样；
他抓住了，把嘴唇悄悄贴在手上
像一只蜜蜂钻进百合花采蜜糖；
他感到嘴上冰凉；原来是把钥匙
和卷在钥匙孔里的便条，一片白纸；
他藏进了衣兜；不知钥匙的用途，
但那张白纸条会把一切解释清楚。

钟声响个不停，森林深处在喧哗
像是回声，上千种叫喊一片嘈杂；
人们彼此招呼，或者是相互寻找，
这是宣告今天采蕈结束的信号，
这声音不像伯爵所想象的阴沉，
更不悲惨，那是迎接午餐的欢腾。
这钟每天正午都在屋顶下长鸣，
催促回家进午餐的仆役和客人：
这是许多古老世家的习俗传统，
法官的宅院还保留着这种古风。
于是从森林里出来了一大群人，
拎着盒子、篮子和束着角的手巾，
盛满了蕈。姑娘们一手举牛肝蕈，
就像是擎着一把折拢的羽毛扇，
另一只手中托的是木耳和叶蕈，
宛如束在一起的野花，五彩缤纷。
沃依斯基手里是毒蝇蕈一大把。
泰莉梅娜和两位公子空手回家。

客人们依次而入，大家围立桌旁，
监督被推举走到了首席座位上；
就年龄和官职他理应享此尊荣。
他边走边向在场的人频频鞠躬；
他旁边的位子是那伯尔纳修士，
这募化修士之后是法官的位置。
修士念了遍短短的拉丁文祷词；
于是给男宾上酒，大家便都入座
静静地有味地吃着立陶宛冷盘。

今天午餐进行得比平时更安静；
虽说主人一再请求谁也不吭声。
卷入这场有关猎犬之争的犬主
全都在考虑明天的斗争和赌注；
沉重的思想常会封住人的嘴巴。
泰莉梅娜虽常常和塔杜施谈话，
但不时又把头转向了伯爵一边，
甚至还禁不住偷眼望一望巡官：
像猎人既要注意诱黄莺的罗网
同时还要留心捕捉麻雀的套环。
塔杜施和伯爵都感到莫大欢愉，
都满怀希望，因此都寡言少语。
伯爵不时傲然地望望那朵小花，
塔杜施则偷偷朝衣兜投去一瞥，
像担心那把小钥匙是否会丢掉，

他的手触到了不曾看过的便条。
法官给监督斟香槟和匈牙利酒，
殷勤伺候，不时按按他的膝头，
可是他却不热心去找监督交谈，
显然是有某种隐秘堵塞在心间。

在静默之中撤换了一道道菜肴；
终于有人打破了这午餐的单调，
一位不速之客，护林员冲进里边；
甚至不曾注意到这是午餐时间，
他跑到主人跟前；从态度和表情
可知他送来了重要非凡的信息。
所有的人都朝着他转过了眼睛，
他喘了口粗气说道："一头熊，先生！"
大家都猜到，那头熊已走出老巢，
它会往涅曼河对岸的莽原流窜，
大家一致认定，必须去跟踪追击，
虽说他们未曾讨论，也缺少主意——
但那些短促的话语，凌乱的手势
和各种命令，表达了共同的思想，
虽说是乱哄哄七嘴八舌的吵闹，
然而大家都有一个共同的目标。

"去村里！"法官说，"骑马去找百夫长①！

---

① 管一百名农奴的监督。

明天天亮都参加围猎①，但要自愿；

凡是拿长枪参加的人，可以免除

两天的修路徭役和五天的劳役②。"

"快，"监督喊道，"快骑上我的大灰马，

赶到我家去，快去牵来我的猛蛭③，

这两条猎犬在这一带名声显赫，

母犬叫斯拉齐娜，公犬叫斯拉尼克，

给它们戴上嘴兜，要装进袋子，

为了尽快赶到，让马把它们驮来。"

"万卡！"巡官用俄语冲仆人喊叫，

"快去磨一磨我的桑古什科猎刀，

那是亲王赠送给我的无价之宝；

检查一下皮带，看弹夹是否装好。"

"枪都要准备停当！"大家一齐喊道。

"拿铅来！拿铅来！"巡官不停地唠叨，

"我的猎袋里就装有一个子弹模④。"

法官又吩咐："去对村里的牧师说，

明早的弥撒到森林小教堂去做；

念一遍短短的祷词为猎人祝福，

---

① 围猎中不仅有猎人参加，同时还要有一群人（农奴或自耕农中的猎户）包围猎场，把野兽赶到猎人的射击圈内。

② 农奴耕种着贵族庄园的土地，必须给贵族服各种徭役和劳役。

③ 一种体小但很强壮的英国猎犬，人称猛蛭，用以追猎大野兽，尤其是熊。——原注

④ 当时没有现成的子弹，都是猎人自己用铅铸子弹，因此需要有子弹模子。

就是那种普通的圣休伯特①弥撒。"

命令发布之后便出现一片寂静；
大家都在沉思，目光向四周搜寻，
似乎在寻找谁；逐渐所有的目光
都停在了沃依斯基威严的脸上：
表明他们在找明天围猎的首领，
于是他们给沃依斯基献上权标。
管家站起来，明白伙伴们的心意，
用一只手重重地拍了一下桌子，
并且从他的胸口拉出了金链条，
上面挂着一只大如梨子的金表。
"明天，"他下命令说，"清晨四点半钟，
猎人兄弟②和猎户到森林教堂集中。"

他说完就走了，护林员跟在身后；
他们要把未来的围猎计划研究。

像首领把未来的作战命令宣布，
全营的战士就忙着去擦枪、吃喝，
躺在大衣上或马鞍上，无忧无虑；
首领们在寂静的帐篷里策划运筹。

---

① 圣休伯特（约656—727）是传教士，曾任荷兰马斯特里赫特主教，至
15世纪才传说他是猎人的守护神。

② 在贵族的语言中只对贵族称兄弟，表现出一种贵族的等级优越感。

午餐中断了，白天都在钉马掌、
喂狗、收集和擦净武器中度过，
晚饭的时候几乎无人坐在桌旁，
连短尾的一方也不同猎鹰一党，
再去为过去的那些事争短论长：
书记官和巡官和好了，手牵着手
一道去找铅。其余疲劳困顿的人
都早早上床，为明天能准时动身。

第 四 章

鼓动和围猎

卷发纸的幻象惊醒了塔杜施——错误发现太晚——酒店——密使——巧妙地运用鼻烟盒把讨论拉入本题——老巢——熊——塔杜施和伯爵遇险——三枪——萨加拉斯枪和桑古什科枪之争的解决有利于霍雷什科的单筒猎枪——酸菜肉——沃依斯基关于陀维科和陀美科决斗的故事被猎兔打断——陀维科和陀美科故事的结束

比亚沃维查①，希维特什②，波纳尔③

和库舍莱夫④的葱茏树林啊，

你们都和立陶宛的大公们同龄！

有多少王公享受过你们的绿荫！

你们可曾记得威严的维特勒斯⑤、

伟大的明陀韦⑥和大公格底明⑦？

在波纳尔山中，燃着猎人的篝火，

就是这位大公躺在一张熊皮上

倾听着睿智的利兹德伊科⑧的歌，

一边又领略着维利亚河的风光。

维雷卡河流水的和音把他摇晃，

在蒙眬之中他梦见了一只铁狼；

---

① 诺夫哥罗德地区古老的森林。
② 诺夫哥罗德地区的湖泊，四周森林环绕。
③ 维尔诺附近长满树木的山丘。
④ 在诺夫哥罗德地区，过去称为科舍莱夫原始森林。
⑤ 维特勒斯（1293—1315），13世纪和14世纪转折时期的立陶宛大公。
⑥ 明陀韦（？—约1263），也称门陀格，立陶宛大公，1226年至1236年
统一了立陶宛，并于1253年加冕为立陶宛国王，把首都建在诺夫哥罗
德克。
⑦ 格底明（？—1341），立陶宛大公，巩固了立陶宛的统一。
⑧ 据编年史记载，利兹德伊科是立陶宛最后一位多神教的大主教。

他惊醒之后，便遵照天帝的命令

建造了维尔诺①城，就在森林中央，

恰似野牛、野猪和熊群中的一只狼。

从维尔诺城，一如从罗马的母狼②，

出了凯依斯图特③、奥尔格德④及其子孙，

他们既是著名的骑士又是出色的猎人，

他们既会打击敌人，又能捕猎野兽。

猎人的梦给我们揭示了未来的秘密，

立陶宛永远需要的是铁和林地。

森林啊！最后一个来这儿打猎的

是戴着维托尔德帽⑤的最后的国王⑥，

他是雅盖沃⑦家族最后的福将，

也是立陶宛最后的一位善猎的君王⑧。

---

① 据传说，格底明大公在波纳尔山上梦见铁狼，听了利兹德伊科的劝告，
建立了维尔诺城。——原注

② 相传罗马的缔造者罗姆鲁斯和雷姆斯都是由母狼哺育的。

③ 凯依斯图特（1297—1382），特罗茨克大公，1345年至1377年与奥尔格
德联合统治立陶宛。他是格底明之子，维托尔德之父。

④ 奥尔格德（？—1377），格底明之子，雅盖沃之父，自1345年起与凯依
斯图特联合统治立陶宛。

⑤ 用貂皮滚边的天鹅绒的大公官帽，相当于王冠。

⑥ 指波兰雅盖沃王朝最后一位国王齐格蒙特·奥古斯特（1520—1572），
1548年至1572年在位。

⑦ 雅盖沃·伏瓦迪斯瓦夫（1348—1434），奥尔格德大公之子，立陶宛大
公，1386年与波兰女王雅德薇嘉结婚，接受天主教，加冕为波兰国王，
开创了波兰的雅盖沃王朝（1386—1572）。

⑧ 齐格蒙特·奥古斯特按照古习登上立陶宛大公的宝座，佩剑、戴大公
帽。他酷爱打猎。——原注

我祖国的树木啊！若凭上天的宏恩，

我能回去看望你们，我的老友们，

我是否还能找到你们？你们可还活着？

我在孩提时代曾在你们身上攀爬过；

那棵硕大无朋的巴伯利斯①可还活着？

树干上有个千年古洞，像个大房间，

足供十二人围桌而坐共进晚餐。

那门陀格丛林是否还在教堂旁边？

在乌克兰，那棵粗壮的菩提树②

是否依然耸立在罗斯河③的岸边，

站在霍沃温斯基家族府第④的门前？

它叶茂枝繁，笼罩着大片的地面，

它的浓荫下，能容纳一百名青年

和一百名少女成双成对舞翩跹。

我们的纪念碑呀！年年你们有多少

毁在商人或俄国政府的利斧之下！

野蛮决不肯留下这避难的乐园，

不留给林中的鸣禽，也不留给诗人，

---

① 在罗辛斯克县，在乡村书记帕什凯维奇的田地里生长着一棵名叫巴伯利斯的大槲树，在多神教时代被奉为圣树。在这棵枯树的大洞里，帕什凯维奇建立了一个古立陶宛陈列室。——原注

② 离诺夫哥罗德克教区不远，有许多古老的菩提树，在1812年左右砍掉了不少。——原注

③ 第聂伯河的支流。

④ 在罗斯河畔的斯泰布洛夫有座贵族庄园，即霍沃温斯基的府第，1825年密茨凯维奇曾在那里做过客。

你们的绿荫对诗人和鸟儿同样可亲。
黑森林的菩提树应和了扬①的声音，
激发出如许的诗韵！而喧哗的槲树
又让那位哥萨克诗人②唱出多少奇情！

故乡的树啊！我如何报答你们的深恩！
我这蹩脚的猎人，失掉追猎的野兽，
为避开伙伴的讥笑躲进你的宁静
去猎取幻想；在荒野的密林中
我傍着树丛，把追猎忘到九霄云外！
眼前灰白的苔藓闪着银色的光辉，
被压碎的黑浆果流出蓝色的汁，
那边是满山丘的野花争妍斗艳，
通红的越橘像挂着珊瑚的珠串——
周围多么幽暗；树枝向我头上垂落，
宛如低低的、厚厚的、绿绿的云朵；
有时狂风在这不动的穹窿之上
发出悲号、呼啸、怒吼、狂噪和轰鸣：
这是一种奇怪的震耳欲聋的喧闹！
我头上似乎悬着大海在奔腾、咆哮。

----

① 科哈诺夫斯基·扬（1530—1584），波兰著名诗人，在黑森林田庄度过
了晚年。
② 参看戈什琴斯基的《卡尼奥夫城堡》。——原注 ［戈什琴斯基·塞韦
伦，波兰诗人，1810年生于乌克兰，1867年去世，他的长诗《卡尼奥
夫城堡》于1828年出版。诗中描写了一棵大菩提树和一个哥萨克坐在
树梢上思考自己的青春时代。作品在内容和情调上都是真正的哥萨克
之歌。］

下面，酷似一座城市破败的遗址：
这边是倒下的槲树从地上突出，
有如崩塌的房屋的巨大的构架；
它上面似乎还留着残墙和断柱，
那边是分叉的断株和半朽的原木，
野草像栅栏环绕，在栅栏的里边
看来令人生畏，那里住着森林之主：
野猪、熊和狼；大门边散着堆尸骨，
那是粗心过客被啃噬留下的骷髅。
有时从青草丛中伸出一对鹿角，
像是两根喷水管高高地往上翘；
间或有一只野兽在树丛中掠过，
有如一道黄光射进林中又熄灭了。

下面又是寂静。只有一只啄木鸟
在枞树上轻轻敲啄，倏忽又不见了，
它躲了起来，但依然不停地啄着，
像个孩子躲起来又召唤人去寻找。
近处蹲着只松鼠，在专心啃干果；
它翘起蓬松的尾巴把脑袋遮着，
就像是骑兵头盔上的一簇羽毛；
它在左顾右盼，虽说保护得很好；
这森林的舞蹈家一见到有人路过，
便从这树跃到那树，电光一样闪烁；
最后钻进一个不易被发现的树洞，

像树神①回到了她自己的树的老家。
又是一片寂静。

　　　　忽而树枝被人触动，
在一串串花楸果实的间隙中
闪现出一张比花楸更鲜艳的面孔：
那是采集浆果和干果的姑娘；
在那只用树皮编成的小篮中，
采下的越橘跟姑娘的嘴唇一样红；
她身旁走着的青年弯下榛树枝，
姑娘就势摘下近在手边的果子。

这时他们听见号角的呜咽和犬吠声，
他们猜到那是打猎的在向他们靠近，
他们在浓密的树枝间胆战心惊，
便突然隐去，有如森林之神。

索普利佐夫热闹非凡；但无论是犬吠，
还是马的嘶鸣，抑或是辚辚的车马声，
也不管发出狩猎命令的号角长鸣，
都不能把睡在床上的塔杜施闹醒；
他和衣倒在床上，像洞里的土拨鼠，
大家都在匆匆赶到指定的地点去，
年轻人谁也想不起到宅院把他寻找，

---

① 据希腊神话，每棵树都有自己的保护女神。

他们把这贪睡的伙伴已全然忘掉。

他在打鼾。透过窗板上心形的雕花洞，
阳光火柱似的射进黑暗的房中，
一直照到这睡着的青年的额头；
他还想再睡一会儿，转过了上身
为了躲避光线；忽然有人在敲门，
他惊醒了；醒来后他感到很兴奋，
觉得像小鸟一样清新，呼吸平静，
他感到很幸福，便独自微微一笑：
想起昨天遇到的一切，不由心跳，
他长长地叹了口气，脸骤然红了。

他朝窗一望，真奇妙！透明的阳光中，
在那心上，闪耀着一对明亮的眼睛，
睁得溜圆，像从亮处望到暗处
常有的那样；他又望见一只小手，
像扇子那样从旁挡住刺目的阳光；
纤巧的手指，迎着玫瑰色的光线
通红通红，像红宝石一样的鲜艳；
他又注意到好奇的嘴唇，微微张开，
小小的牙亮得像珊瑚之中的珍珠，
那张脸颊，虽然有玫瑰色的手掌
遮住阳光，还是红得跟玫瑰一样。

塔杜施就睡在窗下，藏在阴影里，

仰卧着，对这神妙的景象感到诧异，
那张脸就在上方，几乎落到他脸上，
他不知自己是醒了，还是依然在梦乡，
见到一张亲切的、明丽的儿童的脸，
就像他在童年经常梦见到的那样。
这小脸低了下来，他望着不由一颤，
又是胆怯又是高兴，咳！太清楚了！
他记起并认出了那短而明亮的金发，
用小小的雪白的卷发纸包着它，
一眼望去可真像是银色的豆荚，
在阳光的照耀下明亮得晃眼，
仿佛是圣像头上的一顶冠冕。

他一跃而起；可这幻象立时不见，
受了响声的惊吓；他等着，但没再现！
他只听到门被敲了三遍，
还有人说："起来，先生，到了狩猎时间！"
他立即跳出卧榻，用双手推开窗板，
铰链嘎吱地一响，窗板就飞到两边
撞着墙面；他惊讶又慌张地冲了出去，
却什么也没看见，没有一个人影：
离窗户不远处就是果园的栅栏，
那上面忽布的叶子和花蕾还在颤抖，
是风吹的？还是有双手轻轻触动过？
塔杜施朝这些花草久久地凝望，
他不敢走进园子；只是靠着栅栏

抬起眼睛，而且用手压着嘴唇
让自己不出声，以免有一句脱口的话
打破这寂静；然后他拍拍额角，
像抚摩先前已沉睡了许久的记忆，
最后他咬着手指，直到咬出血迹，
他终于大喊一声："好哇！我真活该！"

片刻之前还是一片喧闹的宅院，
如今却像墓地一样寂静寥落：
大家都到田野去了；塔杜施侧着
耳朵，又用手作喇叭形扶着耳郭，
他倾听着，直到风从远方的原始森林
给他送来了号角声和围猎的呐喊声。

塔杜施的马早在马厩整装待发，
他于是抓起了枪，匆匆跃上马背，
发疯似的驰向教堂边的小酒店，
那就是猎人们早上集合的地点。

两家酒店歪斜地坐落在大路两旁，
窗口酷似仇人虎视眈眈地相望；
右边的老酒店属于城堡的主人，
新的是法官专为对抗城堡而修建。
前者作为遗产，盖尔瓦齐有执掌之权；
而后者则是由普罗塔齐指挥运转。

新酒店的外表并不引人注目。
老酒店却是座遵循古风的建筑，
这式样原本是推罗①的木匠首创，
后来又由犹太人向全世界推广：
这建筑的图形外国的建筑师完全陌生，
我们也是从犹太人那里因袭相承。

酒店的前部像方舟，后部像庙堂：
方舟就是挪亚的真正的长方箱②，
今天它的通行的名字是畜栏；
里面有各种牲口：马、母牛、公牛、
大胡子山羊；上层是成群的飞禽，
还有一对对的各类爬虫和昆虫。
后部被建成了一座神奇的庙堂，
外观使人想起了所罗门的大殿，
那是希兰王的匠人③在郇山所建造，
他们是最早懂得建房手艺的工匠。
犹太人在盖学校④时至今还在模仿，
而学校的图样也能从酒店和畜栏看到。
木板和麦秸的屋顶，尖耸、向上翘，

---

① 位于叙利亚沿海一个岛屿上的城市，公元前 332 年由亚历山大大帝夺
　取，并使之与大陆相连接；是古代腓尼基最重要的商业中心之一。
② 挪亚方舟，见《旧约·创世记》。
③ 当以色列王所罗门决定在郇山为耶和华建殿时，推罗王希兰派去匠人。
　见《旧约·列王纪》。
④ 犹太人把犹太教的祈祷所称为学校。

翻转而且弯曲，有如犹太人的破帽。
从顶端伸出露台的边缘，
有一排很密的木柱支撑；
这些木柱正是建筑的一大奇观，
坚固结实，虽说已半朽和歪斜，
像比萨斜塔，却不是希腊式，
因为它们没有柱基和柱饰顶。
柱子的上面立着半圆形的拱，
也是木头的，是仿哥特式艺术。
正面还带有雕刻的装饰，
不是用錾刀或凿子刻出，
而是用木匠的板斧熟练地劈就，
弯弯曲曲有如安息日①烛台的把手；
末端还挂着小圆球，形状如纽扣，
犹太人祈祷时常挂在额角
在他们的语言中这叫"齐策斯"②。

一句话，远看这酒店东倒西歪，
就像犹太人在虔诚礼拜：
屋顶是帽子，散乱的草檐是胡须。
烟熏尘染的墙壁是他的黑罩衫，
前面突出的雕刻是他额上的"齐策斯"。

---

① 犹太教以星期五日落至星期六日落为休息日，称安息日。
② 指装有上帝十诫的小皮匣。

酒店内的间隔①跟犹太的学校一般：
一部分隔成了许多窄长的小室，
专为招待过往的妇女和男士；
另一部分是大厅。在每一面墙边
都摆有多脚的狭窄的木头长案。
旁边是条凳，虽较矮却和木案相像，
正如孩子像他们的爹娘。

在房间周围的这些凳子上
坐着农夫、农妇，还有小贵族，
大家排排坐；只有管家独自坐着。
早祷后他们从教堂到扬介尔的酒店，
今天是星期日，要娱乐和畅饮一番。
每人面前有一杯灰白的伏特加酒，
老板娘端着酒瓶来回把顾客伺候。
酒店老板扬介尔站在这大厅中央，
身穿用银扣子扣住的拖地长袍，
他一只手插在丝织的黑腰带里，
另一只手庄重地捋着花白胡须；
他的眼睛转来转去发布命令，
欢迎进来的顾客，又向坐着的走近，
参加他们的闲聊，或劝解争吵的人，
但他并不伺候谁，只是走来走去。
这犹太老人以诚实忠厚名扬四方，

---

① 在犹太教的祈祷所里，男女祈祷的地方是隔开的。

他承租这酒店多年，无论是农民
还是贵族谁也不向房主告他的状：
告什么状呢？他有任挑选的好酒，
他的账目准确，又从来不耍滑头；
他不限制娱乐，但忍受不了酗酒；
他非常善于办宴会，在他的店中
常举行婚礼和洗礼；每逢星期天
他都要把村里的乐队请到店里，
乐队有把低音提琴和几只风笛。

他素谙音律，乐艺高超远近闻名；
他曾到处演出，提着民族乐器犹太琴，
无论庄院还是乡村，他都受欢迎：
他的弹奏和歌唱都使听众惊叹，
他唱得极好，因为受过严格训练。
虽是犹太人，波兰语却发音纯正，
对于波兰的民间音乐他更钟情；
只要到涅曼河对岸作一次旅游，
他采集到的民歌民曲一定丰收，
有哈利奇①的科沃梅卡②和华沙的马祖卡；
我不知是否准确，但大家都这样说，
那时候据说他在这一县是头一个

---

① 历史上属哈利奇沃伦公国，自 1387 年起被置于波兰的统治之下，自
1772 年起被俄奥瓜分。
② 乌克兰人的歌曲，和波兰的马祖卡曲相似。——原注

把那支如今已名扬四海的歌①传播，
这歌最先是在阿乌索②的土地上
由波兰军团的军号为意大利人演唱。
歌唱的天才在立陶宛是得天独厚，
他受人爱戴，很容易扬名和富裕：
扬介尔积了一笔财产，名利双收；
于是他把那九弦琴往墙上一挂，
带着孩子们开始了卖酒的生涯，
与此同时他还是邻镇的副法师，
到处受欢迎的客人和家庭顾问；
他对船运粮食买卖也十分精通，
这门知识在乡下非常受人尊崇。
他还享有爱国的波兰人的光荣。

由于他第一个承租了两个酒店，
解决了两家常引起流血的事端；
无论是索普利查法官家的仆人
还是霍雷什科的羽翼对他都尊敬。
无论是霍雷什科家威严的总管
还是好争的执达吏他都管得住；
只要扬介尔在场，爱动手的盖尔瓦齐
和爱动嘴的普罗塔齐全都忍气吞声。

---

① 指《波兰不会灭亡》。
② 意大利最早的居民称阿乌索，后来罗马诗人常把所有的意大利人称为
阿乌索。

盖尔瓦齐不在酒店；他和猎人在一起，
他不愿让年轻而又没有经验的伯爵
独自置身于那惊心动魄的围猎场地；
就跟着他去了，既做保镖又能出主意。

罗巴克修士坐了盖尔瓦齐的位置，
那儿离门最远，在两排桌子之间，
在酒店的角落，人们称之为"神龛"①。
扬介尔把募化修士安置在那里，
显然是出自于对他的崇高敬意，
见他的杯子空了，就跑到他那里
吩咐堂倌给他斟上菩提花蜜酒。
据说他俩年轻时在国外就很熟。
罗巴克常深夜去酒店，跟他密谈、
讨论要事；传说修士是个走私商，
但这只是对他不足置信的诽谤。

罗巴克靠在桌上低声谈论，
一大群绅士围着他侧耳细听，
又把鼻子伸到修士的鼻烟盒上；
一个个喷嚏连响就跟打炮一样。

---

① 从前供奉"家神"的尊贵的地方，俄国人至今仍在那儿挂圣像。立陶宛
农民让他敬重的客人坐在那地方。——原注

"最尊敬的，"①斯科乌巴说道，

"这烟真好，它一直冲到我的脑门；

自打我有鼻子以来（他摸了摸自己的长鼻子），

不曾闻过这样的好烟（他打了第二个喷嚏）；

正牌的伯尔纳烟②，定是科夫诺③的佳品，

那城市的烟和蜜酒，在全世界都有名。"

"我在那里是……"罗巴克岔开话：

"祝你们大家健康，我亲爱的阁下！

说起这烟，嘿嘿，它来自更远的地方，

超出了我的朋友斯科乌巴的想象；

它来自琴斯托霍瓦的光明山圣地；

是保罗教派的修士们制作出来的，

那儿有幅圣像显示过许多的奇迹，

画着我们的圣母，波兰王国的王后；

人们至今仍称她为立陶宛公爵夫人！

她依然在守护着波兰王后④的冠冕，

而东正教⑤却在立陶宛公国里扩展！"

"琴斯托霍瓦的？我在那里做过祈祷，"

维尔比克说道，"一晃三十年过去了；

---

① 原文系拉丁文，指罗巴克。

② 伯尔纳教派修士制作的上等鼻烟。

③ 立陶宛城市，位于维利亚河与涅曼河的汇合处。密茨凯维奇曾在那里的
县立学校教过书。

④ 指立陶宛大公、波兰国王雅盖沃的王后雅德薇嘉。罗巴克借此暗示立陶
宛和波兰的重新统一。

⑤ 东正教是俄国的国教。

如今法国人可是真的到了那里①？
他们真要拆毁教堂和盗窃国宝？
这些都是《立陶宛邮报》②上的报导。"
"不，"伯尔纳修士说，"这消息靠不住，
拿破仑皇上是最模范的天主教教徒；
教皇亲自给他祝福③，他们相处和睦，
而且他们共同使法国人恢复了信仰，
虽然一度动摇过；从琴斯托霍瓦城
的确是给国库捐献了不少的金银，
为了祖国，为了波兰，正如上帝所吩咐，
他的祭坛永远是我们祖国的国库；
在华沙公国，波兰的军队足有十万
或许还会增加，这支部队还要扩编，
是谁供养他们？难道是你们立陶宛？
你们的金钱只向莫斯科的钱箱奉献。"
"鬼才会给！"维尔比克发出怒吼，
"是他们用暴力从这儿强行夺走。"
"噢，神父，"一个农夫谦卑地开了口，
他向修士鞠了躬，又用手搔着头，
"对于贵族，这倒霉还不算很彻底，
他们剥起我们来，就像剥树皮。"
"你这傻气的乡下佬！"斯科乌巴反驳，

---

① 法国军队于 1807 年至 1808 年间驻扎在琴斯托霍瓦。
② 当时在维尔诺发行的日报。
③ 拿破仑于 1804 年加冕为法国皇帝时受到教皇的祝福。

"你们农民习惯于让人当鳗鱼宰割；

怎么能比我们这些世袭的贵胄？

我们向来享受的是黄金的自由①！

啊，兄弟们，从前贵族在自己的庄园中……

（大家齐声喊："那是跟省长一样的威风！"）

如今他们不承认我们的贵族身份，

命令我们寻出字据拿文件来证明②。"

"对于你事情还算小，"尤拉哈喊道，

"你的祖先本是农民得到的贵族封号，

但我却是亲王的子孙！这要我来证明

是在何时成了贵族？鬼才记得清！

让莫斯科佬到森林去问那些槲树，

是谁给的特权准它长得高于灌木。"

"亲王！"扎盖尔说，"你可别说没边的话，

这一带有亲王头衔的何止你一家！"

"您的纹章有个十字，"波德哈斯基说，

"暗示您的祖先是受过洗的犹太人。"

"不对！"比尔巴什插话说，"我的祖先

鞑靼伯爵的纹章就是带十字的船。"

"是朵白玫瑰！"密茨凯维奇大声叫喊，

"金色的圆盘上带有亲王的冠冕，

———————————

① 在 17 世纪至 18 世纪波兰贵族享有自由否决权、自由选王制等各种特权。

② 俄、奥、普三国第三次瓜分波兰后，俄国当局要求波兰的贵族家庭出具贵族证明；一些小贵族常因拿不出这种文件而被取消贵族称号。

斯特雷科夫斯基①详述过，不厌其烦。"

这之后酒店里便吵闹得像个蜂窝；
伯尔纳修士又求助于他的鼻烟盒，
他轮流给演说者敬烟；争论才平息，
人人都客气地接受，喷嚏打个不停。
伯尔纳修士迅速抓住了这个间隙，
他说："啊，这烟使许多伟人打过喷嚏！
你们信不信，东布罗夫斯基将军
曾经四次把手伸进了这鼻烟盒里？"
"东布罗夫斯基？"人们异口同声地问。
"不错，就是这位将军从德国人手里
收回格但斯克②，当时我正在军营，
他要写什么东西，不巧又有了困意，
他就拈了一撮，打了个很响的喷嚏，
后来他又两次拍拍我的背脊：
'罗巴克修士，'他说，'伯尔纳神父，
也许不用一年我们会在立陶宛见面；
请转告立陶宛人，用琴斯托霍瓦的烟
招待我，除了它我不用别的烟。'"

---

① 斯特雷科夫斯基·马切依（1547—1583），波兰历史学家、诗人，《波
　兰、立陶宛、日姆兹和全罗斯编年史》（1582）的作者。密茨凯维奇在
　写《格拉席娜》（1823）时研究过这部编年史。
② 东布罗夫斯基统率新组建的波兰军队于1807年参加了围攻和争夺格但
　斯克的战争。

修士的话引起了如此的欢乐和震惊，
那吵吵闹闹的人群一时竟鸦雀无声；
然后大家低声地说着这几句话：
"波兰的鼻烟？来自琴斯托霍瓦？
东布罗夫斯基？从意大利来的？"
突然他们彼此思想相通，言语合一，
像有人发出了号令，大家异口同声
高唱起《东布罗夫斯基进行曲》！
人人的心都在沸腾，大家互相拥抱：
农民和鞑靼伯爵，亲王的冠冕和十字，
白玫瑰花、狮鹰和船楼抱在一起；
人们忘记了一切，也忘了伯尔纳修士，
只是唱着、叫着："烧酒！蜜酒！葡萄酒！"

罗巴克修士久久地专心听着这支歌，
最后他想把它结束，便双手捧起烟盒，
他的喷嚏打断了他们的歌声，
就在他们再度合唱之前，他立即说：
"你们称赞我的烟，尊敬的先生们
现在请看看这烟盒里面有什么。"
他说着就用手帕擦净了烟盒的底，
给他们看画着的一支军队，小小的
像一群苍蝇；中央是一位骑马的，
有甲虫那么大，显然是这部队的司令；
他挽起马的头，似乎要向天空跃进；
他一手拉住缰绳，一手伸到鼻子上。

"瞧，"罗巴克说，"这威严的形象，
你们猜是谁?"大家好奇地望着。
"这是位伟人，皇帝，但不是俄国的，
他们的沙皇从来不用鼻烟。"
"一位伟人，"齐济克问，"为何穿灰大衣①?
我以为凡是大人物都是披金戴银，
因为，先生们，在俄国只要是将军
就会金灿灿像梭子鱼用番红花汁淋。"
"哈，"雷姆沙打断了他，"我年轻的时候
见过科希秋什科，我们民族的领袖:
他是位伟人，但穿的是克拉科夫长袍，
叫作加玛拉②。""先生，什么加玛拉?"
维尔比克反驳说，"那叫塔拉塔特卡③。"
"前者缀满了流苏，后者却很朴素。"
密茨凯维奇喊道。于是又吵成了一团
关于塔拉塔特卡和加玛拉的特点。

机灵的罗巴克看到话题又开始分散，
就重新设法把谈话集中到一点，
他再次敬烟;他们又是喷嚏连连，
互相祝福健康，他便接下去讲演:

---

① 拿破仑在作战时常穿一件没有标志的灰大衣;在人们的想象中他也总是
这种装束。
② 16世纪至19世纪的波兰贵族穿的紧袖长礼服，扣子扣到脖子，胸前镶
有华丽的金银边饰和金银饰纽，有如流苏。
③ 一种比较朴素的贵族外衣，也镶有饰纽，用襻子和纽扣扣;比加玛拉短。

"当拿破仑皇帝打仗时常闻鼻烟,
那就表明胜利必定在他这一边;
例如在奥斯特利茨那场战斗中,
法国人守着大炮,俄国佬发起冲锋;
皇帝默默观望,等到法国人一开炮,
俄国人一团一团倒下了,犹如割草。
又一团一团冲上来,又纷纷落下马鞍;
每见一团人倒下,皇帝就闻一次鼻烟;
最后亚历山大和他弟弟康士坦丁①,
还有那位德国皇帝弗兰茨②,
都抱头鼠窜;看到战争已经结束
皇帝又向他们望着,笑着,挥挥手。
今日在场的绅士中,将来如果有谁
会到皇帝的军中服务,就请他记住。"

"啊!"斯科乌巴叫道,"我的募化修士!
要等到何时!每逢历书上出现好日子,
都预言法国人会在我们这儿出现;
于是我们就盼呀,盼呀,望穿了双眼,
俄国人还不是照样卡住我们的脖颈;
就怕太阳未出露水就淋坏了眼睛。"

---

① 1805 年奥斯特利茨战役,拿破仑大败俄奥联军,沙皇亚历山大一世
(1777—1825)及其弟康士坦丁大公(1779—1831)都在场。
② 弗兰茨二世(1768—1835),奥地利皇帝,于 1806 年 8 月 6 日摘下德意
志神圣罗马帝国的皇冠,在他的一些世袭邦国领地上改称奥地利皇帝。

"阁下，"那修士说，"抱怨是妇人本性，
坐等别人骑马来敲酒店的大门，
那是犹太人的习惯做法和特征；
随拿破仑打俄国佬是容易事情，
他已经三次剥过了什瓦布的皮，
摧毁了可恶的普鲁士人，把英国人
一直赶过大海①，当然能打败俄国人；
阁下，您知道，该做出什么决定，
那就是立陶宛贵族定要跨上骏马，
拿起利剑，不要等到没有敌人可打；
要是拿破仑独自把敌人消灭干净，
他就会说：'没有你们，我照样能赢，
你们是谁？'因此不能单是等候客人，
邀请了客人也不算尽了我们的心，
应该把仆人叫来安排好桌椅板凳，
宴会前还要打扫屋子除尽灰尘；
我再说一遍，要打扫屋子，孩子们！"

接着是一片寂静，然后有人叫道：
"该怎么打扫屋子？您指的是什么？
只要我敬爱的神父向我们说清，
我们就会去准备一切，坚决完成。"

修士打断了这番谈论；望了望窗口，

---

① 指拿破仑对英国实行了封锁。

他看见有趣的事，便向窗外探出头，
过一会他站起来说："今天我没工夫，
以后有时间我们再来谈个清楚；
明天我有事要到县城去走一趟，
顺路募化，也想到诸位家里拜访。"

"那就请神父到聂里姆夫①来过夜，"
管家说，"掌旗官②见到您一定很高兴；
要知道，立陶宛有句古老的谚语：
'走运的莫过聂里姆夫的募化修士！'"
"也请您到我们那里去，"邹布科夫斯基说，
"您来了会拿到半匹麻纱，一桶奶油
一只羊或一头牛，请记住这话，先生：
'运气的是在邹布科夫③做修士的人！'"
"到我们那里，"斯科乌巴和特拉维奇说，
"没有一个修士会饿着离开普采维奇④。"
贵族们向修士道别，用请求和诺言，
可是伯尔纳修士已走到大门外面。

修士从窗口先是看见了塔杜施，
他没戴帽子，独自在大路上急驰，
头向前伸着，面色苍白而又忧郁，

---

①③④　都是县城诺夫哥罗德克附近的地方。
②　　以前是地方掌旗官，在出征时或在重要集会上执掌国旗和本地区的旗
帜。后来成了一种头衔。

对他的坐骑又是鞭抽又是脚踢。
这样子使伯尔纳修士大为不安；
所以他大步流星把这青年追赶
朝大森林走去。这森林还很遥远，
目力所及，是一道漆黑的地平线。

谁探过立陶宛森林幽深的圣境，
一直到中央，那原始森林的核心？
渔夫也只熟悉靠近岸边的海底；
猎人仅绕着立陶宛森林之床①逡巡，
只能了解外表，它的形状和面貌，
而对它内在的秘密却知之甚少：
只有传说和神话提过里面的事情。
因为当你经过森林或稠密的丛林，
就会遇到由断株和树根构成的屏障，
既有沼泽在守护，又有溪流千万条，
一片片蔓生的野草，一堆堆蚁垤、
胡蜂和黄蜂的巢，还有一圈圈蛇。
你若有超人的勇气闯过这难关，
再往前走就会遇到更大的危险；
步步都危机四伏，像一个个狼窝，
那是蔓生的野草半遮住的小湖，
它们是那样幽深，一眼望不到底
（相传那就是妖魔鬼怪的聚居地）。

———————————

① 原始林造成的一种地层。

这儿湖水不清，漂着血红的斑锈。
里面不断冒泡，发出难闻的恶臭，
由于这水，周围的树木落叶，脱皮
显得光秃矮小，弯弯曲曲，病病歪歪，
下垂的枝条长满乱七八糟的苔藓，
佝偻的树干上丛生着难看的蘑菇，
它们环湖而坐，酷似一群巫婆
围着正在煮死尸的锅子烤火。

过了这些小湖，不仅没法前进，
就是用眼睛望一望也不可能；
因为从颤动的沼地①冒出浓雾，
把那里的一切都重重地包住。
而在这雾的后面（根据民间传说），
会展现出一个优美而肥沃的国度，
那里就是鸟兽和植物王国的京都。
那里集中了一切树木花草的种子，
它们的子孙后代在世界各地繁殖；
各类的鸟兽在那里至少有一双，
为了留种，像在挪亚方舟里一样。
（据说）在最中心，古代的原牛、驼犁和熊，
这些森林之王都有自己的宫廷。
它们周围的树上住着敏捷的山猫
和贪婪的狼獾，它们是机警的臣僚；

_____

① 冬天不结冰的沼泽地，地下有温泉。

再远一点作为被管辖的封建诸侯，
住着野猪和狼以及有花角的麋鹿。
在它们头顶盘旋的是老鹰和野鹰，
靠主子的餐桌生活，是宫廷的食钦。
这一对对尊贵而带家长气的禽兽
躲藏在森林的核心，难为世人目睹。
它们只派子孙们越过森林的界线
去做移民，自己却在京都安度晚年；
它们再也不会在刀、箭或枪下毙命，
只有到了年迈体衰时才寿终正寝。
它们一样有自己的墓地，临终前，
当鸟儿褪下羽毛，四足兽褪下酰毛，
熊到了牙齿脱落再也难把食物咬嚼，
衰老的公鹿到了几乎抬不起四只脚，
年迈的野兔到了血管的血已经凝结，
乌鸦到了全身灰白，老鹰已瞎了眼睛，
苍鹰到了老得连嘴巴也难以张开，
再也不能让自己的喉咙吞下食物①，
那时它们便都到墓地去寻找归宿。
就连伤病的小动物也要死在故土。
所以在那些人们容易到达的地方
从来就找不到死去的鸟兽的遗骨②。

---

① 　大的猛禽到了晚年，嘴渐渐弯曲，终于上部弯下来，使嘴紧闭，就只有
　　饿死。这种民间的说法，连某些鸟类学家也接受了。——原注
② 　事实上也是从未有人发现过一堆死动物的骸髅。——原注

据说在它们京都，各种动物之间
有个好的传统，它们实行的是自治，
人类的文明尚不能把它们侵蚀①，
它们不懂那困扰我们的财产私有，
它们既不会用战术也不知道决斗。
它们的祖先生活在天堂，子孙也幸福，
野的和家的在一起，团结而又和睦：
彼此之间决不相咬，也从不相触。
倘若有人走进里边，即使没带武器，
也能从兽群中走出来而平安无事；
它们只会用惊诧的目光对他凝视，
像他们住在伊甸园的最早的祖先
在创造万物的最后一日，第六天，
用同样的目光在争吵之前望着亚当②。
幸好不会有人误入这莽莽的大森林，
因为困难、恐惧和死亡都使他寸步难行。

有时或许有只追捕得发狂的猎犬
不小心跑进沼泽、苔藓和坑洼中间，
被这里可怕的景象吓得心惊胆战，
吠叫着跑了出来，目光是那样迷乱；

---

① 根据18世纪法国思想家让－雅克·卢梭的观点，文明越发达，人离大
自然越远。自然的原始状态是完美的，因此他提出"回到自然"的口号
作为反对社会生活的一切缺陷的手段。
② 上帝造了两个人：亚当和夏娃，后因他俩偷吃了禁果，被上帝赶出伊甸
园。见《旧约·创世记》。

过了许久，虽然主人一再抚摩安慰，
由于过度受惊，仍在主人脚边发抖。
森林深处的秘密至今不为人知晓，
而在猎户的语言中它被称作：老巢。

愚蠢的熊啊！如果你躲在老巢里，
沃依斯基就无法知道你的踪迹；
也许是养蜂场的芳香把你引诱，
或者是成熟了的燕麦你要享受：
你却走到了林边，这儿树木稀疏，
护林人便立即注意到你的行踪；
他派出了机灵的探子，那些猎户
侦察你在哪里进食，在哪里夜宿；
沃依斯基带着猎人布置了防线，
已把你和老巢之间的道路切断。

塔杜施看得出来，过了很长时间
猎犬跑进森林的深处尚未回返。

万籁无声；猎人徒劳地侧耳倾听：
像被那最动人的演说深深吸引，
大家都站在原地不动，都在沉默着；
只有远方森林送来美妙的音乐。
猎犬没入密林，如海燕潜到大海，
猎人们把双筒枪一齐举了起来，
枪口冲着森林，眼盯着沃依斯基：

他正跪着探听动静，耳朵贴着地；
宛如朋友们想从医生的眼睛里
探听他们关心的人的生死信息，
猎人都信赖大管家的才干和威望，
向他投去了希望和担忧的目光。
"来了！"他轻声说道，猛地站了起来。
他听见了！他们还在听，终于听到
先是一条狗，接着二十条在嗥叫，
所有的猎犬一致行动，四处奔跳，
它们叫着、吠着，跳上去又叫又咬：
那不是追捕兔子、狐狸或鹿时的吠叫，
而是一种短促、急速的断续的狂嗥；
那是它们追踪的猎物并不遥远，
就在眼前；突然，追踪的叫声中断，
它们追上了野兽，又是疯狂的叫唤，
那野兽在自卫，猎犬受伤定不轻，
只听见越来越多的猎犬的呻吟。

猎人都准备好枪支，窥伺着林中，
各人的头向前伸出，弯得像把弓；
他们都等不及了！纷纷离开岗位，
一个跟着一个，往密林中拥去；
都想最先找到野兽：虽然沃依斯基
发出警告，策马绕着那些岗位高喊：
不论是普通农夫还是贵族青年，
谁敢擅离岗位，背脊都要挨皮鞭。

但毫无办法！都把命令置若罔闻，
一齐跑进森林，传来了三声枪响；
然后是连串枪声，直到熊的咆哮
压倒枪声，回声在大森林中震荡。
可怕的咆哮！充满疼痛、疯狂和绝望；
此后，犬吠声，人喊声和猎户的号声
在森林里沸沸扬扬；有猎人冲进森林，
有的扳动枪机，大家都异常兴奋；
唯有大管家痛心地叫着，没击中野兽。
猎人和猎户统统跑到了一边
想截住野兽，在森林和围圈之间；
那熊受到狗和猎人追捕的震撼，
就掉头向那防卫较松的地方流窜，
向着田野，猎人已从那里分散，
那里原本把防线布置得滴水不漏，
却只剩大管家、塔杜施、伯爵和几个猎户。

这里林木较稀，听得见熊吼和树断，
熊从密林冲出，恰似云中射出闪电，
一群猎犬围住它，追逐、威吓、撕咬；
熊直立起来，望望四周，发出咆哮，
它又用前爪挖刨，时而刨出树根，
时而是烧焦的树或是地里的石头，
向狗和人掷去，最后折断一棵树，
像棍子一样不断地向左右挥舞，
径直冲向围猎的最后的守卫者，

伯爵和塔杜施：他们毫无怯色，
两人同时把枪筒平对着那头熊，
如同两根避雷针直指乌云中心；
然后他们两个同时扣动了扳机，
（无经验的人啊！）两枪同时射击；
但没打中。熊冲上来，他们四只手
同时抓住一根插在地上的长矛，
拔了起来，对准了熊，他们直视着，
但见血红的嘴里两排长牙在闪烁，
一只锐利的脚爪已伸向他们的头；
他们吓得后退，向树木稀的地方溜；
熊在他们身后站起来，用利爪去劈，
没有劈中，又跑了上去，高高地直立，
又用黑脚爪去抓伯爵的浅黄头发。
几乎就要抓着他的头盖骨，像抓礼帽，
幸好巡官和书记官从两旁跳了出来，
盖尔瓦齐也从百步之外冲上来救急，
罗巴克紧跟在后，虽然他没带武器；
仿佛听到口令三枪齐射，在同一时间。
熊向上一跳，恰似野兔在猎犬的面前
头朝地倒下，翻了个筋斗，四脚乱踢，
它那硕大的血肉模糊的可怕躯体
正好落在伯爵身边，把他掀倒在地。
熊还在嗥叫，想站起来，就在这时
狂怒的斯拉齐娜和凶猛的斯拉尼克
这两条名犬，一齐扑上去将它咬住。

于是沃依斯基从腰带上取下野牛角，
它很长，如蟒蛇般弯曲而花纹斑驳，
他双手捧住这野牛角送到了嘴边，
两颊鼓得像气球，眼睛里红丝闪闪，
半垂着眼睑，把肚子缩进去了一半，
把气都吸进肺里，这才吹响了号角：
这号角声像阵阵旋风，气势雄浑，
把乐音送进森林，迎来重复的回声。
猎人都呆立不语，猎户也哑口无言，
都为它的力量、纯粹和奇妙的和谐惊叹。
这老人又一次在猎人听众之前
把他昔日威震森林的技艺奉献；
他立即使树木和森林都充满生机，
好像又在围猎，狗都冲进了树林。
他吹奏的正是一首短短的围猎曲：
先是清扬激越的声调，那是进攻号；
后是呜咽和嗥叫，那是猎犬在奔跑；
某些声调雷鸣般的粗壮，那是放枪。

这时他停住了，但还拿着那支号角；
大家以为他还在吹，却是回声的应和。

他又在吹；你会以为那号角变了形，
它在大管家嘴里时而粗犷，时而轻盈，
模仿着兽声：有时音调尖锐而悠长，

那是伸直了脖颈作一声长嚎的狼；
有时又似熊张开了喉咙在咆哮，
然后是骏犎那切断风声的吼叫。

这时他停住了，但还拿着那支号角；
大家以为他还在吹，却是回声的应和。
树木也在倾听这号角乐声的杰作，
槲树和山毛榉都在伴唱，充满欢乐。

他又吹了：像有一百支号角在长鸣，
可以听到那种乱成一团的唤狗声，
猎人、猎狗和野兽的愤怒和担惊，
最后沃依斯基将号角高高地举起，
一曲凯旋的嘹亮颂歌升到了云际。

这时他停住了，但还拿着那支号角；
大家以为他还在吹，却是回声的应和。
森林里似乎一棵树就是一支号角，
这棵树在向那棵树唱着动情的歌，
像是合唱连着合唱，号角声在传播。
这乐声越来越宽广，越来越远越温柔，
也越来越纯洁，越来越完美、清悠，
一直传到遥远的地方，消失在天尽头！

沃依斯基两手放开了那支号角，
又伸开双臂；号角在腰带上摆动，

他那涨得通红的面孔光彩夺目，
他举目望天，似乎受到神的感召
呆立着，倾听那正在消逝的曲调。
就在这时，轰然爆发了雷鸣的掌声，
热烈的祝贺和欢呼激起浪千层。

人们渐渐平静了，随之众目所及
又是那头熊硕大而温热的尸体：
它躺着，被子弹洞穿，血污狼藉，
它的胸膛淹没在茂盛的杂草里，
它的前肢伸展开，像十字架模样，
它还在喘气，一股血从鼻孔流出，
它的眼睛还睁着，但头已不能动；
监督的猎狗猛蛰咬住它的耳郭，
左边是斯拉齐娜，右边是斯拉尼克，
扼住它的喉咙，吸吮着它的黑血。

于是沃依斯基吩咐把铁棍拿来
插进狗的牙齿间，把狗的嘴撬开。
再用枪柄把熊的尸体翻转过来，
又响起了响彻云霄的三呼万岁。

"怎么样？"巡官叫道，挥着他的枪筒，
"我的小枪不错吧？真是百发百中！

我这条猎枪如何？一只可爱的小鸟①，
说到它的记录，那是大家都知道，
我这条小枪从来不会白费火药，
是桑古什科亲王把它送给了我。"
说到这里，他把枪拿给大家观看，
虽小但工艺精湛，他列举了优点。
"我跑着，"书记官擦着汗打断他说，
"我跟在熊后面跑；但是大管家却叫着：
'站着别动！'我能不动？熊冲向田野，
像只兔子撒起腿奔跑，越跑越远，
我气都喘不过来，追上已是无望，
我见它跑向右边：那里树木稀疏，
我向它瞄准，站住，可恶的老狗熊！
我这样想着，好啦，它已躺在地上。
这枪真棒，是真正的萨加拉斯枪，
写有：'伦敦，萨加拉斯，巴拉巴诺夫卡'
（那里有位波兰工匠，他造波兰枪，
可是却要用英国的商标和装潢）。"

"什么？"巡官悻悻地说，"您别太自大！
熊会是你打死的？您说什么胡话？"
"听着，"书记官回答，"这不是审讯，
这是围猎；我可以叫大家来作证。"

---

①　一种小口径的枪的名称，它用的子弹也小。优秀的射手能用这种枪击中
飞鸟。——原注

于是人群里又展开了激烈的争吵，
有人支持巡官，有人为书记官叫好；
盖尔瓦齐被忘在一边，人们从侧面
一拥而上，前面的事谁也没有看见。
这时大管家沃依斯基在一旁开了口：
"现在无论如何，至少有争论的理由，
先生们，因为这不是只一般的野兔，
而是一头熊，为了它值得大打出手，
可以用剑，甚至用手枪来决一雌雄；
你们的争斗难以调解，按照旧俗
我们将会允许你们去进行决斗。
我记得，当年我们曾有两位邻人，
他俩都很正派，又都是世家出身，
两人家住对岸隔一条维雷卡河，
一个叫陀美科，另一个叫陀维科，
他俩同时开枪击中了一头母熊：
是谁打死的难以断定，吵得很凶，
他们宣誓要隔着那张熊皮决斗：
真正的贵族方式，枪筒对着枪筒。
他们的那场决斗曾经轰动一方；
关于那件事的歌谣还到处传唱。
我曾是他们的证人；事件的经过
听我从头至尾对你们详细诉说。"

就在沃依斯基正要开讲之前，

盖尔瓦齐便已经解决了争端；
他先围着熊转来转去注意观看，
又抽出双锋剑把熊鼻劈作两半，
直划到后脑，一层层扒拉开脑子，
找到了子弹，他取出用外衣揩干，
又量了量子弹，把它放进枪筒；
然后他抬起手，枪弹就在他掌中：
"这子弹，"他说，"都不是你们射出的，
它是出自霍雷什科家的单筒枪
（他举起了那支系着绳子的老枪），
可也不是我射的。啊！要有多大的
勇气！想想都可怕，真是心有余悸！
两位少爷正好冲着我奔跑得急，
那只熊在后面快抓着伯爵的头，
霍雷什科家的末代子孙！虽是女方之后。
我喊叫着：'耶稣马利亚！上帝保佑！'
上帝便派了伯尔纳神父前来相助。
他使我们感到羞耻；啊！伟大的信徒！
当我发抖，不敢去碰扳机的时候
他从我手中把枪夺去，瞄准，射击：
在两人中间射击！距离百步！竟然击中！
而且打在牙床正中！打断了熊的牙齿！
先生们，我老了，在我漫长的一生
只见过一个有此射击绝技的人。
那时候他以频繁的决斗而闻名，
能一枪打掉女人脚上的鞋后跟，

163

那恶棍中的恶棍，当年威震全境，
他叫雅采克，人称①胡子；我不提他的姓。
那无赖如今也没有工夫来猎熊，
恐怕他已连同胡子烂在了狱中。
赞美修士！他一举救了两条性命，
也许是三条；盖尔瓦齐不会吹牛，
假如霍雷什科家的这最后一人
竟落入熊口，必是我生命的尽头，
或许那头熊也会啃掉我这老朽；
来，亲爱的神父，我要请你去喝酒，
让我们去为你的健康举杯庆祝！"

人们到处寻找修士；哪儿也没有，
他在杀熊之后只作了片刻停留，
他跑到伯爵和塔杜施两人跟前，
亲眼看到他们俩都平安无恙，
就举目望天，悄声念完祷告，
便像有人追他似的向田野奔跑。

这时有人按照沃依斯基的吩咐，
架起了一堆帚石南、枯枝和断树；
点着篝火，升起一股灰色的烟柱，
松树形的烟散在高空像张天幕。
在火焰上他们用长矛搭成架子，

---

① 原文系拉丁文。

在长矛上又挂起大肚子的铜锅；
从车上拿来蔬菜、面粉、面包和肉，
法官让人打开锁着的一箱烧酒，
一排排白色瓶颈在箱子里戳着；
他从其中取出最大的水晶酒瓶
（那是罗巴克修士对法官的馈赠），
格但斯克烧酒最称波兰人的心；
"万岁！万岁！"法官喊道，把酒瓶举起，
"格但斯克城过去和未来都是我们的！"
他把一只只酒杯都斟满这玉液琼浆，
直到最后金黄的酒滴在阳光中闪亮①。

锅里炖着酸菜肉；任何话都难表达
这酸菜炖肉真正的色、香、味之佳；
话不过是合拍的韵律和铿锵的音调，
它的内容城里人的胃口却理解不了。
要想鉴赏立陶宛的歌曲和菜肴的美
人必须健壮，住在乡下并从围猎归来。

即使缺了些调料它也是美味佳肴，
因为这是用上好的蔬菜着意烹调。
做好它要用切碎的酸酸的大白菜，
这菜，俗话说，会自己钻进你嘴里来；
放进锅子里，用新鲜的菜叶裹住就行，

----

① 在格但斯克烧酒的瓶底常有小小的金叶子。——原注

165

要把精选的上等肉切成方方的肉丁；
用大火炖，把滋补的肉汁完全炖出，
把那些包卷好的酸菜炖得黄澄澄，
待炖出的肉汁从锅里溅到锅边上
空气里便会充满它那诱人的香味。

酸菜肉炖好了。猎人们又三声欢叫，
一齐向锅子进攻，人人拿着一把汤匙，
铜器叮当，热气腾腾，酸菜肉像樟脑
挥发了，消失了；锅里的热气还在冒，
就像那火山口翻腾的烈焰熄灭了。

当他们都已经酒足饭饱之后，
便把熊装上车，自己也跨上马，
大家都很高兴，叽叽喳喳，除了巡官
和书记官；他俩比昨日更怒发冲冠，
一个大谈自己的桑古什科枪的优点，
另一个则把萨加拉斯枪的长处称赞。
伯爵和塔杜施骑在马上低垂着头，
他们很为打不中又后退感到害羞。
在立陶宛谁若在围猎中放跑了野兽
便很难恢复名誉，除非练得技高一筹。

伯爵说是他首先把长矛拿到手，
是塔杜施妨碍了他去对付野兽；
塔杜施则坚持说因为他更强壮

而且更善于使用那沉重的长枪，
他想帮伯爵的忙不叫他出洋相；
他俩就在人群的喧闹和欢笑中
一路闲聊，夹杂着一些冷嘲热讽。

沃依斯基走在中间；这可敬的老人
比平常高兴，春风满面话多嘴不停；
他想使争吵者快活并且和睦相处，
又讲起了陀维科和陀美科的故事：
"巡官和书记官，假若我叫你们一决，
请别以为我这人是天生喜欢流血；
上帝可以作证！我是想叫二位平静，
就是说，我打算安排一出喜剧助兴，
想重演我四十年前发明的玩意儿，
那真是奇妙！你们都年轻不知底细，
可是我在当年那件事中却出了名，
从这森林一直传到了波莱谢①森林。

"说来奇怪，陀美科和陀维科的仇恨
竟是来源于他们相似的古怪的姓。
因为有一次在举行县议会的中间，
陀维科的朋友跑去游说一些议员，
对一个议员说：'请您投陀维科的票！'

---

① 指普里皮亚特河流域的低地，白俄罗斯和乌克兰的布列斯特、基辅和莫吉廖夫三角地带。

这议员却没听清，投了陀美科的票；
一次在宴会上议长卢佩科祝酒说：
'陀维科万岁！'别人却都高喊：'陀美科！'
谁若是坐在中间，就更是无所适从，
尤其是午宴的时候，说话更不清楚。

"更糟糕的是，一次维尔诺有位士绅
酒后跟陀美科斗剑留下两处伤痛；
那位绅士在从维尔诺回家的途中，
不巧又跟那陀维科在渡船上相逢；
他俩是乘同一条渡船过维雷卡河，
他问邻座：'这人是谁？'回答说：'陀维科。'
没等说完，他就从皮袍下掏出匕首：
咔嚓！为了陀美科而割了陀维科的胡须。

"最后还有件事可说是雪上加霜，
狩猎中遇到这样的事也算平常，
名字相似的两人站在同一地方，
他俩又同时朝一头母熊开了枪。
不错，枪声之后熊便倒地断气，
可它早已被一打子弹打穿肚皮；
用相同口径猎枪的猎人多得很，
是谁打死了母熊？找吧！能说得清？

"这时他们喊道：'该结束了，一劳永逸，
无论上帝还是魔鬼把我俩连在一起，

今天都必须一刀两断彻底分离：
如同天上不能同时有两个太阳，
这世上也不能同时存在我们俩。'
他们拔出佩刀，站到决斗位置上。
两个都是正派人；大家越是劝和，
他俩就越是坚持，越是来劲上火。
他们换了武器；把佩刀换成手枪。
他们站好了，'别站得太近，'我叫嚷；
他俩更生气，定要隔着熊皮射击，
几乎是枪筒对着枪筒，必死无疑！
两人都善射。'赫雷切哈，你当证人！'
'同意，'我说，'去把掘墓人叫来挖坑：
这样的较量不会平安地结束；
你们要有贵族风度，不能像屠夫，
距离这么近，我看到，你们是勇士；
你们想这样射击，枪筒顶着肚子？
我不允许；要用手枪决斗我赞成；
但要有个不远不近的距离才行，
得有张熊皮的长度，我作为证人，
要把这张熊皮铺在地，用我的手
给你们定决斗位置。您站这一头，
在鼻子旁边，而您得站在尾巴后。'
'同意！'他们高叫；'什么时间和地点？'
'乌莎酒店。'他们俩分头骑马走了。

而我也就去读我的维吉尔①诗篇……"

沃依斯基的故事被一声"追"打断，
有只灰色的野兔从马下面一闪；
先是短尾后是猎鹰立即去追赶。
他们去围猎也不会忘记带着狗，
因回家时在田野容易碰上野兔；
狗没系皮带跟着走；发现野兔
便迅速追了上去，不等人去催促。
书记官和巡官也想策马去追赶，
但是大管家命令："停下！站住且看看；
我不允许任何人擅自离开原地，
这儿能看到兔子怎样跑进田里。"
果然，野兔感到身后有猎人和猎狗，
便向田里跑，竖起耳朵像两只鹿角，
它如同一道长长的灰色的闪光，
下面是伸出的脚如同四根木棒，
你会以为那不是跑，是擦着地面
一晃而过，就像是燕子掠过水面。
它后面扬起尘土，尘土后是猎犬；
远看兔子、尘土和狗连成一条线：
又像是一条大蛇在平地上爬行，

① 维吉尔·普布利乌斯·马罗（前70—前19），古罗马诗人，著有史诗
《埃涅阿斯纪》，其中讲到特洛亚英雄埃涅阿斯同迦太基女王狄多的一
场爱情悲剧。

兔子是蛇头，尘土是青蓝的蛇颈，
而两条狗就像蛇尾巴左右蜿蜒。

书记官和巡官张着嘴看得出神，
骤然间，书记官的面色变得铁青，
巡官也急了，发生的事令人沮丧，
他们见到那条大蛇越爬越变长，
而且已经断了，蛇颈已倏然不见，
蛇头已靠近森林，尾巴还在后面！
蛇头最后就像挥动的穗子一闪：
在林中隐去；尾巴却断在了林边。

可怜的狗在森林边呆傻地跑着，
似乎在互相埋怨，又像彼此诉说；
最后它们回来了，缓缓跳过犁沟
都夹着尾巴，垂着耳朵又低着头，
似乎是感到羞愧，不敢抬起眼睛，
它们在一旁站住，不敢接近主人。

书记官正耷拉着脑袋，面色阴沉，
巡官望望众人，也一脸的不高兴，
后来他们俩又在众人面前分辩：
说这些狗因没系皮带很不习惯，
它们无准备，兔子又来得突然，
说该给狗穿上靴子，才跑得更快，
因为田里到处是尖石子和石块。

他们像有经验的行家侃侃而谈：
猎人听到这些也许会获益匪浅，
但没有人注意听；有的吹着口哨，
有的在大笑，有的只记得那头熊，
在议论着方才的围猎，谈兴正浓。

沃依斯基只瞥了一眼那只野兔，
见它逃脱，便毫不介意地转过头，
要把他那被打断了的故事结束：
"我说到了哪里？啊！说到双方同意
他们决斗只隔着一张熊皮射击。
贵族在喊：'几乎是枪筒对着枪筒！
这样的决斗至少一方必死无疑！'
我只笑笑，我的朋友马罗①教过我
测量兽皮决不能用普通的尺度，
诸位都很清楚狄多②女王的事情，
她航海找到利布人③，又历尽艰辛
才设法买下了这样一小片土地，

---

① 即维吉尔。
② 狄多原是推罗国王之女，被迫离开祖国，来到北非，后来当上了迦太基
　女王。
③ 利布人是埃及西边的古代居民，希腊学者就把他们居住的那片土地称为
　利比亚。

若想全部围住只需一张公牛皮①；
她在这片土地上建立了迦太基！
因此我在夜里也作了精心设计。

"天刚亮，这边来了乘车的陀美科，
从对面正好骑马赶来了陀维科，
他们看到河上有座毛烘烘的桥，
熊皮割出的条条带子在桥上飘。
我让陀维科站在熊尾的这一边，
又让陀美科站在有熊头的对岸。
'开枪吧！'我说，'哪怕一生这么斗着
我也不放你们走，除非你们讲和。'
他俩大怒；别人笑得在地上打滚，
我和牧师又冲着他们高诵福音，
用教规的动人文字给他们教训，
他们俩都笑了，也许是情不自禁。

"他们的争执变成了终生的友谊，
陀维科娶了陀美科的妹妹为妻，
陀美科又同他妹夫的姐姐结婚，
他们又把两家的财产对半平分，
后来他们在发生这奇事的地点，

---

① 狄多把一张牛皮切成细条，用它们围了一大片土地，就是都在一张牛皮
的范围内，后来她就在那块土地上建立了迦太基。大管家并未读过《埃
涅阿斯纪》里对此事的描写，大概只看了古典学者的注解。——原注

173

开设了一家取名叫‘小熊’的酒店①。"②

---

① 陀美科的原型是作者的挚友伊格纳齐·陀美科，他在诺夫哥罗德地区有一座田庄叫陀美科夫；"小熊"酒店在乌莎河畔，因此在诗中又有一处"乌莎"酒店。

② 注意：第四章里有几处是斯泰凡·维特维茨基所写。——原注［斯泰凡·维特维茨基（1800—1847），波兰浪漫主义诗人，密茨凯维奇的朋友。本章里有关"老巢"和围猎开场的描写是密茨凯维奇在他写的片断上加工发展的。］

第 五 章

争斗

泰莉梅娜的狩猎计划——小园丁准备进入社交界，听取她的保护人教诲——猎人归来——塔杜施的特大惊诧——退想神殿的重逢以及由于蚁垤而获得和解——餐桌上关于围猎的议论——沃依斯基关于雷坦和德纳索夫公爵的故事被打断，两派之间签订和约的准备也被打断——拿钥匙的幽灵——争斗——伯爵和盖尔瓦齐举行军事会议

沃依斯基结束了围猎光荣归来，
泰莉梅娜却在把狩猎计划安排。
她正双手抱胸坐在寂静的庄院，
身子一动不动，脑海却泛起波澜，
心绪不宁正是为追猎两个青年；
她在反复筹谋，实指望一箭双雕：
把塔杜施和伯爵两人全都得到。
伯爵是年轻公子，名门望族之后，
模样长得英俊；对她也有点钟情！
可是，谁知道呢？也许会厌旧喜新！
日后会忠诚相爱？会愿意结婚？
能娶一个比他年长的清贫女人！
亲戚会允许？社会又将作何评论？

泰莉梅娜思考着，从沙发上站起身，
她踮起脚尖，你会以为她高了几分；
又微微露出了胸口，向一边侧着身，
把自己上下打量，用那挑剔的眼神，
然后她又对着梳妆镜久久地发呆；
叹了口气，垂下了眼睑，又坐了下来。

伯爵是豪门！富有的人常变幻不定！
又是金头发！金发的人都不很热情！
塔杜施呢？一个单线条！老实的青年！
几乎还是个孩子！又是刚开始初恋！
只要管住，他不敢撕毁第一次约定，
何况他对泰莉梅娜已有义务要尽。
年轻男子思想上虽不免朝三暮四，
可在感情上却比老头子持久、忠实。
因为年轻人的心灵纯朴而且天真，
能长久地保持初恋的魅力和温情！
相见时尽情享受，分别时充满欢乐，
像我们邀朋友赴便宴把良辰度过。
只有老酒徒，他们的内脏已燃烧尽
才讨厌那沉溺了自己的美酒甘醇。
泰莉梅娜对这一切都是一清二楚，
因为她很聪明而且经验非常丰富。

别人会怎么说？当然，人言也可避过，
到别的地方去，过一种隐居的生活，
更好的是，离开这一带，迁移到远方，
比如说到首都去作一番旅游观光，
可以把这年轻人带到上流社会去，
指引他，教诲他，帮助他，给他做参谋，
陶冶他的心性，视他为兄弟和朋友！
她也能去领略人生，但愿岁月能留！

她这么思忖着，在房里踱起了方步
勇敢而又欢乐，最后却又垂下了头。

对伯爵的命运也该去仔细考虑，
难道不能使他对佐霞产生兴趣？
她家产不丰，但出身同样是贵族，
是参政员之后，显贵人家的闺秀。
假如最后能够达到结婚的目的，
泰莉梅娜也算是有了栖身之地；
她既是佐霞的亲戚，伯爵的媒人，
将来也可算是这对夫妇的母亲。

她经反复斟酌，把方针大计定下，
便从窗口召唤园中嬉戏的佐霞。

佐霞穿的是晨装，不戴帽子站着，
她的手里正高高托起一只绢罗，
家禽拥到她脚边；那蓬松的母鸡
像线球似的滚来，那大红冠公鸡
摇动着它那珊瑚般鲜艳的头盔，
用翅膀划过那丛丛矮树和犁沟，
把它带有尖爪的脚掌大大张开；
接着怒气冲冲的火鸡缓缓走来，
对它配偶的喋喋不休显出不快；
孔雀木排似的长尾在草上撑着，

银翅的鸽子雪球般从高空飞落。
在一圈碧绿如茵的草地的中央，
那嘈杂而好动的飞禽熙熙攘攘，
外圈的白鸽像是绕着一条白带，
中央杂色条条和斑点放出异彩。
这儿是琥珀的嘴，那儿是珊瑚冠
从密羽丛中升起，像鱼在浪上翻。
它们伸出脖子，好像水仙一样
轻轻地然而又不停地摇摇晃晃；
千双眼睛明星似的对佐霞闪烁。

她在中央，在鸟群之上高高站立，
身穿白色的长衫，全身上下雪白，
转来转去，如花丛中喷射的水柱；
她用白如珍珠的手从绢罗中取出
珍珠似的麦粒，向家禽头上撒去：
这些麦粒能上达官显贵的餐桌，
它能做调料，加稠立陶宛的肉汤；
佐霞从女管家的食橱中把它偷来
喂她的家禽，对家计可不无损害。

她听见叫"佐霞!"，那是姑母的声音!
于是把剩下的美食都撒向家禽，
转动绢罗，像舞女转动手鼓一样
合拍地敲着，这任性贪玩的姑娘
哼唧着跨过那孔雀、鸽子和母鸡：

受惊的鸟儿都扑棱着翅膀飞起。
佐霞动作轻盈，如脚不点地一样，
活像是在它们上方高高地飞翔；
前面，她经过时惊起的一群白鸽
宛如在爱情女神的车子前飞舞的精灵。

佐霞叫喊着从窗口跳进房间里，
坐到姑母的膝上还不停地喘气；
泰莉梅娜吻着她，抚着她的下巴，
很高兴看到这小姑娘娇艳如花
（她对这被保护人的爱分毫不假）。
然而偏要摆出一副严厉的面孔，
站了起来又在房间里来回走动，
她还用手指按着嘴唇，这样说道：

"亲爱的佐霞，你已经完全忘记了
你的年龄和身份；其实你该知道
今天你满十四岁，该抛开那些鸡，
哎呀，那怎能是名门闺秀的游戏！
跟农家脏孩子你也混得太离奇，
唉，佐霞！我见你这样就心痛、着急；
你也晒得太黑，像个真正的吉卜赛人，
你的一举一动都像个乡下姑娘。
从今天开始，这一切都要大变样，
就在今天，我要把你带到社会上，
到大厅去见客人，我们宾客盈门，

你得注意了！不要让我感到丢人。"

佐霞从坐椅上跃起，又拍着巴掌，
双手抱住姑母，悬挂在她胸腔上，
她过分兴奋，哭了又笑，笑了又哭。
"啊，我好久没有见过客人了，姑姑！
我到这里就跟母鸡和火鸡为伍，
野鸽子就是我见过的唯一贵宾；
坐在房间里，我又感到枯燥、烦闷，
法官大人甚至还说，这很不卫生。"

"法官，"姑母接茬说，"老是给我念叨，
要带你到社会上去，也老在嘟囔
你长大了；他的话连自己也不信，
他是个从不到交际场去的老人。
我更了解，女孩子首次进入社会，
为了获得深刻印象，该怎样准备。
佐霞，一个姑娘在男人面前成长，
即使她聪明、漂亮，也难留下印象，
因为看着她长大，早已习以为常。
而有教养的成熟姑娘突然出来，
就一定会在交际场上大放异彩，
那时好奇的目光都会向她集中，
注视她的一颦一笑和一举一动，
她说的话都会被人牢记在心中；
年轻姑娘只要首次有精彩表现，

大家就会去赞扬她，即使不喜欢。
我估计你会知道应该如何行动；
你在首都长大。虽有两年住在农村，
也不会把彼得堡忘得一干二净。
好，佐霞，来打扮，我桌上有化妆品，
服装、饰物一应俱全，早为你准备，
快点，他们随时都会从猎场归来。"

她们叫来一个女佣和一个丫头；
把一壶水倒进银盆供佐霞洗漱，
她像只在沙里扑着翅膀的麻雀，
在女佣的帮助下洗着脸、颈和手。
泰莉梅娜打开了彼得堡梳妆盒，
取出一瓶瓶香水和一罐罐香脂，
用上等香水把佐霞的周身洒遍，
头发抹了香膏（于是香气满房间）。
佐霞穿上带有网眼的白色长袜
和一双小巧的华沙白缎软底鞋；
同时，女佣给这姑娘把胸衣束紧，
然后又在肩上披了一件化妆服；
并把做头发的卷发纸统统摘除，
她头发太短，只好编成两根短辫，
留些光滑的头发在双鬓和额前；
女佣把新摘的矢车菊编成花环，
泰莉梅娜熟练地给她扣在发间；
让鲜艳的花朵把俊秀的头装点，

从右到左，这些花在浅黄头发上
犹如在麦穗上，衬托得极其漂亮！
女佣拿掉化妆服，准备算是完毕。
佐霞从头上套下一件白色长衣，
手中攥着一方白色的麻纱手帕，
全身洁白有如一朵白色百合花。

又将头发和服装修饰一番之后，
佐霞就遵命在房里来回走一走；
泰莉梅娜用行家的眼睛观察她，
她训练着侄女，生着气，噘着嘴巴；
她看到佐霞行礼，便绝望地哀叫：
"该死，佐霞，瞧你跟鹅和牧童一道
有怎样的结果！你走路像男孩子，
你的眼睛忽左忽右地转来转去，
像个离婚妇！行礼又是多么笨拙！"
"姑姑，"佐霞悲伤地说，"我有什么错！
你把我封闭起来，无人跟我跳舞，
为解闷我只得喂鹅，与小孩为伍；
可是，姑姑，你只要让我和大人们
一起玩玩，不久我就会迅速改正。"

"唉，"姑妈说，"在两恶之间权衡利弊，
见下等客人不如跟鸟儿在一起；
只要想想来的客人就让人生气：
乡下牧师，不是念祷告就是下棋，

嘴不离烟斗的律师，也算是绅士！
你从他们身上学不到优美举止。
现在你倒是可以出去见见他们，
我们家里住着一些高贵的客人。
如今这儿来了一位年轻的伯爵，
是位漂亮绅士，受的教育也很好，
还是省长亲属，你对他要有礼貌。"

传来了猎人的喧哗和马的嘶鸣；
猎人已到大厅前；来的正是他们！
泰莉梅娜挽着佐霞来到了大厅。
猎人中至今还没有一个人走进，
他们要在各自的房里更换衣衫，
因为不愿穿猎装和女士们相见。
最先走进来的是塔杜施和伯爵，
他们已换了装靠的是动作敏捷。

泰莉梅娜以主妇身份招待嘉宾，
请他们就座，嘘寒问暖，好不热情；
她把自己的侄女向客人轮流介绍：
先见的是塔杜施，因为他是近亲；
佐霞很优雅地行礼，他鞠躬回敬，
想跟她说几句话，也张开了嘴巴，
一见佐霞的眼睛，顿感万分惊诧，
木然站在她面前，脸上阵阵发烧；
心里想什么，他自己也莫名其妙。

不幸的阴错阳差！他认出了佐霞！
从她的身材，她的声音和那金发；
他在栅栏旁见过这张秀丽的脸，
今天是这动人的声音把他呼唤。

大管家把塔杜施从恍惚中唤醒；
看到这青年脸色苍白，站立不稳
就劝他回到自己房里去休息；
塔杜施身靠着壁炉，站在角落里，
默默无言圆睁的双眼充满迷茫，
时而看看姑母，时而把侄女打量。
泰莉梅娜发现，佐霞第一道目光
竟在他身上产生如此深刻的印象；
她虽猜不透，却觉得很有些心慌，
招呼客人时视线却总落在他身上，
终于找到机会，急忙跑到他身旁。
"你好吗？不大高兴？"她问，缠着不放，
她还暗示佐霞，又跟他开起了玩笑；
塔杜施靠在肘子上，像泥塑木雕，
他一声不响地皱着眉头，噘着嘴：
这更加使泰莉梅娜吃惊和惶惑。
骤然她变了脸，说话声调也不同，
愤怒使她不住地对他指责、讥讽，
甚至谩骂，用尽了尖酸刻薄的语言；
塔杜施像突然被黄蜂蜇了一般
悻悻地啐了口唾沫，瞥了她一眼，

抬腿踢开面前的椅子冲出房间，
砰的一声关了门。幸好这个场面
除了泰莉梅娜，客人中无人发现。

他从大门奔出，一直向田野冲去；
像被鱼枪刺穿了胸膛的梭子鱼，
急得跳上跳下，窜来窜去想逃遁，
可永远摆不脱那尖铁和那根绳：
塔杜施也是拖着那极度的痛苦，
他穿过沟渠，跨过栅栏，急不择路；
在田野漫无目的地转悠了许久，
最后竟茫然地走进了森林深处，
也不知他是故意还是纯属偶然，
又到了作为他幸福见证的小丘，
他在那里接到爱情信物的便条，
我们知道那地方就叫遐想神殿。

当他向四周一望便看见了：那是她！
泰莉梅娜一个人在那里沉思默想，
与昨日的仪表和穿着都不大一样，
全身素净，坐在石上，俨如一尊石像；
低垂的头深深地埋进张开的双手，
听不见哭声，但知道她是满面泪流。

塔杜施再也无法驾驭自己的心：
这模样使他叹惜、怜悯，也叫他动情，

他躲在树后默默无言，久久注视着，
最后叹了口气，恶狠狠地对自己说：
"我真愚蠢！是我搞混了，她有什么错！"
于是他慢慢从树后向她伸出头去。
可是泰莉梅娜突然从座位上跳起，
向左右两边摇晃着，然后跳过小溪；
张着手臂又披散着头发，脸色惨白，
她奔向树林，又蹦又跳又下跪，
跌倒后爬不起来，便在草地上扭动，
从她的动作，看得出她有多么难受；
她拍打着胸膛、项颈、脚底和膝髁；
塔杜施跳了过去，以为她是着了魔
或是疯了，或者是什么癫病发作。
然而她的这些动作却有别的缘由。

有个大蚁垤就在白桦树丛附近，
这些黑色的勤劳而好动的小生命
常常在小丘周围的草地上爬行；
也不知是出于需要，还是为了娱乐，
它们特别喜欢拜访这遐想神殿；
从它们都城的山丘至小溪的岸边
已经蹭出一条路，它们列队向前。
不幸泰莉梅娜正坐在小路的中间；
那些蚂蚁被她白袜子的光吸引，
就成群结队地爬了上去又咬又叮，
泰莉梅娜不得不跑开，又摇又抖，

最后她坐在草地上，去捉那些昆虫。

塔杜施不得不跑过来给她帮助；
刷着她的衣裙，弯下身离脚很近，
他的嘴唇又偶然碰着她的双鬓，
这种温情说明他俩已言归于好，
虽说彼此没提他们早上的争吵；
若不是索普利佐夫的钟声打断，
他们定会久久地坐在一起聊天。

这是晚餐的信号：是回家的时辰，
特别是附近传来树枝的断裂声。
也许是在找他们？一起回去不行；
于是泰莉梅娜向右，绕道果园旁，
塔杜施则转向左边，跑到大路上；
他们俩回去时都有点心神不安：
泰莉梅娜似乎觉出灌木丛后面
闪着戴头巾的罗巴克瘦削的脸；
塔杜施觉得有白色的影子出现，
他分明看到闪了一两次，在左边；
他有种预感，但又不知那是什么，
便疑心是穿英国长外衣的伯爵。

晚餐设在城堡。固执的普罗塔齐
不把法官的明确吩咐放在心里，
乘主人不在，又向古堡发动攻势，

而且（如他所说）在里面摆了餐橱。
客人们顺次入内，大家围立桌旁；
监督被推举走到了首席座位上，
就年龄和官职他理应享此尊荣，
他边走边向在场的人频频鞠躬。
募化修士不在座；于是监督夫人
就占了他的位置，坐在丈夫右侧。
法官把客人的座次都排好无误，
便念了遍拉丁文祷词，表示祝福；
于是给男宾上酒，大家开始进餐，
静静地有味地吃着立陶宛冷盘。

凉菜之后便是螃蟹、雏鸡和芦笋，
连同一杯杯匈牙利和玛拉加酒①；
大家吃着，喝着，但是都沉默寡言。
自从当年立起了这城堡的墙垣，
这儿办过多少招待贵人的盛宴，
听见过多少万岁声和笑语欢言，
但从来没有过这么沉闷的晚餐；
如今在这古堡巨大空阔的大厅
只听见瓶塞开启和杯盘的响声：
你会说是魔鬼缚紧了宾客的嘴唇。

沉默的原因很多：猎人离开森林

---

① 　　一种西班牙的甜葡萄酒。

回家时一路吵吵嚷嚷，话已说尽；
热情一冷，他们就把围猎细思量，
发现这次行动算不上什么荣光：
难道说一定要那戴头巾的修士
独自神不知鬼不觉地突然出现，
如同从大麻里跳出了个脬力普[①]，
来给全县的猎人做这一番表演？
耻辱啊！奥什绵和里达县的猎人
一定会暗中取笑，还要议论纷纷，
他们世代都跟此县的猎手相争，
为了要在射击比赛中夺取头名；
这次围猎不能不令猎人们思忖。

巡官和书记官除了相互的忌妒，
心头还记得各自的猎犬的耻辱，
他们眼里只有那只狡猾的野兔，
它逃到林边还摇着尾巴来作弄，
这条尾巴，像根鞭子抽打在心头：
他们的脸都冲着盘子，各自烦愁。
但巡官更有烦恼的最新的理由，
他望望泰莉梅娜，又望望情场对手。

---

① 来自世袭的大麻庄的议员脬力普有一次在议会上发言，胡侃了一通，引起议员们哄堂大笑。从此便有了一句成语：如同从大麻里跳出了个脬力普。——原注

泰莉梅娜侧身坐着，避开塔杜施，
她惴惴不安，不敢向这青年直视；
她又想对阴郁的伯爵宽慰一番，
去跟他谈谈，使他能出现一丝欢颜，
因为伯爵自从独个儿出去散步，
或者如塔杜施所想的去打埋伏，
回来后就酸溜溜的，像是喝了醋；
听见泰莉梅娜讲话，他傲然昂首
皱着眉头，对她似乎是不屑一顾；
然后他尽量靠近佐霞，给她斟酒，
给她递盘子，真是一派绅士风度，
说了许多客气话，笑吟吟把头点，
却不时转着眼睛，发出一声长叹。
虽然他装得很巧妙，但非常明显
他卖弄是出于对泰莉梅娜的怨；
因为他不时似乎无意地转过头，
那挑衅的目光便向泰莉梅娜一闪。

泰莉梅娜却不理解其中的含义；
耸耸肩膀，心想：他就是这怪脾气。
她对伯爵这种新的调情很坦然，
就转而注意另一邻座上的青年。

塔杜施既不吃也不喝，闷声不响，
像在听人谈话，眼睛盯在盘子上；
泰莉梅娜给他斟酒，他却很讨厌

这种殷勤；听见她问话便打哈欠。
（他在一夜之间有了多大的转变！）
他不满泰莉梅娜太轻浮，爱调情，
她的衣服开领太低也使他生气，
怪她毫无顾忌！而当他抬起眼睛
竟大吃一惊；他的目光变得锐利，
他刚朝泰莉梅娜绯红的脸一瞥，
立刻就发现一件可怕的大秘密！
天哪，这玫瑰色竟是用胭脂染的！

不知是她擦的胭脂的质量太差
还是不小心在脸上抓挠了一下，
在稀薄的地方露出粗糙的肤色。
也许是在遐想神殿，塔杜施本人
靠她太近，擦去了她脸上的脂粉，
那比蝴蝶翅上的粉还要薄的红润。
泰莉梅娜从森林回来过于仓促，
哪有闲工夫去修饰自己的面部；
尤其是她的嘴周围露出了雀斑。
塔杜施的眼睛是狡猾的侦探，
发现一处漏洞，就侦察别的疑点，
从剩余的美质中处处发现破绽：
嘴里缺两颗牙；额头上满是皱纹；
还有上千条皱纹在下巴上隐现！

真遗憾！塔杜施由衷地感到

太仔细观察美好事物毫无必要；
侦察自己的情人是可耻的事情；
改变趣味和良心实在可恼可憎，
可是谁又能管住自己的一颗心？
他无法用良心弥补爱情的缺陷，
她目光的烈焰难融灵魂的寒冰：
她的眼神如月亮的光，没有温暖，
射不进灵魂深处，只能照亮表面……
他就是这样自责自怨，自思自叹，
默默地咬着嘴唇，把头低到桌面。

这时，恶鬼用新的诱惑把他折磨，
他在偷听佐霞对伯爵说些什么：
这姑娘被伯爵的殷勤攫住了心，
起先她是羞红了脸，垂下了眼睛，
然后他们竟无拘无束，谈笑风生：
他们谈起了在园中的不期相遇，
谈他如何从牛蒡和菜畦爬过去。
塔杜施心慌意乱地抻长了耳朵，
吞下苦涩的话，留在心灵里咀嚼。
这是可怕的筵席。如同园中的毒蛇
用那分叉的舌尖吸着毒草的清液，
然后又缩成一团，在小径上盘着
去威吓那些不小心踩上去的脚：
塔杜施也这样吸吮嫉妒的毒汁，
表面无动于衷，内心里怒不可遏。

最欢乐的聚会若有人心绪不宁，
他的烦闷很快便会传给别的人。
猎人们早已沉默不语，桌子这边
也静悄悄，被塔杜施的忧郁感染。

今天连监督大人也是非常郁闷，
不愿说话，看到自己的两位千金
那么富有，那么美貌，又正当青春，
大家公认是最佳的配偶候选人，
却受到了沉默的青年们的冷落。
好客的法官一筹莫展，心里难过；
而沃依斯基见大家都默默无言，
说这不是波兰晚宴，是狼的晚餐。

赫雷切哈的听觉对沉默反应灵敏，
他是个爱说话的人，喜欢高谈阔论。
这不奇怪！因为他是贵族的家臣，
在众多宴会和狩猎中度过一生，
也是地方议会和集会上的客人；
他习惯耳畔总有种不息的响声，
即使他自己沉默寡言，一声不吭
或者是拿着蝇拍偷偷追赶苍蝇，
哪怕是当他一人独坐闭目养神；
日里找人聊天，夜里也要人陪他，
给他诵读祈祷书或者是讲神话：

由此他对烟斗的仇恨非常之大，
说那是德国的发明①，想把人同化；
他说："叫波兰人沉默不语装哑巴，
那可就是存心要使波兰德国化②。"
这位一生喜欢说话的健谈老人
此刻却想在谈话的声音中打盹，
是这沉默反使他从梦中惊醒：
如磨工在磨轮的轰隆声中入睡，
忽然磨轮的轴一停，他立刻惊醒，
于是大声喊叫："道成了肉身！"③

沃依斯基向监督鞠躬，表示礼貌，
又把手放在嘴上向法官发信号：
他要求发言；对他那无声的鞠躬
两位绅士也弯腰回敬。意思是"请！"
于是沃依斯基便开始他的演说：
"我斗胆向在场的诸位青年提出：
希望你们依照古老习惯来娱乐，
不要只是一声不响地坐着咀嚼；
难道说我们都成了开普申④神父？

_____

① 烟斗首先是在按照德国建制组织的波兰步兵营中流传开的，沃依斯基认
为抽烟斗的都是德国人，而且抽烟斗妨碍交谈。
② 波兰语中"变成哑巴"和"德国化"两词谐音，这里有一语双关的意思。
③ 见《新约·约翰福音》第1章，在这里用来表示惊叹。
④ 属于意大利教士圣方济各（1182—1226）教派中的修士的一支，他们在
进餐时必须保持沉默。

谁要是在贵族中不说话，他就像
猎人把弹药锈在了枪筒里一样；
因此我赞美我们先辈的健谈。
围猎后来到食桌旁，不单为就餐，
也是为了相互能够自由地交谈，
说说心里话；对猎人、射击和猎犬
都可进行评论、指责、表扬或赞叹；
桌上的话题不少；又会出现喧闹，
对于猎人，跟再次围猎一样美妙。
我很清楚，你们脸上阴郁的乌云
完全是由于罗巴克的修士头巾！
你们没射中，丢了脸！请不要懊恼，
我见过许多没射中的优秀猎人；
射中，射不中，可算是猎人的命运。
我自幼跟枪打交道，也常常失手；
著名猎人图沃希克，甚至是雷坦，
这些神枪手也不总是百发百中。
雷坦的事我以后再谈。至于说起
野兽冲破了防线，说那两位公子
没在野兽面前坚守自己的位置，
虽说他们拿了长矛；对于这件事
谁也不能称赞，可也不能去指责：
要是他们荷枪实弹却步步退让，
按照古习那才是懦夫中的懦夫；
盲目开枪（像这样干的有不少人）
既不让野兽接近，也不向它瞄准，

那是可耻的事；但谁若已经瞄准
谁若让野兽向自己走得相当的近，
即使他打不中，后退了也不丢人，
他可用长矛刺，但那是自己情愿，
并不强求：因为长矛在猎人手中
只是为了防卫而不是为了进攻。
这是古老的习惯；你们要相信我，
请不要把你们的退却放在心上，
我亲爱的塔杜施和尊敬的伯爵！
如果你们将来记起今天的失误，
也不要忘了老沃依斯基的忠告：
一个猎人不要挡住另一猎人的路，
两个猎人不要同时去射一头母兽。"

当沃依斯基刚刚说出"母兽"一词，
巡官就低声嘟哝着"姑娘"二字；
妙！年轻人喊，掀起了闹声和欢笑。
大家都在重复赫雷切哈的忠告，
尤其是最后二字，有的人喊："母兽"，
其他的人却开着玩笑高喊："姑娘"；
书记官低声说："女人"，巡官说："荡妇"，
目光又像匕首向泰莉梅娜射去。

大管家并不想暗示什么人，
也没有注意别人私下里的议论；
很高兴能引起青年男女的笑声，

于是转向猎人，想让他们也开心。
他给自己斟满一杯酒，便说道：

"我徒劳地去把伯尔纳修士寻找；
我想去告诉他一件奇异的事情，
它和我们今天打猎遇到的相近。
总管也曾说，他只知道有一个人，
像罗巴克神父那样射得远而且准；
可我认识另一个：用准确的射击
救了两位贵族的性命；我亲眼见，
当议员雷坦陪同德纳索夫[①]亲王
一道来到纳利博基森林[②]中打猎，
显贵们并不妒忌一个绅士的名望，
在餐桌上还举杯首先祝他健康，
赠送给他的贵重礼品不计其数，
外加一张野猪皮；关于那头野猪
和我目睹的那一枪，我要对你们讲；
那情形和今天发生的非常相像，
发生在当年最杰出的猎人身上，
那就是议员雷坦和德纳索夫亲王。"

这时法官说话了，斟满了一阔口杯：

---

① 　波兰人常称 18 世纪著名旅行家和冒险家卡尔·德·纳骚·辛根亲王（见
290 页注②）为德纳索夫亲王。陪同他打猎的不是议员塔·雷坦，而是其
子米·雷坦，著名的猎手。
② 　奥什绵县境内的原始森林。

"我祝罗巴克健康，请大家举起杯！
假如送礼不能使募化修士富有，
我们至少要报酬他花费的火药；
我敢担保，今天被打死的那头熊
足够修道院的厨房两年的享用。
但熊皮不给修士；要么我强夺，
要么让罗巴克客气地转送给我；
要么我买，即使要花十张黑貂皮。
处置那熊皮要按照我们的心意；
光荣的花冠已给了上帝的仆人，
这张熊皮应该由监督大人决定
赏赐给哪一位值得享有它的人。"

监督摸了摸前额，又皱了皱眉头；
猎人们嘀嘀咕咕，个个都在申诉，
有人说正好是他发现那头野兽，
有人说它受了伤，有人放出猎狗，
还有人把那头野兽赶回了林中。
巡官和书记官又是争论个不休，
一个夸他的桑古什科枪的优点，
另一个把他的萨加拉斯枪称赞。

"我的邻居法官，"监督终于发了言，
"上帝的仆人得头奖是理所当然；
决定第二奖应该给谁却很困难，
照我看所有的猎人都做了贡献，

大家都是一样机智、敏捷和勇敢。
然而今天遇到危险的只有两人，
他们俩距离熊的爪子也是最近：
塔杜施和伯爵；熊皮应赠给他们。
塔杜施一定会谦让（我敢肯定），
因为他更年轻又是主人的近亲；
所以伯爵应拿这辉煌的战利品[①]。
就让这战利品去装饰你的猎室，
作为今天这场欢乐游猎的纪念
幸运的标志和未来荣誉的鼓励。"

他愉快地说完，以为伯爵会高兴；
却不知那是多么刺痛伯爵的心。
因为说到猎室引起伯爵的难过，
他不觉抬起眼睛；望见那些鹿角，
那分枝的叉角，如同月桂树一般
是祖先的手栽种给子孙做桂冠，
大厅的柱子装潢着一排排肖像，
拱顶上闪耀着古老的半羊纹章，
这些都用过去的声音对他说话；
他想起这是何处，他置身于谁家：
他这个霍雷什科家族的继承人
竟会成为自家的大门里的客人，
设宴的索普利查家本来是世仇！

———————————

① 　原文系拉丁文。

200

更不用去提他对塔杜施的忌妒，
对这个家族的恨使他怒火中烧。

于是他冷笑一声说道："我家太小，
这贵重礼物没有地方陈列得了；
还是让熊皮待在这些鹿角中间
等法官将它连同城堡一并归还。"

监督听出来了他这话中的恩怨，
就拍拍他的金鼻烟盒，要求发言：

"伯爵，我的邻居，我衷心地赞美你，
你在聚餐时也关心自己的利益；
不像和你同龄的那些时髦青年
莫名其妙地虚度光阴，毫无算计。
我愿意而且希望这桩城堡纠葛
能在我监督的法庭上最后讲和；
至今唯一困难是宅旁地的处理。
我看可用别的地来交换这块地，
按照下列办法……"他像往常那样
有条不紊地说明那个交换计划；
正讲到一半，就发生了意外变化，
餐桌的另一端，有人在指指点点，
还有几个朝同一方向举目观看，
最后大家的头都朝着一个角落，
像风吹麦穗向监督的对面弯着。

从挂着已故御膳官肖像的角落——
他是霍雷什科家族的最后一个，
从那隐蔽在柱子后面的小门里
悄悄地出现一个幽灵似的人影。
那是盖尔瓦齐；不少人能够辨认，
由于他的身材，也由于他的长相，
还由于他黄外衣上的银色"半羊"。
他像柱子似的站着，沉默而严厉，
没有脱下帽子，甚至连头也不低；
拿着一把匕首似的闪光的钥匙
打开一个柜子，在里面翻来找去。

在这大厅的两个角落，靠着柱子
有两座自鸣钟，锁在两个柜子里；
这古怪的老货，早已跟太阳斗气，
常常在日落的时候偏指着正午；
盖尔瓦齐从未想过把它们修理，
可也从不放弃去旋动它的权利。
每天傍晚他都要用钥匙去开启；
这时候恰好到了上发条的时辰。
监督正想使诉讼双方专心谛听，
他却把注意力吸引到自鸣钟上：
生锈的齿轮把缺齿咬得吱吱响，
监督打了个哆嗦，就中止了议论。
"兄弟，"他说，"请把你的工作停一停，"

他想讲完交换计划，但总管古怪，
反而更用力去扳动第二个钟摆；
骤然间，那蹲在钟顶上的灰雀
扑打着翅膀奏起了自鸣钟音乐。
这人工制造的鸟，可惜，已经坏了，
它悲鸣，尖叫，歌唱得越来越糟糕。
客人都大笑；监督的演说乱了套。
"亲爱的总管，"他喊道，"莫如称你枭，
假如你看重你的嘴，请不要喧闹！"

盖尔瓦齐却对这恐吓嗤之以鼻，
他庄重地把右手支在自鸣钟上，
用左手叉腰；就这么稳稳地站立：
"我可爱的监督大人！"他大声说道，
"贵人总是随随便便地开玩笑，
麻雀是比枭小，但在自己的巢中
比待在别人府第的枭还要英勇：
总管不是枭，谁在别人的屋檐下
深夜里叽叽喳喳，那才真正是枭，
我到这里来就是要把这枭吓跑。"
"把他轰出去！"监督高叫。

                     "伯爵大人！"
总管高声说，"这是怎么一回事！
你跟索普利查家一起吃吃喝喝，
难道你不顾惜名誉，不感到耻辱？

而我，盖尔瓦齐·伦巴沃，城堡看守
霍雷什科家的总管，在主人家里
受到别人欺侮，你竟然能够忍受！"
这时普罗塔齐高喊了三声："安静！"
接着他又朗声说："肃静！闲人出去！
我，普罗塔齐·巴塔扎尔·布热哈斯基
有两个称号：以前叫法院的将军①
人称②执达吏，我宣读执达吏的指令
以及正式的通告，我在此宣布：
所有在场的世袭贵族都作证人，
我还要请巡官先生来进行侦讯，
审理对法官索普利查家的侵犯：
就是说，这是对地界的一次侵权，
非法闯入法官合法管理的城堡，
明确的证据就是他在这里进餐。"
"废话！"总管吼道，"我要教训教训你！"
他从腰带上取下了他的铁钥匙，
在头顶上抡动，又尽力抛了出去；
这串钥匙像弹弓上的石头飞出。
普罗塔齐的头眼看就要被砸烂，
幸好执达吏腰一弯，才幸免于难。

大家都站起来，一瞬间寂静无声，

直到法官高叫："给这狂徒上脚镣！
来人呀！"接着仆役迅速冲了出来，
穿过墙和凳子之间的一条窄道；
可是伯爵把椅子放在中间挡住，
在这薄弱的工事上他站稳了脚：
"小心点！法官！"他喊道，"在我的家中
我决不允许侮辱我的用人；
谁要告这老头的状，来找我理论。"

监督微斜着眼睛瞥了一下伯爵：
"不必劳动阁下的大驾前来帮助，
我会处罚这横行霸道的小贵族；
但您伯爵想占城堡还不到时候，
对这城堡的判决书尚没有公布；
您不是这里的主人，不是您请客：
您最好是跟原先那样，老实坐着；
您即使不肯尊重我这花白的头，
至少也该敬重全县的首要职务。"

"我管得着？"伯爵嘟哝道，"就会唠叨！
让你的地位和职务去把别人困扰；
我已是够蠢了，来跟你们打交道，
出席晚宴，结果却是野蛮的争吵。
对于我名誉的损失，你们要负责；
等清醒之后再见，盖尔瓦齐，跟我走！"

监督没有想到会有这样的答复，
他正给自己满满地斟了一杯酒，
伯爵的狂妄像雷电轰击他的头，
他手里的酒杯还在瓶子上支着，
他把脑袋歪向一边，竖起了耳朵，
眼睛瞪得老大，嘴巴也半张半合；
他一声不吭，却把酒杯捏得很紧，
酒杯啪的一声碎了，酒溅上他的眼睛。
似乎有股烈焰随酒进入他心中，
因此他的脸在燃烧，眼睛也血红。
他说话起先不清楚，在嘴里咕噜，
终于从牙缝之间挤出："滑稽小丑！
小伯爵！叫你瞧瞧！托马什！拿刀来！
我教你规矩①！小丑！我叫你上断头台！
地位和职务刺伤了你的娇耳朵！
我就要照你那漂亮的耳环上剁！
滚！拿刀来！托马什，去拿我的佩刀！"

这时，朋友们都向监督冲了过去；
法官拉住他说："请站住！这是我们的事，
首先是向我挑战；普罗塔齐！我的腰刀！
我要叫他像熊那样跟着棍子跳舞！"
但是塔杜施又拉住了法官："叔叔，
还有尊敬的监督，难道没有我们？

---

① 　原文系拉丁文。

何劳你们去跟这花花公子决胜？
把他交给我，定给他应有的处分；
而你，敢向老人挑战的勇敢分子，
我要看看，你是不是可怕的骑士；
我们明天算账，挑选武器和地点。
今天乘你一根毫毛未掉，快滚蛋！"

　　　　　　这是个好主意；
总管和伯爵已是热锅上的蚂蚁。
在餐桌上端沸腾着冲天的叫喊，
餐桌下端酒瓶已飞向伯爵头边。
受惊的女士们都求情而且哭叫，
泰莉梅娜只大喊了一声："不得了！"
便抬起眼睛，站起身来，随即晕倒。
她的颈正好靠在伯爵的肩膀上，
把那天鹅似的胸贴着他的胸膛。
伯爵虽然是大怒，却未失去自我，
赶忙掐她的人中，帮她恢复知觉。

这时，早已站立不稳的盖尔瓦齐
又受到凳子和瓶子的左右夹击，
那些仆役也是一个个摩拳擦掌，
都从四面八方喧嚣着蜂拥而上，
幸好佐霞见此景动了恻隐之心
便把双臂张成十字保护这老人。
仆役都站住；盖尔瓦齐缓缓退却，

他消失了；还有人疑心他的下落，
到处寻找，以为他在桌子下藏着；
突然，他又在大厅的另一边出现，
就如同是从地里钻出来的一般，
两只有力的臂膀高举一张长凳

如风车旋转着，扫过了半个大厅，
他抓住伯爵，他俩就用长凳遮掩
退却到小门边；眼看要跨出门槛，
总管站住了，又朝敌人瞥了一眼，
思索了一会，是在武装之下撤退
还是碰一碰运气，用新武器再战。
他选择了后者；把凳子甩到背后，
像一架撞城槌，而且还低下了头，
挺起了胸膛，高高抬起了一只脚，
他正要攻击……发现了沃依斯基，
心中随之打起一阵寒颤，泄了气。

沃依斯基坐着，两眼眯成一道缝，
仿佛置身事外，沉浸在思虑之中；
直到伯爵和监督二人争吵不休，
并且还威胁到法官，他才回过头
拈了两次鼻烟，轻轻擦了擦眼睛。
虽说沃依斯基是法官的远亲，
然而在他好客的家中已生了根，
对朋友的安危更是特别地关心。
他密切注视着格斗的发展趋势，

把手慢慢地向桌子伸去，
手掌上放着一把刀，刀柄碰着食指
的指尖，而刀尖则转向他的肘弯，
然后他的手臂微微地向上方抬着，
似乎在玩那把刀，但他望着伯爵。

徒手格斗中飞刀是可怕的技术，
当时在立陶宛已经不为人看重，
只有老年人熟悉；总管在酒店争斗中
曾不止一次启用，大管家是百发百中。
从他手臂的动作，就知道他掷得很凶，
从眼神也易猜出，投掷的对象是伯爵
（霍雷什科家的最后一人，虽是女系），
不知底细的年轻人不懂老人的动作，
盖尔瓦齐却慌了神，用凳子护着伯爵
赶忙向门旁退却。"抓住他！"一群人喊着。

像一头正在专心享受腐肉的狼
向打断它美餐的狗群横冲直撞，
已经追上，正要咬着，忽听到枪机
在狗的吠声中嘀嗒，狼熟悉这声音，
就用眼睛搜寻，看到猎犬的后方
猎人正弯着腰，倚在一只膝盖上
冲着它移动枪筒，就要扣那扳机；
这狼垂下耳朵，夹起尾巴，想逃避，
那群狗得意地咆哮着，冲了上去

咬住它的毛，野兽不时回过头去
望一望，把洁白的牙咬得咯吱响，
那群狗便呜呜地叫着，落荒而逃：
总管也以同样威吓的姿态后退，
用眼睛也用凳子去抵挡着攻击，
直到和伯爵退到黑暗的壁龛里。

"快抓住!"他们又叫喊，但胜利不久长：
因总管不意又出现在人群头上，
他就站在一架破旧的管风琴旁，
把它那铅质的琴管扯得咔嚓响。
他若从上面掷下，打击一定不轻，
好在客人已成批地走出了大厅，
受惊的仆役们也不敢站在原地，
抓了几件餐具便跟着主人逃离，
甚至把部分餐具扔在了大厅里。

是谁最后离开战场，不怕威胁和打击？
就是普罗塔齐·巴塔扎尔·布热哈斯基。
他，站在法官的椅子后，寸步不离，
用他那执达吏的声调读着通告，
一直读完，才离开这空寂的战场，
那里只留下一片废墟和狼藉。

人是没有伤亡；但是凳子却遭了殃，
桌子也断掉了一只腿，歪斜在一旁，

桌布被扯下，扔在滴着酒的碗碟上，
像受伤的骑士趴在淌血的盾牌上，
遍地是整只整只的烧鸡和火鸡
刚插上的叉子还在胸脯上挺立。

片刻后，霍雷什科家荒凉的府第
一切重新又回到了往常的静寂。
黑暗更浓了。这贵族盛宴的残席
就像是举办招灵夜宴的先人祭①，
已故祖先之灵被符咒召来这里。
猫头鹰已经在阁楼上叫了三遍，
好像是法师，在迎接皓月的东升，
月影透过窗户落到桌上，颤动着
有如净界的灵魂；从地下的洞里
跳出了一群老鼠，像有罪的恶人
咬着，喝着；被忘在角落的香槟酒
不时喷出，像是给这些幽灵祝福。

但是在楼上，在那已是没有镜子
可仍被人称作镜子间的房间里，
伯爵正站在大门对面的回廊上；
在风中乘凉，外衣只穿一只袖子，

---

① 民间祭祀亡灵的节日。一般是晚上在墓地的小教堂前摆下酒食，由一名
祭师主祭，伴有合唱，他们相信用这酒食和歌词可以安慰留在净界的灵
魂。"先人祭"也是作者著名诗剧的题材和篇名。

而另一只袖子和衣裾围住颈项，

这外衣盖住了胸口，如一件大氅。

盖尔瓦齐在房间里大踏步走着；

他俩在交谈，而且都在紧张思索：

"用手枪，"伯爵说，"用佩刀也可同意。"

"城堡，"总管说，"和村庄都是我们的。"

"向叔父和侄子，"伯爵喊，"向全族挑战！"

"城堡，"总管叫，"村庄和土地都要归还！"

他这样说着时又转身冲着伯爵：

"如果你想太平，就去夺回这一切。

打官司那真是活见鬼，我的少爷！

事情已很清楚，跟白昼一样明白：

城堡属霍雷什科已四百年之久；

部分土地在塔尔果维策时代①被没收，

正如您所知，便落入了索普利查之手。

不仅这一部分，全部都应该夺回

作为诉讼费用，作为侵占的索赔。

我常常对您说，打官司全然无益；

我常常对您说，要靠武力，去袭击；

照古习：谁占有产业谁就是主人；

在战场上获胜者，在法庭上得利。

说起同索普利查家的世代争斗，

---

① 1792年4月，一些投靠俄国、反对《五三宪法》的大贵族在靠近俄国的东南小城塔尔果维策拼凑了一个同盟，发动了反对中央政权的叛乱。历史上称它为塔尔果维策同盟。

212

用削刀对付他们比打官司更好；
如果马捷前来相助，带着他的'嫩条'
我们俩斩起索普利查来，真如切草。"

"妙！"伯爵说，"你这戈特－萨尔马特①计
比那律师的辩论更中我的心意。
你瞧，我要在全立陶宛引起轰动，
来一次很久不曾听说过的进攻。
我们自己也可以乘机娱乐一番。
我在这个地方已待了整整两年，
我见过什么斗争？跟农民争地界。
我们一出征，就预示着定要流血；
我在国外曾扮演过战士的角色。
当时跟一位亲王在西西里旅游，
强盗把他的女婿劫持到了山沟，
而且硬是要他的亲戚拿钱去赎；
我们很快就召集了仆役和家臣，
大家一心，出其不意攻进了山林；
我亲手结果了两个强盗的性命，
是我头一个攻进山寨，救出囚徒。
啊，我的盖尔瓦齐！那时凯歌高奏！
那古代武士式的归程，多么壮丽！

---

① 戈特是古条顿民族之一。萨尔马特是古代伊朗的游牧部落，公元前4世
纪至2世纪定居在北高加索和黑海地区；公元2世纪时出现在顿河和多
瑙河一带。中世纪波兰的编年史家认为那是波兰人的祖先，他们都以好
斗和善战著称。

民众手捧鲜花欢迎我们，那郡主
感激救命恩人，含泪倒进我怀里。
我抵达巴勒莫时，报上已登了消息，
那里的妇女都指点着我，充满敬意。
甚至出了一本有关这件事的小说，
那本书里还真名实姓地提到了我。
小说的题目是：《伯爵，比尔班戴－罗卡
城堡的秘密》①。在这座城堡可有地窖？"
"有，"总管回答说，"而且大得不得了，
却是空的！酒已被索普利查家喝光了。"
"把府里的骑手，"伯爵补充说，"武装起来，
也要把村里的农奴统统召来！"
"召集奴仆？"总管说，"啊，我的上帝！
袭击难道是乌七八糟的奴仆游戏？
谁见过由农奴和仆役组成的袭击？
我的少爷，您根本不懂其中的道理；
要召集八字胡的战士，与众不同的。
他们不在农村，而是在贵族庄园里，
在陀布琴、热齐库夫、青蒂奇
                                和龙班基②；
他们是世袭贵族，流着骑士的血液，
他们大家都跟霍雷什科家关系亲密，
所有的人都是索普利查家的死敌！

---

①　原文系意大利文。
②　这些都是小贵族庄园的名称。

我要去召集三百名八字胡的贵族；
这是我的事。您就回府邸去休息，
睡上一觉，因为明天有要事等着您；
您喜欢睡觉，也太晚，鸡已叫过两遍；
我在这儿看守城堡，一直到天亮，
太阳一出来我就要去陀布琴庄园。"

听了这话伯爵从凉台退回镜子房；
但离开前，他从墙洞向外张望，
见到索普利查的大宅灯火辉煌：
"你们亮吧！"他吼叫道，"到明天夜晚
将是城堡大放光明，贵府漆黑一片！"

盖尔瓦齐席地而坐，身子靠着墙，
他那沉思的前额已垂到了胸上；
明月洒下银光把他的秃顶照亮，
他用手指在上面画着圈圈点点；
显然是在筹划未来的作战方案。
那重似铅块的眼睑是越垂越低，
头在无力地点着，睡眠在战胜他，
于是他便按照惯例念起了晚祷。
念完"我们的父"①，又念"祝福马利亚"②，
这时他眼前出现了古怪的幽灵，
他们摇来摇去，推推搡搡，面目不清，

---

① ② 是两篇祈祷文的名称，也是它们的首句。

可他认出是霍雷什科家的祖辈，
是他和这残破城堡的历代主人；
有的举着佩刀，有的手持法杖①。
捋着八字胡，个个都威严地张望；
在这些活动着的古堡幽灵当中，
隐现出一副沉默而阴郁的面孔；
盖尔瓦齐发抖了，认出了御膳官，
那幽灵走过来，胸膛上血迹斑斑。
这总管画着十字，不敢正眼相看；
为了尽快赶走这些可怕的幻影，
他就背诵着给净界灵魂的祷词。
他的眼睛又合上了，耳中在轰响——
他看到骑马的绅士，佩刀闪着寒光：
袭击！袭击科雷利采！雷姆沙领头！
他自己也骑在一匹白马上飞奔，
还把那可怕的削刀高举在头顶；
他的外衣敞开，被风飒飒地吹着，
他的方帽已经从左耳落到背后；
他飞驰着，踏翻骑兵和步兵无数，
最后把索普利查烧死在谷仓中——
这时，幻想使他沉重的头垂到了胸上，
霍雷什科家最后的总管进入了梦乡。

---

① 即元帅的权杖。

第 六 章

贵族庄园 [①]

袭击的最初军事活动——普罗塔齐的探险——罗巴克和法官讨论国家大事——普罗塔齐不成功的探险的继续——关于大麻的插曲——陀布琴的贵族庄园——马捷·陀布琴斯基其人及其房舍

---

① 　　在立陶宛小贵族住的地方叫村寨或庄园，以示与农民住的真正的村子的
　　区别。——原注

黎明从潮湿的黑幕里悄然出现
带来了没有朝霞的暗淡的一天。
早已是白昼，但四处仍模糊不清。
浓雾笼罩大地，像那麦草的屋顶
盖在立陶宛的贫寒的茅舍之上；
东方的天空有一圈鱼肚白的光，
那是升起的太阳，要把大地造访，
但它一路打着瞌睡，走得懒洋洋。

地上一切都来迟，学着天空的样；
家畜很晚才出来，刚刚来到牧场，
看见兔子还在吃那过时的早餐；
它们原是天一亮就往丛林逃窜，
今天由于大雾，有的在啃着青草
有些忙于挖洞，成双成对地操劳，
它们也想要享用一下新鲜空气，
可是碰到家畜，只好回到森林里。

森林也很寂静。鸟儿醒来并不啁啾，
只抖了抖羽毛上的露水，偎倚着树，

它们把脑袋藏进翅膀，又闭上眼睛
等待着太阳，一只鹤站在沼泽岸边；
干草堆上蹲着一群湿淋淋的乌鸦，
像在交谈，张着嘴巴声音有点沙哑，
农民厌恶，因为这是预报恶劣天气。
他们一早就出了门，忙碌在田地里。

割麦的妇女唱着她们熟悉的歌谣，
歌声就像这梅雨天，沉闷、忧郁、单调，
因为大雾之中没有回声，就更沉闷；
麦田里沙沙响，草地也响着这声音，
一排排割草人整齐地割着二茬草
不停地吹着口哨，吹出玎玎的曲调；
每割完一行，他们便站住磨磨镰刀
用磨石很有节奏地在镰刀上打磨，
浓雾中不见人，只有镰刀的沙沙声
和歌声在相互应和，像无形的音乐。

沃依斯基在地中央的麦堆上坐着，
阴郁地转过头，他不监视人们工作
只望着大路，观察十字路口的动静，
那儿有某种不一般的事吸引了他。

在大路和各条小路上，从黎明开始
就热闹非凡；农民的大车轧轧行驶
贵族的轻便马车像邮车辚辚飞过

一辆接一辆，形成一条车辆的长河；
从左边，有个报信人像邮差似的冲去，
在右边，有十几匹马竞赛似的奔驰，
一切都是匆匆忙忙，奔向四面八方：
大管家从麦堆上站起，手搭凉棚张望，
这是在干什么？他想找人询问一下；
他站在路上，徒劳地叫喊，无人回答。
大雾之中认不出人，骑马的像幽灵
一闪而过，只听得见嗒嗒的马蹄声；
而且更奇怪的是，还有佩刀叮当响：
这既使大管家高兴，又令他惊慌。
虽然在立陶宛当时可算是很平静，
但是战争的消息不时也有所传闻，
谈法国人，东布罗夫斯基和拿破仑。
骑兵和武器是否预示着战争来临？
沃依斯基赶忙跑回去向法官报信，
自己也想从他那里听到一点信息。

经过了昨天的争吵，索普利查一家
和宾客起来后神色抑郁，情绪不佳。
大管家的女儿请不动小姐们玩"算命"①，
人们又徒劳地去请男士们玩"结婚"②；
他们都放弃娱乐，悄然坐在角落里，
男士们抽着烟斗，女士们编织毛衣；

---

①② 都是用纸牌做的游戏。

连苍蝇也睡去，不再到处嗡嗡乱叫。

大管家丢掉蝇拍，这寂静使他苦恼，
他宁可跑到厨房去跟下人打交道。
去听那女管家发号施令，大喊大叫，
看厨师威吓、敲打和仆人们的吵闹；
翻动铁扦烤肉的单调动作和声响
终于使他逐渐沉入了愉快的幻想。

法官一早就关起门来奋笔疾书，
执达吏坐在窗下的土台上静候；
法官写好传票叫普罗塔齐进屋，
高声地朗读着他对伯爵的控诉：
告他用污言秽语侵犯贵族名誉；
告盖尔瓦齐使用暴力大打出手，
又指控他们两人的恐吓和蛮横；
声言要把官司打到城里的法庭，
且诉讼费要由霍雷什科家担承。
传票要在日落之前向双方口述。
执达吏一见到传票就伸出手去，
他认真地听着，脸上的表情严肃；
心里却有说不出的快乐和兴奋。
想到诉讼就觉得自己变得年轻：
早年间送传票的往事历历在目，
他挨过打，也得到过优厚的报酬。
像个士兵，在战时总是冲锋陷阵，

到年老，残废了，在病床上度余生：
可一听到远处的军鼓和军号齐鸣
便从梦中跃起，高呼："打俄国佬去!"
并且提着他的木脚从医院冲出，
快得连年轻人也几乎抓他不住。

他迅速地换上了执达吏的衣衫，
但紧身大衣或长外衣他都没穿，
因此刻尚不是庄严的开庭大典；
旅途中他穿的常是肥大的马裤
还有短外套，下摆可以卷起扣住，
也可以把它放开，让它罩住膝盖；
帽子带有护耳罩，用根绳子缚住，
阴雨时放下来，天晴时就拉上去。
他这么打扮好，拿着手杖就上路。
开庭前的执达吏一如临战前的侦探，
要用不同的服装和形象把身份隐瞒。

幸好普罗塔齐是那么快速动身，
要不这送传票的事就会成泡影。
索普利查家又改变了作战方案，
多思的罗巴克闯进法官的房间
说："法官，我们是碰上倒霉的事了，
这泰莉梅娜姑母太风骚，太轻佻。
佐霞自幼没爹娘，既贫穷又孤单，
雅采克把她交给泰莉梅娜抚育，

听说她心地善良，又很通晓世务，
可我发现，她在打乱我们的部署，
她施展阴谋，想把塔杜施勾上手；
我冷眼观察，她或许还在引诱伯爵，
或是一箭双雕：我们要定出巧计，
快把她调离，免得将来谣言四起。
这个坏榜样，会使两个青年翻脸，
而且也会妨碍你们的正式谈判。"

"谈判？"法官高叫道，情绪异常激烈，
"谈判算是全完了，双方已经决裂。"

"什么？"罗巴克打断他说，"好不糊涂！
为什么会这样？是出于什么缘故？"

"不是我的错，"法官说，"官司一打就清楚：
挑起争斗的是狂妄而愚蠢的伯爵
和恶棍盖尔瓦齐；不过这该由法院去审理。
可惜，神父没有出席昨天的城堡晚宴，
不曾目睹伯爵对我的凌辱有多野蛮。"

"为什么你总爱往那破烂城堡里钻？
你知道，我痛恨它；决不踏进里面。
又来一次争斗？难道不怕受到天谴！
是怎么回事？告诉我；定要把这事抹掉，
这么多的糊涂事，真叫我心烦，气恼，
我有比调解吵架斗殴更重要的事，
不过，我还是愿意来调解一次。"

"调解？什么意思？让你的调解见鬼去！"
法官跺着脚吼道，"瞧瞧，你这个修士！

我对你客气，你倒想牵住我的鼻子！
告诉你，索普利查家不习惯让人调解；
一旦对谁起诉，官司就决不能打输：
否则就一直打下去，哪怕打到六代子孙。
听你的劝说我做了够多的蠢事情，
在监督公署里召集了第三次会审。
从今以后再也没有和解，没有，没有！
（他这么叫喊着，走来走去，还跺着脚。）
除此之外，为了昨天的粗野举动
他必须向我赔罪，否则就是决斗！"
"可是，法官，倘若雅采克知道，会怎样？
他定要失望死了！难道索普利查家
在这座城堡里干的坏事还不够！
那件可怕的事，兄弟，我不愿去提它！
塔尔果维策夺了城堡的部分土地
拱手送给索普利查家，当了赠礼。
雅采克痛感自己的罪过，立下誓言，
要在临终忏悔之前，归还那些家产。
他领来了霍雷什科家清寒的佐霞
为了抚养和教育她，不惜任何代价。
还想叫亲生儿子塔杜施跟她结婚，
让两个彼此仇恨的家庭结为亲家，
把夺来的产业给继承人，合情合理。"
"这算什么？"法官说，"跟我有什么关系？
我并不认识，甚至也没见过雅采克；
对他那种放荡生活，只是一知半解，

当时我在耶稣会的学校里读书，
后来又在省长那里当他的侍卫。
给我产业，我接受；要我收养佐霞，
我也收留，抚育，真心诚意关心她：
这些婆婆妈妈的事真令人厌烦！
可是，伯爵窜到这里来又有何公干？
我的朋友，你说，他对城堡有何权利？
不过是那家八竿子打不着的亲戚！
他凭什么辱骂我，还要我求和赔礼！"
"老弟！"修士说，"这其中有重要的道理。
起先，雅采克本想送儿子去参军，
后来把他留在立陶宛，是何原因？
因为他在家里对于祖国更有益。
你一定听到过到处流传的消息，
其中也有我不时从外面带回的：
现在我就要和盘托出，是时候了！
形势紧迫！战事已到了我们头顶！
为波兰而战，老弟，我们是波兰人！
终于盼来一场不可避免的战争！
正当我到这里来执行秘密使命，
军队的前锋已驻扎在涅曼河畔；
拿破仑召集了一支庞大的队伍，
是不曾见过的，前所未有的大军；
全部波兰军队伴着法国人前进，

我们的约瑟夫①和东布罗夫斯基将军

已经来临，旗帜上是我们的白鹰！

眼看就要渡河，只等拿破仑发号令；

老弟呀！我们的祖国一定会复兴！"

法官倾听着，慢慢摘下他的眼镜

定睛凝视着修士，静坐着不吭声，

只舒了口长气，眼睛里热泪涔涔……

终于他用力抱住罗巴克的项颈：

"我的罗巴克，这是真的?"他反复问，

"我的罗巴克，你说的肯定是真情?

我们受了多少次欺骗！他们说过：

拿破仑已经在路上！我们都等着！

他们又说：拿破仑已经到了王国②，

打败了普鲁士人，正向这里前进！

可是法国人并没有渡过涅曼河，

却同俄国签订了提尔西特和约③！

消息可靠吗? 还是你自己哄自己?"

"很可靠，"罗巴克喊道，"天上有上帝！"

"宣告这消息的嘴巴将受到祝福！"

法官说着，高高举起了他的双手，

① 波尼亚托夫斯基·约瑟夫亲王（1763—1813），当时华沙公国军队的统帅。

② 1569 年波兰和立陶宛合并成立波兰共和国之前，波兰是雅盖沃王朝统治的王国。

③ 1807 年，拿破仑与普俄两国在涅曼河上的城市提尔西特订立和约，在普鲁士占领区建立华沙公国，立陶宛仍被俄国占领。

"罗巴克，你对这个使命无须后悔，
你的修道院也决不会一无所获；
我要向修道院献出两百只残羊①，
神父昨天曾把我的栗色马夸奖，
对我那枣红马也曾大大地赞扬，
今天我要全套在你的募化车上；
你喜欢什么，要什么，尽管开口讲，
今天我绝对不会把你的面子驳！
至于跟伯爵的事，你就让我去办；
他侮辱了我，我已经上诉了法院，
现在再去撤回此案，岂不太难看?"

这修士惊诧得反扭着自己的双手。
眼睛盯着法官，耸了耸肩头：
"拿破仑正要给立陶宛带来自由，
全世界都震惊，你却忙什么起诉?
在我把这一切都告诉了你之后
你能闲坐着，袖手旁观，无动于衷?
现在要行动!""行动? 怎么?"法官问道。
"难道你从我眼里什么也看不到?"
修士说，"老弟，难道你的心在睡觉?
如果你家族的血还在你血管里流
你就该想想：法国人在前方战斗
后方是否到了民族起义的时候?

---

① 指有伤残的要被淘汰的羊。

你是否想过，要让奔马①发出嘶叫？

要让熊②在日姆兹地区发出咆哮！

啊，假如有一千人，哪怕五百也好，

假如能够从后方去攻击俄国佬，

而起义像烈火在四周熊熊燃烧，

我们夺来了俄国的旗帜和大炮，

作为胜利者去迎接我们的救星！

我们在前进！拿破仑见到我们，会问：

'这是什么部队？'我们便高呼：'起义军，

皇帝陛下！我们是立陶宛义勇军！'

他又问：'谁是司令？''索普利查法官！'

啊，到那时谁还敢提塔尔果维策？

老弟，只要波那雷山耸立，涅曼河流淌，

索普利查家就会在立陶宛万世留芳；

雅盖沃的都城③将指点后代子孙

并说：这些都是姓索普利查的人

是他们的先辈最早发动了革命！"

法官回答："我不在乎别人的议论，

对世人的赞美我从来就不关心，

上帝作证，家兄的罪过我无责任，

对于政治我历来都是缺乏热忱，

———————

① 立陶宛大公国的纹章：盾牌上一个飞驰的骑士。

② 日姆兹（地处立陶宛的北部，靠近波罗的海）的纹章是一头熊。

③ 指立陶宛的首府维尔诺。

我只是尽义务，把我的田地耕耘；
我是贵族，乐于洗尽一家的污点；
我是波兰人，乐于为国家做贡献
流血牺牲。舞刀弄枪我实在不行，
但在我一生中也曾砍过几个人；
波兰最后几届区议会以吵闹闻名，
我教训过布兹维克兄弟，砍伤了他们，
他们……且不去说。你的意见怎样？
需要我们立即把队伍拉上战场？
召集枪手很容易；搞火药也不难，
牧师把几门小炮藏在教堂里面；
我记得，扬介尔说他那里有枪尖，
是从克鲁列维茨①用箱子装运来的，
严守着机密，我需要时就可去搬；
我们这就去拿来，立即装上枪杆，
战马也不缺少，贵族们都骑上马
我和侄儿领头，当然，要有个计划！"

"波兰的热血呀！"修士激动地喊道，
张开了双臂跳向法官，和他拥抱，
"真是索普利查的后代！上帝让你
清偿你那个流浪的哥哥的孽债；
我一向尊敬你，可从这一刹那起

---

① 亦称柯尼斯堡，波罗的海的港口城市。1256 年由条顿骑士团建立，1525
年普鲁士世俗化后，属东普鲁士；同波兰有密切的经济、文化联系。

我更爱你，好像我们就是亲兄弟。
我们要准备好，上战场为时尚早，
地点由我指定，时间也由我通告。
沙皇派了特使去向拿破仑求和；
因此宣战的问题一时尚无着落；
但是约瑟夫亲王听法国人说过，
彼农[①]先生是皇家阁员，不会有错，
他说，所有交涉多半是一无所获，
定会打仗。亲王派我来侦察地形，
他叫立陶宛人准备迎接拿破仑，
还要向他请愿，表明自己的心迹，
要求跟自己的姊妹，王国联成一体，
请求他允许波兰复兴，获得独立。
现在，老弟，你必须去跟伯爵讲和；
他这人有点古怪，年轻、幻想很多，
可是他诚实、善良，是我们需要的，
幻想家在革命中往往十分有益；
经验告诉我，连笨伯也并非无用，
只要是诚实，又有聪明人来管束。
伯爵是豪绅，在贵族中很有威信，
一旦他参加起义，全县都会响应；
知道他的财产的贵族们都会说：
连豪门都参加了，那一定不会错。

---

① 彼农·路得（1771—1841），法国政治家、外交家、驻外公使，1810年
至1812年拿破仑派驻华沙公国的代表。

我现在就去找他。""那就让他先来,"
法官说,"让他到这里来,请求谅解,
至少我比他年纪大,而且有职位!
至于诉讼,那就听凭法院的仲裁……"
伯尔纳修士砰的一声关上了门。
法官说道:"好,我预祝你一帆风顺!"

修士跨上了停在大门口的马车
用鞭子抽马,又用缰绳勒紧两侧;
马车辚辚驶去,雾茫茫天地一色,
只不时飘起修士的玄褐色头巾
宛如一只在云层里飞翔的兀鹰。

执达吏早已来到了伯爵的府第。
像受到肉香引诱的老练的狐狸
跑了过去,却又担心猎人的诡计,
它时跑时停,时而蹲下,竖起尾巴
像扇子那样扇着,把风扇进鼻孔,
问那风,猎人可曾在食物里下毒:
普罗塔齐离开大路,顺着草场走
摇晃着手杖,围着屋子转来转去;
装作在搜寻那些跑散了的家畜,
他这样巧妙地躲闪着,靠近花园;
又弓着身子奔跑,像追一只秧鸡,
突然他跳过栅栏,钻进大麻丛里。

房屋周围的大麻，碧绿、芳香、稠密，
正是人和动物最好的藏身之地。
常见兔子从白菜地跳进大麻里，
躲在这儿比藏在灌木丛中更相宜。
因为麻秆太茂密，猎犬无法闯进，
浓郁的香气又使猎犬的嗅觉失灵。
府上的仆役为躲避鞭子和拳头
悄悄坐在麻丛中，等待主人息怒。
麻地里也躲藏过逃壮丁的农民，
而公差却到树林里去搜捕他们。
因此每逢战争、袭击或查抄家产①，
双方都要拼命占领这些大麻地，
这麻地通常是前面伸展到墙垣，
而后面则一直连接着忽布草田，
如是向敌进攻或撤退都很安全。

普罗塔齐虽很勇敢，却也感到心慌，
勾起他回忆的，正是这植物的浓香，
眼前浮现出昔日当执达吏的纷争，
一次又一次的冒险，大麻都是见证：
有回他去传泰尔舍②的津陀莱③乡绅，
那人却把手枪顶着他的胸口，命令

他爬到桌子底下学狗叫①，取消传票，

这执达吏只得拼命往大麻地里逃避。

又有一次是傲慢的伏沃德科维奇②，

这贵族闯区议会，闹法庭，蛮横无礼，

他接到正式的传票，竟撕成了碎片，

还叫一群恶奴拿着棍棒站在门边，

他又抽出利剑搁在执达吏的头顶

说："要么我宰了你，要么你把它吃尽！"

执达吏装作很听话，像要吃掉传票，

慢慢退到窗边，就纵身往麻地一跳。

当然，这时的立陶宛没有那种习惯，

拿佩刀或鞭子把送传票的人驱赶，

执达吏不过有时受到咒骂或埋怨：

可是普罗塔齐不知习惯已经改变

自他不再送传票，时间已过了多年。

他虽常备不懈，也曾多次求过法官，

而法官则往往考虑到他偌大年纪，

一直婉言拒绝，今天因为情势紧急，

接受了他的请求。

      执达吏看着，听着——

---

①   从前对诽谤者的处罚。诽谤者必须爬到桌子底下学狗叫三声，收回自己
       对人的诽谤。

②   此人在多次吵闹之后，在明斯克被捕，被法院判处枪决。——原注〔伏
       沃德科维奇·米哈乌是 18 世纪中叶著名的捣乱分子和冒险家。〕

一片寂静——他慢慢从麻丛中伸出手
拨开稠密的麻秆，在绿叶下面行走，
仿佛是个渔夫在幽深的水下潜游：
他抬起头，一片静寂，便偷偷来到窗口——
一片静寂，他从窗口探头把大院窥测——
屋内空空。他走上门廊，依然不免恐慌，
他拉下门闩，静得像中魔的屋子一样；
于是他掏出了传票，朗朗有声地宣读。
忽然听见了响动，顿觉得一颗心在抽搐，
只想逃走；这时门边有个人向他走来——
幸好是熟人！罗巴克！两人一下都惊呆。

显然，伯爵带着仆役去了什么地方
而且走得很匆忙，不曾把大门关上。
看得出，他是在武装，地上有双筒枪
还有来复枪，装药杆和枪上的扳机，
而钳工用具自然是为了修理武器；
此外还有火药和纸：是制造弹药的。
难道伯爵是带了全体仆役去打猎？
为什么又要带那些砍和刺的武器？
这里是一把生了锈的、没柄的腰刀，
那里又放着一把没有带子的佩剑：
他们定是在这堆废物里细选精挑，
而且连古老的兵器库也搜寻过了。
罗巴克认真地察看了这些枪和剑
然后走出门，到庄屋里去打探消息，

他想打听伯爵的行踪，到处找仆役；
在空寂的庄屋里，只找到两个妇女，
从她们那里得知，主人和全体仆役
带了武器，沿着到陀布琴的路走去。

这陀布琴贵族庄园，以男子的勇敢
和女人的美貌曾闻名于全立陶宛。
昔日这庄园是富甲一方，人丁兴旺，
足以兴国安邦；当国王索别斯基·杨[①]
用"发枝条"[②]的方式在这里征募民军，
省长的掌旗兵就给国王从陀布琴
领来了六百名武装的剽悍的乡绅。
如今穷了，人口也少；陀布琴的子孙
从前无论是参军，还是在豪门服务，
在袭击和区议会上，都过得很舒服。
如今他们只好辛勤劳作，苦度时光
和农民一样，只是从不穿粗布衣裳，
他们的外衣上有黑白相间的条纹，
星期日穿长袍。即使是最穷的女人
衣着也和农妇的土打扮大有差距，

---

①   索别斯基·杨（1624—1696），自 1673 年起为波兰国王，称杨三世。
1682 年土耳其苏丹派十万大军进攻奥地利，维也纳告急。1683 年波兰
和奥地利订立防御同盟，杨三世率军在维也纳近郊大败土耳其军，维
也纳之围遂解。

②   国王征募民军时令人将捆有一束树条的长竿插在各教区，这叫"发枝
条"。骑士等级的每个成年人都应立即应召集合于省长的旗帜之下，否
则就会被剥夺贵族资格。——原注

她们经常穿的是斜纹布或是花布，

放牧时不穿木屐而是鞋，漂亮轻巧，

在收割，甚至纺纱的时候都戴手套。

陀布琴人跟立陶宛兄弟相差甚远，

不仅仅是身材和外貌，尤其是语言。

他们是纯粹的波兰血统，深色头发，

高高的额头，深蓝的眼睛和鹰钩鼻；

他们的祖先从陀布琴区①来到这里。

虽说在四百年前就定居在立陶宛，

却依然保持马祖尔的方言②和习惯。

如果他们中有人给儿子洗礼，命名，

总是挑选王国的圣徒作为守护神：

不是圣徒巴尔特沃密③就是马蒂亚什④。

因此马捷的儿子常叫巴尔特沃密，

而巴尔特沃密的儿子又常叫马捷；

女人的教名就是卡赫娜⑤或马丽娜⑥。

为了便于区别开这种混乱的叫法，

他们便根据各人的特点取绰号，

---

① 波兰东北部维斯瓦河、斯克尔瓦河和德尔文河之间的地区，原为库亚
　　维－马佐夫舍公国属地，自 13 世纪末起为独立公国；14 世纪后曾被条
　　顿骑士团占领，1807 年属华沙公国，是一个纯粹的波兰地区。
② 陀布琴地区的人讲马祖尔方言。
③ 耶稣十二使徒之一巴多罗买的波兰名。
④ 耶稣十二使徒之一马太的波兰名。马捷、马捷克都是马蒂亚什的变体。
⑤ 卡塔日娜名字的变体，据传她是 4 世纪为基督教殉难的圣女。
⑥ 耶稣的母亲马利亚名字的变体。

无论是男人还是女人绰号都不少。
有时他们给一个人取了许多别名，
有的表示轻蔑，有的则表示尊敬；
有时在陀布琴叫某个名字的乡绅，
在邻近的村庄却以别的称号出名。
邻近的贵族也纷纷跟着陀布琴人
取了许多绰号，或者被称之为别名[①]；
如今已是家家叫绰号，处处用诨名，
但很少有人知道，它来源于陀布琴。
在那里是由于需要；而在别的地方
却成为习惯，那不过是愚蠢的模仿。

成为一族之长的马捷·陀布琴斯基
有个雅号，称作"教堂上的风信鸡"。
可是到了一千七百九十四年之后，
他改变了绰号，被称为"手不离股"；
陀布琴人把他称作"兔子（小国君）"[②]，
立陶宛人却称他"马捷之上的马捷"。

他的家在小酒店和乡村教堂之间，
他是一族之主，房子也是全村之冠。
乍一看少有来客，是寒士住在里面，
大门上缺了门板，园子也没有栅栏，

---

① 　别名其实就是绰号。——原注
② 　在波兰语中这是一个字的两个意思：兔子和小国君。

没种作物，菜畦里长着的是白桦树；
然而这老庄屋俨然是全村的首府，
因为它比别的茅舍都宽大、漂亮。
右首，作为聚会厅堂，是用砖砌的墙；
旁边是堆栈、粮仓、房舍、马厩和牛栏。
一切都挤在一起，符合贵族的习惯；
房舍全都是破旧不堪，屋顶亮闪闪
仿佛是盖上了一层绿色的洋铁板，
那是青苔和蓁蓁绿草，像长在草原。
房舍的屋檐颇似一座倒挂的花园，
那荨麻和血红的番红花争妍斗艳，
黄的毛蕊花和水星花穗色彩斑斓；
鸟儿在这里筑巢，阁楼上是鸽子棚，
窗户上是燕子窝，白兔在门槛旁跳，
有的在未被践踏过的草地上挖洞。
一句话，这庄院倒像个兔圈或鸟笼。

这里曾是军事防线！到处留着遗迹，
看来是不止一次受过重大的攻击。
大门边的草地上，躺着一颗大炮弹，
跟小孩的头一般，是瑞典入侵①的标记；
从前敞开着的两扇大门中，有一扇
就靠着这炮弹，如同靠在石头上。

---

① 1655 年，瑞典国王查理十世率领四万军队进攻波兰，开始了长达五年的
波－瑞战争，史称"洪水"。

在那个野草和苦艾丛生的院子里
至今仍留着十几个十字架的残迹，
人怎会被埋在这未经净化的地方，
倘若不是意想不到的突然的死亡？
谁若走近看一看堆栈、粮仓和草房，
就会看到墙壁都斑斑驳驳遍体鳞伤，
那些弹孔有如一群群黑色的昆虫；
嵌在洞里的子弹如泥穴里的土蜂。

这些房舍门上的门闩、钉子和钩子
不是被砍断，就是留有刀剑的痕迹：
显然是试过齐格蒙特①宝剑的锋利，
用它们可以放心地劈掉钉子的头
或斩断钩子，锋刃上却留不下缺口。
门上方隐约可见陀布琴家的纹章；
然而它的边饰花纹已被鸟粪盖上，
燕子窝给它挂了密密层层的幔帐。

在这房子的内部，在马厩和车房里，
装的是像旧兵工厂一样多的军器。
四副巨大的球顶尖盔在梁下悬吊，
昔日战神②的饰物：如今维纳斯③的鸟，

---

① 波兰国王齐格蒙特三世（1587—1632 在位）时期铸造的剑，剑把上常
有国王的印章或头像。
② 指玛尔斯，罗马神话中的战争之神。
③ 罗马神话中美与爱的女神；鸣爱的鸽子是奉献给她的。

鸽子，在里面哺育着雏鸽，咕咕叫。
在马厩，一件大胸甲被扔在马槽里，
而那件锁子铠却被用来做了容器，
牧童往里边放上了喂马驹的苜蓿。
在厨房，不敬神的厨娘已将几把剑
放在炉子里烧坏，做了烤肉的铁扦；
她用从维也纳缴获的土耳其权杖①
当作掸子，来掸掉她手磨上的尘土：
总而言之，在陀布琴斯基的屋子里，
节俭的刻瑞斯②已经赶走了玛尔斯
跟波摩娜③、佛洛拉④、佛东纳斯⑤共主内，
今天又该众女神引退：玛尔斯复位。

黎明时，骑马的使者出现在陀布琴；
他从这一家到那一家，去唤醒人们
像催他们去服劳役；贵族们已起身，
三五成群地挤满了这庄园的街道，
酒店传出叫喊声，教堂里烛光辉耀；
人们奔跑着，打听发生了什么事情，
老人们在商量，年轻人在给马鞴鞍，

---

① 土耳其的军队长官所用，形如锤矛，顶上悬有马尾或马鬃。这里指的是
　　杨三世在维也纳大败土耳其军时所得的战利品。
② 罗马神话中司粮食丰收的女神。
③ 罗马神话中司果树及园艺丰收的女神。
④ 罗马神话中司花、春天和青春之乐的女神。
⑤ 罗马神话中司季节更变及植物发育的女神。

女人们出来阻止，孩子们你争我闹。
要去打仗，跟谁？为什么？谁也不知道！
大家只得留下来，无论情愿不情愿。
教堂里，许多人争了很久，乱成一团，
仍然没有个一致的意见，直到最后
只好带着问题去向马捷族长请教。

马捷虽已是七十二岁的老人，但很壮健，
身材矮小，过去是巴尔同盟①的成员。
无论自己人，还是敌人都不会忘记
他那把大马士革出的弯刀的锋利，
用它去砍掉枪尖和刺刀，如同切草，
他给这刀取了个谦虚的名字："嫩条"。
从同盟盟员他又成了王党的亲信②，
支持梯岑豪兹③，立陶宛的财政大臣；
当国王支持塔尔果维策同盟的人，
马捷立刻又宣布他脱离王党阵营。
由于他常常活跃在不同的党派里，
所以别人就叫他"教堂上的风信鸡"，

---

① 1768 年在与土耳其毗邻的波多利亚的巴尔建立的一个由天主教贵族组
成的同盟。他们曾拥有两万人的军队，反对俄国，后在同俄军的作战
中失败。
② 巴尔同盟先是反对软弱动摇的国王波尼亚托夫斯基·斯坦尼斯瓦夫·奥
古斯特（1764—1795 在位），当国王声明赞成爱国团体后，马捷就站到
国王一边。
③ 梯岑豪兹·安东尼（1733—1785），立陶宛的财政大臣，国王的亲信，
在发展工业方面做出过突出贡献。

就像只风信鸡随风摆动他的旗帜。
谁想摸清他为何多变都白费心思：
或许是因马捷过于喜欢舞刀弄枪，
在一方打败了，就转向他方去打仗？
或许这精明的武士深知时代的精神，
一旦看出对祖国有利，便奋然前行？
谁知道，可以肯定说，他转变的缘由
既非个人荣誉，也非受私利的引诱，
而且他从来不跟亲俄派站在一起；
一遇到俄国佬他就吐唾沫，生闷气。
为了不见俄国人，他自国家被灭亡①
便不出门，像熊在森林里舐着脚掌。

他最后一次参战，是跟随奥津斯基②
去维尔诺，两人都在雅辛斯基的部队，
那次，他用"嫩条"创造了非凡的奇迹。
大家知道，他独自跳下普拉格的堡垒
为了去营救被打散了的波捷伯爵③，
他四面冲杀在战场，受了二十三处伤。
在立陶宛，人们都以为他俩已阵亡；
他们却回来了，满身伤眼像筛子一样。

<hr />

① 指 1795 年波兰被俄、奥、普第三次瓜分，国王退位，国家被灭亡。
② 奥津斯基·米·克（1765—1833），外交家、作曲家，曾参加雅·辛斯基的抗俄起义部队。
③ 亚历山大·波捷伯爵在战后回到立陶宛，帮助流亡国王的同胞，又给军团（东布罗夫斯基军团）送去了一大笔钱。——原注

波捷是一位诚实君子，战争刚结束
他就想给救命恩人一份丰厚的报酬，
送他有五户农奴的庄园享用终生，
此外还送他一笔一千金币的年金。
他回答说："宁可让波捷欠马捷的情，
也决不能让马捷把波捷当成恩人。"
所以他拒绝了庄园，也没有接受年金；
他独自回到家中，靠自己的双手劳动，
养了几箱蜜蜂，采集治家畜的药物，
到市场去出售用罗网捕到的鹧鸪，
同时也捕猎野兽。

就在这陀布琴

有许多聪明的老人，很精通拉丁文，
他们年轻时上过学而且熟悉法律；
一族之中也有不少的人比较富裕；
只有贫穷的粗人马捷最受人尊敬，
他不仅享有善使"嫩条"的武士美名，
而且是个聪明能干，见解精辟的人物，
他深知祖国的历史和家族的古老传说，
对法律也十分娴熟又精于农艺。
他还掌握了狩猎和医药的奥秘，
甚至有人说他知道（虽然牧师否认）
许多高深莫测的超乎凡人的事情。
有一点却可信，他预测的风雨阴晴
常常比农家的历书上说的还要准。

难怪农家百事都要找马捷做主：
何时能播种，驳船何时能开出，
何时能够举行开镰收割的仪式①，
是同意调停，还是定要去打官司，
马捷没说，陀布琴就办不了什么事。
但老人一点也不稀罕这样的威望，
他只想避开，抱怨有人找到他门上来，
经常用沉默不语把来者推出门外；
他很少出主意，尤其是对一般的人，
只有那些事关重大的争执或协议
别人来问他才说，但也只寥寥数语。
大家想，今天这样的事他定会过问，
而且还会亲自出马，领导这次出征；
因为他在年轻时就非常喜欢搏斗，
更何况他又是那些俄国佬的夙仇。

这老人在寂静的院子里踱着方步，
低声哼着歌曲："当黎明升起的时候，"②
他很高兴，因为天气正由阴转晴；
当云朵在飞集，大雾通常不再上升，
而是不断下降；风伸开了它的手掌
抚摩这雾，按压下去，平铺在草地上；

---

① 波兰人按照古习开镰收割前都要举行仪式，感谢上苍保佑丰收，亦称
　　收割节。
② 波兰诗人卡尔宾斯基·弗兰齐舍克（1741—1825）在 1792 年所作的宗
　　教颂歌《当黎明升起的时候，上帝降临人间》的首句。

这时太阳从高空射下千万道霞光，
给这背景镀上金、银和红色的斑斓。
正如斯乌茨克一对织佩带的工匠，
姑娘坐在下边，经线铺在织机上，
她不停地织，还用手去抚摩、修饰，
男的从上边递送银的、金的和红的线，
双双织出了彩云和花朵，光华灿烂：
今天也是如此，风把雾铺满大地
太阳就像织女，用彩线织出奇迹。

马捷做完了祷告，在晒太阳取暖
有许多的家务事正等着他去干。
他搬出青草和菜叶，坐在屋前
随着呼哨声一群兔子跳出地面。
仿佛是草地上骤然开花的水仙，
长耳朵显得雪样白，眼睛亮闪闪，
宛如一颗颗鲜红的宝石，光灿灿，
天鹅绒般的绿草皮把它们烘托。
这时兔子都坐了起来，都在静听
观望，最后它们受到菜叶的吸引，
像一团团雪球朝老人跟前滚来，
纷纷跳到他的脚上、膝上和肩头；
他自己也像兔子一样白，他喜欢
坐在这群洁白活泼的兔子中间，
用手抚摩它们温暖、柔软的毛皮，
另一只手给麻雀往草上撒小米；

这欢跃的一群便从屋顶向他聚集。

正当老人自得其乐地望着这盛宴，
突然麻雀飞上屋顶，兔子潜逃不见，
一批新客正迈着大步走进了庭院。
他们就是在教堂里聚集的士绅
派遣来向马捷征求意见的使臣。
他们远远就向这老人低低鞠躬，
异口同声地说着："赞美耶稣基督！"
"永远赞美，阿门！"老人也回敬他们，
当他了解到客人们的重要使命，
便请他们进屋，让他们坐在凳子上。
为首的使臣站在中央，说明情况。

这时贵族们愈来愈多，拥挤得很。
多数是陀布琴人，也有人来自邻村，
有人带着武器，也有人没有武装，
有的人赶着大车，有人驾着马车，
有人步行而来，也有人骑马赶到，
他们停下车子，把马拴在白桦树上，
房屋周围到处是打听结果的人，
房间和门廊都被挤得满满当当；
还有人把脑袋伸进窗子张望。

第 七 章

协商

　　称为"普鲁士人"的巴尔泰克的好主意——施洗者马捷克的士兵言论——布赫曼先生的政治言论——扬介尔劝和，却被削刀砍断——盖尔瓦齐的演说显示出议会辩论的效果——老马捷的抗议——援军的突然到来中止了协商会议——打索普利查去！

轮到议员巴尔泰克①开口发表演说；
他多次乘驳船到克鲁列维茨去过，
他的同宗把他戏称为"普鲁士人"，
由于他对普鲁士怀有刻骨仇恨，
虽说爱议论他们；人已到垂暮之年，
过去曾周游列国可谓是阅历不浅；
他爱读报，关心时事又精于政治，
因此在会议上总能道出灼见真知。
他结束时这样说：

　　　　　"论帮助，马捷先生，
我的老兄，我们大伙儿敬重的父亲，
这帮助非同小可。我愿依靠法国人
去打这一仗，如同依赖四张爱司牌：
他们善战，自科希秋什科时代以来
就未见过波拿巴这样的军事天才，
拿破仑大皇帝威震寰宇，名扬四海。
我记得，那年法国人跨过瓦尔塔河②，

---

① 此人曾当过区议会的议员，波兰亡国后区议会解散。
② 奥得河的支流。1806年法国军队进入普鲁士占领区，1807年在普占区
　 建立华沙公国，而格但斯克仍由普占领。

公元 1806 年，那年我是在国外度过；

正在经商，跟格但斯克做生意，

而在波兹南住着我的许多亲戚。

我去看望他们；也幸会约瑟夫先生，

格拉博夫斯基①如今是团队领导人，

当时他住在奥别杰什附近的农村，

我们两人都有捕猎小动物的雅兴。

大波兰②很平静，如同眼下的立陶宛；

骤然间关于大战的消息到处流传；

托德文③派来的使者冲到我们面前，

约瑟夫读完信，'耶拿④！耶拿！'不住地喊

'胜利了！普鲁士人被打得人仰马翻！'

我立即跳下马，跪倒在地感谢上天。

我们骑马回城里，装作有事要处理，

装作一点儿也不知道这大好消息；

只见那些地方长官、宫廷顾问、

委员以及诸如此类的卑鄙奸佞

都向我们低低鞠躬；面色惨白、打颤，

就像有人拿了沸腾的水去浇蜚蠊。

我们笑眯眯，擦着手，很客气地询问，

---

① 格拉博夫斯基·约瑟夫是波兹南公国的地主，后为华沙公国军队的军官，在拿破仑战争中曾任总参谋部的上校，密茨凯维奇于 1831 年在波兹南他的田庄与他相识。

② 见 77 页注①。波兹南在"大波兰"境内。

③ 托德文·塔德乌什是拿破仑战争的参加者；跟密茨凯维奇在德累斯顿相识。

④ 德国格腊区萨勒河畔的城市，1806 年 10 月拿破仑大败普鲁士军于该城郊。

从耶拿是不是已传来了什么新闻？
他们吓坏了，诧异我居然也知道
失败的消息；德国人大叫：'上帝呀，糟透了！'①
他们都耷拉着脑袋纷纷跑进家门，
然后又是乱哄哄从家里往外狂奔，
啊，真是乱成了一团！大波兰的路上
挤满逃难的人；德国佬像蚂蚁爬行，
到处是人喊马叫儿啼母哭车辚辚，
他们赶着大车，带着烟斗和咖啡壶、
塞满的箱子和羽绒被，匆匆逃命去；
而我们则静静地聚集在一起筹谋：
'骑马赶去，阻断德国人的退路；
要敲断长官的脖子和顾问的脊梁，
揪住那些地主老爷们的假发辫梢。'
而东布罗夫斯基将军已到波兹南，
'起义！'他把拿破仑大皇帝的诏令颁，
一星期内，我们的人就把普鲁士人
狠揍、赶光，把他们一个个扫地出门！
只要我们大家一心一德，计划周到，
在立陶宛，也叫俄国人吃点苦头才好！
嘿，你是怎么想的，马捷？如果拿破仑
跟俄国相争，他必定会打这场战争：
他是盖世英雄，而军队多得数不清！
嗨，你怎么看，马捷，我们的君王，父亲?"

---

① 原文系德文。

他说完了。大家都等着马捷的判断。
马捷的头一动不动，也没抬起双眼，
只是几次拍拍他的左股，像在摸佩刀；
（自从国家被瓜分，他就不带佩刀，
然而，由于多年的积习，提起俄国佬
他一定要把手放在自己的左股上，
很显然这是要去摸一摸他的"嫩条"，
因此就得了这个"手不离股"的绰号。）
于是他抬起头来，大家都全神贯注。
马捷却没让众人的期望得到满足，
他只皱了皱眉，又把头垂到了胸口。
他总算是开了口，一字一顿地说着，
伴随着说话的节拍频频地点着头。

"冷静点！这消息究竟是从何而来？
法国人有多远？谁是他们的统帅？
他们是否已同莫斯科开战？在哪里？
为了什么？从何处来？有多少兵力？
步兵、骑兵有多少？知道就说出来！"

这群人立刻面面相觑，目瞪口呆。
"我建议，"普鲁士人说，"等一等修士
罗巴克，因为是他那里来的消息；
同时派可靠的人到边界探一探，
而武装全村的事倒是刻不容缓；

这事要慎重，悄悄进行，加强防范，
可别叫俄国人知道我们的打算。"

"等待？争吵？拖延？"第二个马捷打断，
别人称他"施洗者"，由于他的一根大棒，
他叫"洒水刷子"，今天也带在身边。
他站在大棒后，手扶上端的镶头，
下巴靠在手上，吼叫道："等待！拖延！
议会式的争辩！后来就抱头鼠窜。
我没去过普鲁士；乡下人的智力
对普鲁士有利，而我有贵族才智。
我明白，想打仗就该用洒水刷子，
谁要是快死了就该速去请牧师！
我要活，要打仗！罗巴克能帮得了？
难道我们是小学生？要修士指教？
要什么罗巴克？要我们都变虫子[①]
把俄国佬团团围住！哼，派人去探，
你们大家可知道，那是什么主意？
那就是说，你们都是无用的老东西！
嗨！兄弟们！是猎犬就该去追野兽，
伯尔纳修士的工作是挨门募化，
而我的工作是抡起刷子把水洒，
洒水！洒水！别无其他！"他摸着大棒，
"洒水！洒水！"众人一齐高声呼喊。

---

① 波兰语中罗巴克的意思是虫子。

254

又有个巴尔泰克为"施洗者"撑腰，
他的绰号叫"剃刀"，因他的佩刀很薄；
还有马捷，绰号"水桶"，由于他身边
那管枪的口径特大，枪口很阔，
射击时子弹像从水桶里倒出一样；
他俩齐呼："万岁，施洗者和他的刷子！"
普鲁士人想争，却被喧闹和笑声淹没：
"滚！"他们喊，"叫普鲁士的懦夫滚蛋！
谁胆小，就躲进修士的头巾里面。"

这时老马捷又缓缓地把头抬起，
那一片吵闹之声总算稍微平息。
"请你们别挖苦，"他说，"罗巴克修士；
我认识他，那是少有的聪明睿智，
这小虫咬过比你们更大的核桃；
我只见过他一次，但一眼就看到
那可是一只真正不同凡响的鸟；
他发现我就赶忙把他的视线收回，
担心我或许会要到他那里忏悔；
可那不是我的事，而且一言难尽！
他不会来的，呼唤他也是白费劲；
如果说这消息是从他那里来的，
那就谁也不知是出于什么目的：
因为这修士是魔鬼，有太多心计！
如果你们除了这消息一无所知，

那么你们为何来这里？有什么事?"

"打仗。"他们叫道，"打什么仗?"他又问。
"跟俄国人打仗！打仗！打倒俄国人!"

普鲁士人不停地喊，声音越来越高，
直到人人听到——部分由于他鞠躬，
部分由于他那尖锐刺耳的声调。

"我也想打仗，"他喊着，用拳擂着胸膛；
"虽说我没有洒水刷子，也曾跟人较量，
四个普鲁士人想乘醉把我扔进河里，
我却用船篙给他们行了一次大洗礼。"
"很好，巴尔泰克，"施洗者说，"洒水！洒水!"
"可是，皇天在上！有件事先要弄明白，
跟谁打仗？为什么？必须向世界宣布，
否则怎么动员人民跟我们一道去?
到哪里去？何时去？我们自己可清楚?
贵族兄弟们！先生们！我们定要慎重！
朋友们！我们需要的是纪律和秩序！
你们想打仗，就让我们结成同盟 ①，
想想，在哪儿结盟，由谁来当盟主?
在大波兰，我们见到德国人撤退，

---

① 　过去波兰贵族为达到某种政治、军事目的而建立的组织；盟主通过选举
产生。

怎么办？于是我们大家秘密商议，
首先武装贵族，还有一大批农民，
只等东布罗夫斯基的一声号令，
立即翻身上马，起义便水到渠成！"

"我要求发言！"克莱茨克①的管事叫喊，
这英俊的年轻人全副德国式打扮；
他姓布赫曼，却是波兰人，土生土长；
他是否出身贵族，却谁也无法判断，
也无人去过问；大家都尊重布赫曼，
是由于他正管理着大贵族的田产，
又是个很好的爱国者且很有学问，
他从外国书上学会整套农业经营，
并把一份大地产管理得有条不紊；
对于政治他的见解也很理智、精明，
他写作文笔流畅又十分善于词令，
当他要求发言，大家都洗耳恭听。
"我要求发言，"他重复道，清了清喉咙，
一边朗朗有声地开讲，一边鞠躬：

"前面列位已发表了很动听的演说，
一切重要和关键的问题均已说过，
并且已把讨论提到了更高的一级；

---

① 克莱茨克在白俄罗斯境内，是波兰大贵族拉齐维尔家族的大地产所
在地。

而我所要做的只不过是略加整理，
把主要的思想和论据集中到一起：
我也希望能由此调和诸位的争论。
我注意到这场讨论包括两个部分，
它已划分清楚，现在我就一一阐明。
第一点：我们为什么定要举行起义？
遵循什么精神？这是最重要的问题；
第二点涉及这一次革命的权力；
这区分很正确，我只想倒过来剖析。
先从权力说起；弄准了权力的核心，
我再把起义的性质、精神、目的说清。
先来说说权力——当我开始认真琢磨
全人类的历史，我所看到的是什么？
就是人类，野蛮的，它分布在森林里，
又渐渐聚集到一起，为联合起来御敌
讨论防御问题；这就是最早的会议。
然后各自牺牲一点自由，为了公益：
这便是最初的最原始的基本协议，
从这里如同从泉眼流出一切法律。
我们知道，政府就是用协议建立的，
并非——人们常误解——出自上帝的旨意。
这样，政府的根据就是社会契约，
分权也就是理所当然的正常结果……"

"什么契约！是基辅的还是明斯克的[①]？"
老马捷说，"您指的一定是巴宾政府[②]！
布赫曼先生，谁把沙皇强加于我们，
是上帝还是魔鬼，我也不跟您辩论；
如何赶走沙皇，倒要请您告诉我们。"

"这才是要害，"施洗者叫道，"我若能够
跳上宝座，用我的刷子让沙皇湿透，
他就会一去不返，无论基辅的大路，
明斯克的大路，还是布赫曼的契约，
抑或是俄国牧师都不能把他挽留；
无论上帝的力量，还是魔王的力量，
都无法让他死而复活，转世还阳；
对我而言，谁敢洒水才是真正好汉。
布赫曼先生，您真可算是能言善辩，
演说只是吹牛皮，洒水可是要实干。"

"有理！有理！"剃刀巴尔泰克尖声喊叫，
从施洗者身旁跑到马捷的跟前，
像把梭子从织机的这边掷到那边：

[①] 当时在基辅和明斯克每年举办大型集市，地主和粮食商人订立买卖粮食
和其他农产品的合同。马捷知道的主要就是这类契约，而对布赫曼宣传
的卢梭的"社会契约"一窍不通。

[②] 16世纪时有位波兰贵族在自己的巴宾庄园（卢布林附近）建立了一个
"巴宾共和国"，常举行滑稽的集会，讽刺当时的流俗。该"共和国"
政府的官职授予那些最不称职的人，如让懦夫当将军、让浪费者做管
家、让吹牛大王当部长等。

"使嫩条的马捷还有使大棒的马捷,
只要你们肯挑头领着大家一起干,
我们一定会把俄国佬劈成碎片;
剃刀听从嫩条的命令永远向前!"

"命令,"施洗者打岔说,"可不是讲排场;
我们科甫诺旅部有道命令永难忘,
它既简短又明了:要使人怕,不要怕人,
要战斗,不投降;永远前进,不当逃兵;
喀嚓!喀嚓!砍刀要挥得稳、准、狠!"
剃刀尖声叫喊说:"这正是我的主义!
何必白浪费墨水,跑去写什么条例?
须要订同盟吗?这个问题还要商议?
马捷是我们的首领,嫩条就是权杖!"
"万岁!"施洗者高呼,"塔楼上的鸡!"
贵族们齐声呼应:"万岁,施洗礼的人!"

角落里起了嘈杂声,中央虽听不清;
显然,这会议已经分裂为两个阵营。
布赫曼叫喊:"一致法①我永远不赞成!
这是我的立场!"有些人喊:"我不答应!"
角落里有人响应。斯科乌巴开了口,
他是外村来的贵族,说话嗓门很粗:

---

①   17 世纪波兰议会实行一致法,也叫自由否决权。只要有一位议员投票反
对某项法案,该法案就不能通过。

"陀布琴村的先生们！这究竟是何意？
我们呢？莫非是要剥夺我们的权利？
总管盖尔瓦齐·伦巴沃到我们村里
说是有会议，特邀请我们大家出席，
告诉我们，说是要发生重大的事情，
不仅涉及陀布琴，也涉及全县的人，
涉及全体贵族；罗巴克也有所流露，
虽然他的话从来不说完，吞吞吐吐，
含含糊糊，然而最终我们还是来了，
并派出了使者去召唤邻村的代表。
这里并非只有你们陀布琴的主人，
我们从各个庄园共来贵族二百名；
应该一起商量。如果需要一位首领，
让我们大家选举，都有投票的权利。
平等万岁！"

接着两个姓特拉维奇的，
四个姓斯蒂普科夫①的都纷纷发言，
三个姓密茨凯维奇的跟着叫喊：
"平等万岁！"他们站在斯科乌巴一边。
这时布赫曼叫道："一致法那是灾难！"
施洗者叫喊："缺了你们我们也能干；
我们的首领万岁！请马捷立即就任！

----

① 诺夫哥罗德克一带的一个家庭的姓氏，是密茨凯维奇家族的远亲。

261

举起你的权杖！"陀布琴人齐呼："赞成！"
外村的贵族大声说："我们不答应！"
于是人群里乱成一团且分成两半，
两派的人不住地晃着头，面对面站着，
这边喊："我们不答应！"那边高呼："赞成！"

老马捷夹在中间，只有他一声不吭，
一动不动的也只有马捷一人的头。
马捷对面站着施洗者，用一双大手
扶住大棒，大棒的上端支着他的头，
酷似一个插在长竿子上面的南瓜，
又时前时后不停地晃动，像变戏法；
"洒水！洒水！"他还一个劲儿地哇啦。
生性好动的剃刀在屋子里到处窜，
又从马捷身边来到施洗者的跟前。
还有水桶，他在屋子里踱起了方步，
从陀布琴人一边踱向外村的贵族，
似乎是打算在他们两派之间说和；
这一个不住地喊"剃！"那一个又喊"浇！"
马捷依旧沉默，但显然是渐渐发怒了。

这喧哗持续了一刻钟，人群的上方
众头之间，冒出一根物器，闪着寒光：
这是一把很长很长的剑，宽一手掌，
这把双刃剑不仅很锋利而且雪亮。

由十字军①铸造，用的是纽伦堡的钢；
大家都一声不响地凝视着这武器。
谁举起来的？看不见，但立刻就明白：
这是削刀！于是众口齐呼："削刀万岁！
削刀万岁！伦巴沃庄园的传世宝贝！
伦巴沃，老疤，半羊，我的少爷万万岁！"

这时盖尔瓦齐（正是他）从人群之间
挤到屋子中央，高举的削刀光闪闪，
然后，他来到马捷面前，低下了刀尖
作为致敬的标志，"削刀向嫩条敬礼！"
他说，"陀布琴的兄弟们！我不出主意，
只是想说明，为什么把各位召集；
而干什么和怎么干，你们自己决定。
你们各位在庄园或许也早有所闻，
世界上有一些大事眼看就会发生；
罗巴克修士也说过，列位是否知情？"
"知道！"他们喊叫。

　　　　"好。对于聪明的头脑，"
演说家继续说，"三言两语就足够了，
对吗？"他用锐利的目光向人群一扫；
"对！"他们说。"法国皇帝就要来了，"
总管说，"他来，俄国沙皇跟着也会到，
就要打仗，沙皇跟皇帝，国王跟国王

────────────

① 　指 12 世纪到 16 世纪的德国条顿骑士团。

263

兵戎相见，这在帝王之间是很平常；
我们怎么办？难道说只有静静观望？
当大的卡住大的喉咙，我们要学样
去卡住小的喉咙，各自卡住各自的。
上下都打，大的打大的，小的打小的，
一朝动手，所有的无赖就都得打倒，
到那时，幸福的波兰就会冲我们笑。
对不对？"——"对！"他们说：
　　　　　　　　　　"跟书上写的一样。"
"对！"施洗者重复道，"点滴不差，真一样。"
"我时时刻刻准备好去剃。"剃刀叫喊；
"我请你们同意，"水桶的要求很客气，
"施洗者和马捷，出来领导我们前进。"
但布赫曼打断了他："让呆子去同意，
充分讨论对于公共利益无损毫厘。
请你们静一静，听一听总管的意见，
这对事业有益，他能用新观点看问题。"

"我可是，"总管高声说，"一切按老规矩，
考虑大事应该看大人物们的心计；
有的是皇帝、国王、参议院和议员。
办大事，我的少爷，应该在克拉科夫
或是华沙，不是在乡下庄园陀布琴；
同盟条例不是用粉笔写在烟囱上，
不是写在河船上，而是写在羊皮纸上：
写同盟条例那也不是我们的任务，

波兰有的是王国和立陶宛的秘书，
早在我们祖辈那代习俗就是如此；
我的事情只是用我的削刀去削。"
施洗者补充说："用我的刷子去洒。"
"用我的钻子去钻。"巴尔德克大叫，
外号叫钻子的他拔出自己的腰刀。

"我请列位，"总管结束道，"来做见证，
罗巴克曾说，先要把垃圾打扫干净，
然后才在你们的家里欢迎拿破仑，
你们听见了，可那道理是否认得清？
谁是县里的垃圾？又是谁背信弃义？
是谁杀死了一个最优秀的波兰人，
而且还把他的万贯家产抢得罄尽，
连最后的瓦片也不肯留给继承人？
这个人是谁？难道还要我告诉你们?"
"是索普利查!"水桶插嘴说，"一条恶棍!"
"啊! 这个横行霸道的家伙!"剃刀尖叫。
"那就去给他洒洒水!"施洗者补充道。
"如果是叛徒，"布赫曼说，"就送上绞架!"
"乌拉!"大家齐声高喊，"去打索普利查!"

然而普鲁士人却勇敢地维护法官，
面对那些贵族举起他的双臂高喊：
"贵族兄弟们! 哎呀! 天啦! 多么可怕!
这是什么意思？总管大人，你疯了吗？

难道这就是我们今天讨论的问题？
难道谁有个发狂的被放逐的兄弟
就该受罚？这不合基督教的教义！
这件事的背后肯定有伯爵的阴谋。
说法官亏待我们贵族，也是莫须有！
皇天在上！向他挑衅的是你们自己，
而他一向是寻求和解把争端平息，
他放弃了自己的权利，还赔款、道歉。
他跟伯爵打官司，同你们有何干系！
两家都富有，那就让他们两家去斗，
我们这些局外人干吗要去插一手？
说法官霸道！他倒是第一个禁止
贫苦的农民在他面前深深鞠躬，
说那是一种罪过。时常有一群农民——
我亲眼所见——在他家和他围桌而坐；
他替农民纳税，克莱茨克有所不及，
虽说布赫曼先生按德国方式管理。
说法官是叛徒！我自幼就跟他相识：
他从小就很正派，现在也依然如此；
他爱波兰胜过一切，保持波兰习俗
抵制莫斯科力图传播的一切烂污。
每当我在普鲁士待的时间稍长，
回来总要消除德国味儿的影响，
于是便常去把索普利佐夫拜访，
就如同回到了波兰文化的中心：
喝的和呼吸的都充满祖国精神！

我敢对你们起誓，陀布琴的兄弟们！
我爱你们，可欺凌法官我绝对不准！
而且欺凌法官也绝对没有好下场。
兄弟们，大波兰的情形多么不一样：
那种精神！那种和睦！真是令人向往！
那里谁敢用这样的小事扰乱会议！"
"不是小事，"总管叫道，"绞死恶棍有理！"

噪声又起；突然，扬介尔要求讲几句，
他跳上了一张长凳子，稳稳地站住，
于是人们的头顶上出现一团胡须，
宛如一束缨络一直垂到他的腰部；
狐皮帽已从他头上摘下拿在右手，
他又用左手整了整那歪斜的软帽，
然后把左手插进腰带，就讲开了，
还挥着那狐皮帽向大家鞠躬致敬：

"唉，陀布琴的先生们，我是个犹太人；
法官家跟我非故非亲；我尊敬他们
是作为很好的贵族又是我的店东；
巴尔泰克们和马捷们我同样敬重，
你们都是好邻居而且是我的恩人；
但我要说：谁想去打法官却很不聪明，
你们可以去打，去杀，可以一意孤行，
巡官、警长和牢房不也在等着你们？
索普利查家附近的村庄士兵成群，

267

都是射击手①！巡官就在家里，他一吹哨
他们立刻就到，如同事先已准备好。
你们怎么办？假如你们期待法国人，
那可是条很长的路，法国人远得很。
我是一个犹太人，不懂得什么战争，
但我在别利查②曾见过许多犹太人，
他们都直接来自分界线上的小镇；
据说，法国人驻扎在沃索斯纳③河畔，
即使会打仗，恐怕至少也要到春天。
你们应该等一等，索普利佐夫庄园
不是装上大车就可运走的小货摊：
这庄园今天在那里，到春天不会变；
法官也不是犹太人开租赁的酒店，
他不会逃走，春天再去找他也不晚；
现在请你们散开，对这儿发生的事
不要张扬，因为说它没有什么好处！
哪位先生若有雅兴请跟我去喝酒，
我的萨拉最近正好为我添丁进口，
今天算我请客，而音乐也是第一流！
我叫人去拿风笛、四弦琴和小提琴，
有仁慈的马捷先生喜欢的七月蜜酒
和新的马祖卡，是马祖卡的新乐章；

---

① 原文系德文，指俄国步兵。
② 涅曼河畔的小镇，在诺夫哥罗德克西边。
③ 涅曼河的支流，有一段是当时华沙公国和俄占区的分界线。

而且已经教会了我的孩子们演唱。"

人缘好的扬介尔说得娓娓动听；
于是响起了欢乐的叫喊和掌声，
这喧闹声甚至传到了屋子外边。
盖尔瓦齐把削刀举到扬介尔面前，
犹太人纵身一跳，消失在人群中间；
这总管愤怒地大叫："犹太人，滚蛋！
你不要自找麻烦，这事跟你不相干！
普鲁士人！你用了法官的两条破船
和他一起做生意，就替他摇旗呐喊？
你难道忘记了，我的少爷，令尊大人
同霍雷什科家合作做生意的情景？
当年正是开了他家的二十条大船，
经常往返于普鲁士和立陶宛之间，
他和他的整个家族这才发财致富。
你们陀布琴的所有人也都跟着享福。
老年人总还记得，年轻的必有所闻，
御膳官是你们大家的父亲和恩人：
他在平斯克的地产派了谁去管理？
陀布琴斯基！他让谁当了他的会计？
陀布琴斯基！别人当主管他不信任，
除了陀布琴斯基，餐柜①不托付别人；
他满屋子都是姓陀布琴斯基的人！

---

① 过去大贵族的餐柜里装有成套的贵重餐具，因此只派最信任的人去管餐柜。

他在法庭上为你们打官司出力，
还到国王那里为你们申请抚恤，
让你们的孩子进皮亚尔①的学校，
成批地送去，衣服、食宿费用全包；
成年后还要花钱为他们晋职奔跑。
他为何这样做？只因是你们的邻居！
如今索普利查的地界伸到这里
与你们家的地界相接，阡陌相连，
他可曾给过你们一点什么好处？"

"一点也没有！"
水桶打断说，"因为他是个暴发户，
瞧那骄傲劲儿，原本是个小贵族！
呸！呸！架子那么大，鼻子翘上天！
可记得，我邀他参加小女的婚宴；
请他喝酒他拒绝，还说：'我的酒量浅，
不像你们喝起来如同鹭鸶一般。'
什么贵族！马利蒙特粉②做的面人！
我们灌他，他却喊：'用暴力可不行！'
等着吧，我要拿整桶水去灌灌他。"

---

① 由圣·卡拉桑蒂·约瑟夫（1556—1648）建立的天主教教派；他们起初
是为贫穷的儿童建立小学，到17世纪开始建中学和大学，自1642年传
到波兰后也建了许多学校。

② 马利蒙特是华沙的一个区；18世纪时属华沙近郊，那里的磨房出产全国
最好的面粉，被称为马利蒙特粉。

"这滑头，"施洗者喊，"我要去给他洒，
报我的仇。我的儿子本来很聪明；
现在却变笨了，人人都叫他'傻犊'，
为什么成了傻子，法官就是原因。
我对他说：'你别往索普利佐夫跑，
要是被他们抓住，就要叫皇天了！'
他照旧去找佐霞，偷偷穿过大麻地，
我抓住他，揪着他的耳朵，给他洒；
他大哭大叫简直像个农家娃娃：
'父亲，你杀了我吧，我定要去找她。'
'你怎么啦？'他哭着说，他爱那佐霞！
哪怕去看一眼！我心疼这小可怜，
就去求法官：'把佐霞给我的傻犊！'
法官说：'她太小，要等到三年以后，
夫婿由她自己挑。'这恶棍，他骗人！
听说，他已经给那姑娘定下了亲。
只要我在她结婚时能钻得进去，
就用我的刷子给她的婚床祝福。"

"这恶棍，"总管嚷道，"能把大权执掌？
让比他好的古老家族统统灭亡？
把对霍氏家门的记忆一笔勾销！
在这个陀布琴可还有知恩图报？
兄弟们！你们想去同沙皇打仗。
却害怕去攻打索普利佐夫田庄？
你们畏惧监牢！我是在鼓动打枪？

上帝！贵族兄弟们！我在维护法律。

你们知道，伯爵好几次赢了官司，

而且也接到过许许多多判决书；

只等去执行！按自古以来的惯例：

法庭发出判决书，贵族就去执行，

尤其是这陀布琴的贵族先生们

在整个立陶宛可说是大名鼎鼎！

是陀布琴斯基们在梅什①袭击中

曾经跟俄国佬进行过浴血战斗，

俄方首领是伏伊尼沃维奇②将军

和伏沃克·乌果莫维奇③，他的朋友，

记得我们将这恶棍伏沃克俘虏，

就打算把他吊死在谷仓的梁上，

他对农民残暴又是俄国的走狗；

可那些愚蠢的农民却把他释放！

（总有一天我要把他穿在削刀上烤。）

我不想再回忆别的许多大袭击，

历次我们都完成了贵族的使命

而且得益，受到赞美，使声威显耀！

我干吗要来重提旧事！因为伯爵，

你们的邻居，他如今正在打官司，

---

① 指诺夫哥罗德地区的新梅什和老梅什。作者多次提到的聂肖沃夫斯基，18世纪时曾在那里领导过对俄国军队的著名袭击。

② 波兰出生的俄国将军。

③ 萨姆埃尔·伏沃克·乌果莫维奇当时在奥什绵县地区对农民很残暴，但他被俘和被释的事是发生在1831年十一月起义的时候。

272

诉讼已经过多次判决，却没有用，
因为你们对这孤儿的事无动于衷！
御膳官养育的人虽说不计其数，
他的后嗣今天却没有一个朋友，
除了他的总管和这忠实的削刀！"

"还有我这洒水刷子，"施洗者说道，
"不管你到哪里，亲爱的盖尔瓦齐，
我总跟随你，只要这手还有力气，
只要这滴沥滴沥的家伙还在手里。
两个就两个！两个比一个力量大！
你有你的削刀，我有我的洒水刷；
你喀嚓喀嚓地砍，我滴沥滴沥地洒；
别人说三道四全都不要去管它！"

"兄弟们，"巴尔德克说，"还有我的剃刀；
你们涂上肥皂的，我统统把它剃掉。"
水桶插话："我也情愿跟你们一起去，
一定不能同意他们去把首领选举，
投票和投球有什么用？我这球才棒！"
（他从衣袋掏出一把子弹，弄得山响。）
"我这些球，"他叫道，"都要叫法官尝尝！"
"我们都参加，"斯科乌巴喊，"十分愿意！"
众人齐呼："你们到哪里，我们到哪里！
一起去！霍雷什科家万岁！半羊万岁！
伦巴沃总管万岁！打索普利查去！"

善辩的盖尔瓦齐牵住了众人的心：
因为大家对法官都怀有某种怨恨，
邻居间难免，时而家畜跑进庄稼地，
时而为砍伐树木，时而为地界扯皮：
有人出于愤怒，有人则是出于妒忌
法官的财富——仇恨把他们连在一起。
人们纷纷挤到总管盖尔瓦齐身旁，
高高地举起了他们的佩刀和大棒。

马捷一直忧郁地、一动不动地坐着，
这时他站起身，缓缓地移动了双脚，
他走到屋子中央，又把手扶在股上：
先点了点头，后朝自己面前望了望，
接着便开了腔，说得很慢，一字一顿：
"愚蠢呀！愚蠢！你们是何等的愚蠢！
别人做套，你们赶忙就钻进去吊颈。
开这个会是为了讨论波兰的复兴，
讨论公益的事情，你们却要挑起纷争？
这样不行！白痴！你们不管怎样辩论，
也不分个轻重缓急，不顾议事日程，
全然不看是谁在对你们发号施令，
只要有人触动了你们的私人恩怨，
你们这些愚蠢的人立刻跟着去干！
给我滚！我马捷叫你们统统见鬼去！
见你几千几万桶，几千几万车的

鬼去！！！……"

　　这晴天霹雳使大家突然安静，
但同时屋外又响起了嘈杂的喊声：
"伯爵万岁！"他正骑马来到马捷门口，
本人全副武装，跟着十个武装骑手。
伯爵骑一匹高头骏马，黑色服装；
外披一件栗色的意大利式的大氅，
很宽大，没有袖子，用纽扣扣在颈上
从肩头落下，颇似一块很大的罩单；
他头戴插着羽毛的圆帽，手执利剑，
他转了一圈，用这把剑向人群致敬。

"伯爵万岁！"人们高喊，"死活跟着伯爵！"
屋子里的人纷纷从窗口朝外观看，
又跟着那总管渐渐地挤到了门边；
总管走了出去，身后拥出一大群人，
马捷又轰走了其余的人，关上大门
加上闩，朝窗口一望，又说了句"愚蠢！"

这时，贵族们都聚集在伯爵的身边；
到酒店去！盖尔瓦齐忆起过往年代，
吩咐人从长外衣上解下三根佩带，
用来从酒店的地窖拖出三只大桶：
一桶蜜酒，一桶烧酒，第三桶是啤酒。
他拔出塞子，三股甘泉汩汩地涌流，

第一股白如银子，第二股红如玛瑙，
第三股是黄的；闪着三色虹的光芒；
落进成百的杯中，在杯中吱吱地响。
人群乱哄哄，有的喝酒，有的祝伯爵
长命百岁，大家高呼："打索普利查去！"

扬介尔跨上一匹无鞍马悄悄溜走；
普鲁士人虽在争辩着，也想开溜，
贵族们追着他，叫喊着咒骂他背叛。
密茨凯维奇却是远远地站在一边，
不喊叫，也不争辩，人们从他的态度
看出了他正在暗中策划什么阴谋。
他们拔出刀来，喊着："打！"他急忙后退
进行自卫，他受了伤，背靠在栅栏上，
这时赞①和三个切卓特②跳过去解围。
大家把他们拉开，但在这场混战中
一个的耳朵被砍伤，有两人伤了手。
其余的都跨上马。

　　　　　　伯爵和盖尔瓦齐
带领着他们，给他们下命令，发武器。
他们出发了，沿着庄园的一条长路
纵马急驰，大声叫喊："打索普利查去！"

---

①② 都是密茨凯维奇在大学时代的好友名字，这些名字也曾出现在诗剧
《先人祭》第三部中。

第 八 章

袭击

大管家的天文学——监督对于彗星的看法——法官房间里秘密的一幕——新的狄多——袭击——执达吏的最后抗议——伯爵夺取索普利佐夫——风暴和屠杀——作为行筋官的盖尔瓦齐——袭击后的宴会

暴风雨前常有片刻的寂静和阴沉；
那时厚重的乌云奔聚到人们头顶，
面目威严地矗立，遏制着风的呼吸，
它缄默着，用闪电的目光巡视大地，
挑选那用滚滚的霹雳轰击的地点：
这寂静正笼罩着索普利佐夫庄园。
你会觉得，有一种突发事变的预感
锁住了人们的嘴，并把他们的灵魂
统统都送到了那遥远的梦幻之境。

晚餐后，法官和他的宾客走出房，
来到庭院里享受一个幽静的傍晚；
大家都坐在草凳上面紧靠着墙边；
这一群人都面色忧郁，默默无言，
他们举目望天，天空似乎逐渐变低，
也逐渐变得狭窄，越来越贴近大地，
直到两者躲到了黑暗的帷幔之下。
宛如一对情侣，进行着神秘的对话，
诉说着自己的心意，用压抑的叹息。
用半吞半吐的词句含糊地咕咕唧唧。

这一切就组成了晚上的神奇的音乐。

猫头鹰首先在阁楼下嘤嘤地叫着；
蝙蝠飒飒地扑扇着那柔软的翅膀
飞来，这儿窗玻璃和人脸都发亮；
稍近处，蝙蝠的姊妹，飞蛾，结队成群，
它们受到妇女们白色衣裙的吸引，
尤其是飞来打扰佐霞，扑着她的脸
和那被误认为烛光的明亮的双眼。
空中渐渐聚集了大团大团的昆虫
飞来飞去，像是玻璃琴①争相演奏；
佐霞的耳朵从这嘈杂声中分得清
那些苍蝇的谐音和蚊子的半假音。

在田野里，晚上的音乐会刚刚揭幕；
乐师们也正好把他们的乐器调就，
草场上第一提琴手秧鸡叫了三声，
远方沼泽里的麻鸫就用低音呼应，
田鹬已振翅腾起盘旋着飞来飞去，
时而翅膀拍得咚咚响犹如击鼓。

虫的鸣叫和鸟儿的啁啾方兴未艾，
两个池塘的双声合唱又接着传来，

---

① 一种乐器，用各种大小不同的玻璃的半球穿在一根金属杆上，转动它的
轴，同时用手指拨动这些玻璃的半球发音。

有如高加索大山深处的那些魔湖①，
白天毫无声息，到黄昏就百乐齐奏。
一个池塘，水清见底，四周都是沙岸，
澄碧的胸膛发出的呻吟温柔、庄重；
第二个，池底肮脏泥泞，嗓音也混浊，
那里传来的是悲哀而热切的狂吼；
两个池塘都有无数的蛙竞相争鸣，
两种合唱彼此交融形成两大和声。
一个唱出最高音，一个轻柔地哼唧，
一个似乎在诉苦，另一个只是叹息；
两个池塘就是这样隔着田野聊天，
有如两把轮流着演奏的风鸣琴②。

黑暗更浓了；只有树林和小河附近
灰柳中间蜡烛般闪烁着狼的眼睛，
再远一点，靠近朦胧、狭窄的地平线，
到处是牧人营地的篝火星星点点。
终于一轮明月冉冉升起，闪着银光
从树林里出来，把天空和大地照亮。
这时他们两个，在黑暗中半现半隐，
并排酣睡，仿佛是一对幸福的新人：
天空用纯洁的臂膀搂着大地的胸膛，

---

① 据民间传说，高加索山上有会唱歌奏乐的湖。
② 原文为埃奥洛斯的琴。据希腊神话，他是司诸风的神，18世纪时在波兰
各个公园里都挂有这种弦乐器，风一吹就会奏出音乐。

月亮正给他们俩拉起了银色的纱帐。

月亮对面出现一颗星，又是一颗星；
接着千颗、万颗、百万颗星眨着眼睛。
卡斯托尔和他的兄弟波尔鲁克斯①
在前边闪耀，斯拉夫人称其为莱莱
和波莱莱②；可如今在民间的黄道带，
他们却另有新名，根据新的原则，
一个叫立陶宛，而另一个则叫王国。

再远一点，闪耀着天平的两个秤盘；
据老人们说，上帝在创世的那一天
依次称过所有行星和地球，在这上面，
然后把那庞然大物置入空中的深渊；
上帝又将这黄金的天平③高挂青冥：
人们也就据此仿造了秤盘和天平。

北面，闪闪发光的是圈星星的筛子④，
据老人们说，上帝曾用它筛过粮食，
从天空筛下，赐给那人类之祖亚当，
他是因犯了享乐罪才被逐出天堂。

---

① 即双子星座；其中最亮的两颗星以传说中两个孪生兄弟的名字命名。
② 在波兰多神教时代的神话里，莱莱和波莱莱被认为是斯拉夫民族的神，
也是孪生兄弟。
③ 即天秤星座。
④ 即昴星团，在古立陶宛将它称为筛子星座。

稍高一点，是大卫的车子①，就要启程，
那长长的车辙转过来正对北极星。
关于这战车，立陶宛老人全都知道，
但一般管它叫"大卫的"是搞错了，
因它本是天使的车子。在很久以前
路西法②就曾驾驶过它向上帝挑战，
沿着银河飞快地向天堂大门冲去，
直到以迦勒将他从那车子里抛出，
又将车子扔出了大路。一直到今天
那辆破损的车子仍躺在群星之间，
天使长以迦勒不允许去把它修理。

有件事也是老立陶宛人所熟知的
（可这知识或许来自犹太学者那里），
说是黄道带上有一条龙③，又长又粗，
用它那星星之躯蜿蜒蜷曲在天宇，
天文学家们称它为蛇其实是讹传，
它不是蛇，而是鱼，名叫利维坦④。
很久以前它住在大海，但洪水以后
因缺水它死了；于是天使作为古董

---

① 天文学家称其为大熊星座。——原注
② 即撒旦。
③ 即天龙星座。
④ 代表海洋力量的巨兽，据《塔木德书》，其形象是一条巨大的鱼；犹太
   人把它想象为天龙星座的样子。

也作为纪念，把它的遗骸挂在天空。
米尔镇①的牧师也学习天使们的样，
把发掘的巨人肋骨和胫骨挂在教堂②。

大管家把这类星座故事讲得很多，
那是他从书上读到或听过的传说；
虽说老沃依斯基到晚上就视力很弱，
即使戴眼镜也看不见天空有什么，
可他记得每个星座的名称和形状，
能指出它们的位置和运行的方向。

今天大家对他讲的听得很不专心，
一点也不注意什么筛子、龙和天平；
因为最近在天上出现一位新客人，
完全吸引住了众人的思路和眼睛；
就是那颗其大无比的最亮的彗星③，
它在西方出现，向着北方急速飞行；
用血红的眼睛斜斜地扫视那战车，
似乎是想占据路锡福空出的位置，
它伸出长长的尾巴，三分之一的天空
被它环绕，像把百万颗星装进网中
一起拖走，而它自己则高高抬起头

---

① 诺夫哥罗德克东南的小镇。
② 有这种习俗，教堂把发掘的古生物骨骼化石都悬挂起来，百姓以为是巨
　人的骨骼。——原注
③ 指那颗在1811年出现的令人难忘的彗星。——原注

向着北方，径直朝北极星发起冲锋。

立陶宛的人带着无法形容的预感，
每天晚上都把这天空的奇迹观看，
从它，也从许多别的迹象看到凶兆：
太多了，他们常听见不祥的鸟鸣叫，
它们经常在旷野成堆成团地聚集，
磨它们的嘴，仿佛是在等待着尸体。
他们过于经常地发现狗在刨泥土，
仿佛嗅到死亡的气息，还刺耳地狂吼：
这是饥馑或战争的预兆；而看林人
也看见了从墓地走过的瘟疫女神，
她昂起的脑袋超出了最高的树顶。
她的左手还挥动着血淋淋的手巾。

工头来报告工作之后立在栅栏边，
又一次对这一切做出种种的推断，
文书也跟管家叽叽咕咕说个没完。

这时监督就坐在屋前的草凳上面。
他打断了客人的谈话，显然要发言；
他那个大鼻烟盒在月光下闪闪发亮
（这个鼻烟盒十分珍贵，玉嵌金镶，
中央是国王斯坦尼斯瓦夫的肖像），
他用手指弹了弹烟盒，拈了一撮烟
说道："塔杜施先生，你对星座的意见

只是把在学校里听到的重复一遍。

说到奇迹，乡下人的话我更喜欢听。

我也曾在维尔诺学过两年的天文，

那里的普齐娜①夫人富有而又聪明，

她花了有两百农夫的村子的收入

去购买各种各样的镜片和望远镜。

波乔布特牧师②，一个遐迩闻名的人，

于是就当上了那座天文台的台长

当时他是整个维尔诺大学的校长，

最后他把讲台和望远镜弃置一旁

重返修道院，关在自己清静的禅房

寿终正寝。我也认识希尼亚德茨基③，

他这个人学问渊博，虽说不是教士。

那些天文学家观察行星和彗星

颇似观察四轮马车的城市居民；

知道车子是正驶向国王的宫门，

还是要从城门口出去驶往边境；

至于乘车的是谁？跟国王谈什么？

国王以和平送走使者还是要战争？

所有这一切他们一概不去过问。

---

①　伊丽莎白·普齐娜·奥津斯卡（？—1767），维尔诺天文台的创建者。

②　波乔布特牧师，前耶稣会成员，著名的天文学家，曾发表论顿德拉的黄
　　道带的著作，用自己的观测帮助拉郎德计算月球的运行。参看希尼亚德
　　茨基所写的他的传记。——原注

③　扬·希尼亚德茨基（1756—1830），波兰著名的学者、数学家、天文学
　　家、哲学家。

记得当年布拉尼茨基①乘车去雅西②，
这邪恶的轿车后拖着的是一群
参加了塔尔果维策同盟的奸佞，
恰似那条长长的尾巴跟着彗星；
普通百姓虽然并不参加公众会议，
却立刻猜到这条尾巴预示着叛逆。
据说，老百姓把彗星称作扫帚星
而且说它是要来扫掉一百万人。"

对此大管家躬身回答说："那不错，
监督大人；我至今仍然记忆犹新，
在幼小的时候有人曾对我说过，
虽说当时我只是个十岁的顽童，
如今已过世的萨别哈③在我家中，
那时他只不过是骑兵团的中尉，
后来他成了国王的宫廷掌礼官，
最后他竟当上了立陶宛的宰相，
去世时已有一百一十岁的高龄。
当国王扬·索别斯基④在位的时候，

_____

① 　弗·克·布拉尼茨基（约 1730—1819），王国的大将，反对巴尔同盟和
　　四年议会，塔尔果维策同盟的组织者之一。
② 　罗马尼亚的城市。1792 年俄国和土耳其在雅西签订和约，波兰的一群大
　　贵族赶到这里跟俄军统帅谈判，随之组织了塔尔果维策同盟。
③ 　作者虚构的人物。
④ 　即扬三世。

他是雅布沃诺夫斯基①将军的部下

参加过维也纳城郊的激烈战斗；

就是这一位宰相曾经对我说过，

正当国王扬三世上马的那一刻

教皇的使臣已给他的出征祝福，

而奥地利大使也递过马镫去

吻了他的脚（大使是维切克②伯爵），

国王高声说：'你们看，天上是什么？'

他们看到彗星正在头顶上跑着，

同穆罕默德的军队走同一条路，

由东向西；巴尔托霍夫斯基③牧师

后来写诗歌颂克拉科夫的凯旋，

题目就叫作：*东方的闪电*④，

关于那颗彗星有不少懿美之言；

我也曾读过题为《雅尼娜》⑤的作品，

其中描写了国王扬三世的远征，

还印有穆罕默德的大旗和彗星，

跟我们今天见到的彗星一个样。"

---

① 斯·扬·雅布沃诺夫斯基（1634—1702），波兰将军，维也纳战役的著名指挥官。

② 当时奥地利大使是胡尔恩伯爵，维切克的名字是在以后的历史小说中才出现的。

③ 沃伊切赫·巴尔托霍夫斯基，耶稣会牧师，1684 年出版颂诗集《东方的闪电》赞美扬三世的维也纳之战，但其中并未提到彗星。

④ 原文系拉丁文。

⑤ 指雅·卡·鲁宾可夫斯基于 1793 年发表的作品，封面上印有一颗彗星和索别斯基在维也纳夺取的穆罕默德的旗帜；书名来自索别斯基的纹章。

"阿门!"法官说,"你这预兆我很欣赏,
但愿另一位扬三世随此星来临!
如今西方有一位英雄大名鼎鼎;
也许这颗彗星能把他带给我们,
但愿上帝答应!"

　　　　　大管家忧郁地低下了头
说道:"它有时预示战争,有时是争斗!
它在这庄园上方出现并非吉祥,
也许向我们预示的是家族灾殃。
昨天在狩猎的时候和在宴会上
那么多的混乱和争吵就不正常。
清晨书记官和巡官就吵成一团,
傍晚塔杜施又向伯爵提出挑战。
争吵似乎完全是一张熊皮之过;
而且如果好心的法官不阻拦我,
或许当场就能叫双方握手言和。
因为我正要讲当年的趣事一桩,
跟我们昨天狩猎遇到的很相像,
涉及那时代两个最出色的猎人,
就是议员雷坦和德纳索夫亲王。
事情经过是这样:

"波多莱地区的总长①

从沃伦②来到了他在波兰的田庄，

要去华沙参加议会，假如我没记错，

沿途拜访贵族，一半是为了娱乐，

一半是为了交游；去拜访塔杜施，

就是如今已经作古的雷坦先生，

他后来是诺夫哥罗德克的议员，

我就是住在他家从童年到成年。

雷坦为了欢迎亲王总长的光临，

请了许多宾客，来了贵族一大群，

还表演戏剧（亲王对戏剧很热心③）；

住在雅特拉④的卡席茨⑤提供焰火，

是梯岑豪兹先生送来了舞蹈班，

乐队则是奥津斯基先生的奉献，

出力的还有兹琴切尔⑥的索乌坦⑦。

总而言之，家里的娱乐热闹非凡，

森林里又布置了围猎的大场面。

诸位清楚，几乎所有人所记得的

世世代代所有的恰尔托雷斯基，

---

① 即阿·卡·恰尔托雷斯基亲王（1734—1823），波多莱地区的总长，政治家，作家。

② 地名，沃伦和多波莱都在乌克兰。

③ 阿·卡·恰尔托雷斯基本人写过剧本，并在普瓦维建立了一座宫廷剧院。

④ 诺夫哥罗德克市南边的村子。

⑤ 作者虚构的人物。

⑥ 诺夫哥罗德克西南的小镇。

⑦ 斯·索乌坦曾任立陶宛的宫廷掌礼官，四年议会的议员。

他们虽然是雅盖沃家族的后裔①，

但是对于打猎全都是不很爱好，

那不是由于懒惰，而是出自外国情趣；

亲王总长看书比看狗窝的时候多，

进女士的闺房也比进森林的时候多。

"总长的随从有位德国亲王德纳索夫②，

有人说他曾经在利比亚国做过客，

并且跟黑人的国王们一起打过猎，

打死过一只老虎用的是根梭镖，

德纳索夫亲王为此还非常自豪。

在我们这里那时候时兴打野猪；

雷坦打死头硕大的母猪，用猎枪，

冒着极大的风险，到跟前才射击。

大家都在惊叹和赞美他打得准，

只有那德纳索夫亲王置若罔闻，

而且踱起了方步，鼻子里还哼哼：

瞄得准只不过证明了眼力不错，

冷兵器才说明手有力；他信口开河

夸赞他的利比亚和梭镖的神奇，

---

① 恰尔托雷斯基家族被认为是雅盖沃的一个兄弟的后代。

② 即德纳索夫－辛根亲王。当时有名的战士和冒险家。他是俄国的海军大将，曾在莱曼湾战役中打败土耳其人；后来他又被瑞典打败。他在波兰住过一段时间，而且被授予波兰贵族头衔。德纳索夫亲王打老虎的故事，在当时盛传于欧洲所有的报纸。——原注［打老虎的事发生在南部非洲而不是利比亚；莱曼湾是第聂伯河的出海口。］

吹嘘他的黑人国王和打虎功力。
这番举动很使雷坦先生生闷气，
他这人素性刚烈，就拍拍佩刀说：
'亲王大人，谁的眼力强，谁就打得好，
野猪同老虎一样，猎枪不次于梭镖。'——
于是这德国人就跟他激烈地争辩。
幸好亲王总长把两人的辩论打断，
他用法语劝和，说些什么我不清楚，
但是这番调解却好比是火上浇油，
雷坦把这件事牢牢地记在心间，
只等机会把德国人好好捉弄一番；
第二天他就执行计划，却差点送命，
关于此事的经过，我就要告诉你们。"

大管家说到这里停住并抬起右手
请求监督把鼻烟盒递给他拈一撮；
他嗅了很久，拖着这故事不肯结束，
似乎要让听众好奇地去追根问底。
他终于开了口，却又有人出来打断，
不让他把这津津有味的故事讲完！
不知是谁突然差人来给法官送信，
说在等他，有刻不容缓的紧要事情。
法官向大家道了晚安，众人也就散场：
他们分别回到了各自安歇的地方，
有的在房间，有的在仓屋的干草上；
法官就去找那位来者把要事相商。

别人都睡了——塔杜施却在走廊踱方步
像个哨兵在叔父的门边走来走去，
因为有件要事必须来向叔叔求教，
就在今天，睡觉之前；可那门又不敢敲，
叔父将它上了锁，跟人很秘密地谈着；
塔杜施竖起耳朵，等待这谈话结束。

听见里面有哽咽声；他没碰门把手，
只是小心翼翼地从钥匙孔往里瞅。
他看到了怪事！法官和罗巴克两个
搂抱着跪在地上，涕泗滂沱地哭着，
罗巴克正在法官的手上连连亲吻，
法官老泪纵横地抱住修士的项颈，
他们俩的谈话中断了一刻钟之后，
罗巴克悄声地开始了自己的倾诉：

"兄弟！上帝知道，我至今守着这密事，
为了赎罪，我曾在忏悔时发过大誓：
把有生之年献给上帝和父母之邦，
决不骄傲，也不寻求人世间的名望，
我今生今世只想当个伯尔纳修士，
不仅永不对社会公开自己的姓氏，
而且还要瞒着你和亲生的儿子！
然而，省教区的主教曾经答应过我

一切到生命危急的时候①才能说。
谁知我能否活着回来！谁知陀布琴
发生了什么事！兄弟，那儿混乱得很！
法国人还很远，我们必须耐心等到
冬天过去，但那些贵族却迫不及待。
也许我过早地把起义鼓动了起来！
也许他们不理解！总管又全盘搅坏！
那疯子，伯爵，听说已冲到陀布琴，
我没能提前去，这其中有重要原因：
老马捷认得我，一旦他出来戳穿，
我这颗头颅就只有放到削刀下面。
绝对拦不住总管！我的存亡不要紧，
但这一揭露，就会把计划破坏殆尽。

"今天我必须到那里去！即使是送死；
我不去看看，那些贵族就不可收拾！
别了，我亲爱的兄弟，别了，我很着急。
我若死了，唯有你为我的灵魂叹息；
为了战争，我把全部机密都告诉了你，
记住你姓索普利查，你要奋斗不息！"

修士擦干泪水，扣紧僧袍，戴上头巾，
静悄悄地拉开了后面窗户的窗格子，
看得出，他就是从窗口跳进了花园；

---

① 　原文系拉丁文。

留下这法官，坐在椅子上泪流满面。

塔杜施等了片刻才将门把手扭动；
门一开他就轻轻走进去，低低鞠躬：
"亲爱的叔叔，我在这里只住了几天，
日子过得飞快，真可说是良辰苦短；
我在你这温暖的家中还没有住够，
跟你也没好好谈心，却又不得不走，
我要立刻赶去，叔叔，今天，至迟明天；
其实你也记得，我们曾向伯爵挑战。
决斗是我的事，我已送去了挑战书，
因为决斗行为在立陶宛受到严禁，
所以我必须赶到华沙公国的边境；
伯爵虽说是吹牛大王，可也不缺胆量，
既然确定了决斗地点，他定会到场，
我们就在那里解决；如果上帝助我，
惩罚他之后我就泅渡沃索斯纳河，
我们的兄弟部队就在那儿等候我。
据说，我父亲留有遗嘱，要我服兵役，
只是我不知，是否已有人把它废除。"

"贤侄，"法官说，"不知你是少年气盛呢
还是在弯弯绕，像一只狡猾的狐狸，
在这一边摇着尾巴，却往那边逃去？
你当然该去决斗，既然我们已挑战。
但又何必定要赶在今天？在决斗前

向来是要请朋友前去谈判好条件，
伯爵也许会改变主意，来赔礼道歉；
请等一等，稍安勿躁，还有的是时间。
莫非有什么别的烦心事把你赶走？
那就老实说出来，何必找这些借口？
我是你的叔父；虽说已是垂暮老人，
可我对年轻人的心并不感到陌生；
我曾是你父亲（他摸摸侄儿的下巴），
我的小手指已对我的耳朵发了话，
说你，先生，被女士们搅得心烦意乱。
见鬼，年轻人谈恋爱真是迅如闪电！
我亲爱的塔杜施，你定要坦率直言。"

"不错，"塔杜施含混地说，"有别的缘故，
我亲爱的叔叔！也许这是我的失误！
一场误会！一场不幸！现在却难改正！
不，亲爱的叔叔，我在这儿无法安身。
这是青春之过！叔叔请你别再追问，
我必须离开索普利佐夫，尽快启程。"

"嗯！"叔父说，"是出现了什么恋爱纠纷！
昨天我就注意到，你老是咬着嘴唇
又不时皱着眉头打量着某位千金，
我看到她也有一种酸溜溜的表情。
我知道那是傻气；当两个孩子相爱，
便有多得数不清的烦恼一齐涌来！

一会儿兴高采烈，一会儿悒郁寡欢；
好起来如胶似漆，吵起来地覆天翻；
对于这种阴晴变化，上帝也难判断。
他们时而站在角落，彼此不交一言，
有时又双双跑到田野去你追我赶。
你们倘若是也闹上了类似的疯癫，
就得有耐性，这毛病治起来并不难；
不用很久我一定会来给你们调停。
那都是些傻气，我自己也有过青春。
你把心事告诉我，我或许也泄露点
我的秘密，于是我们就能坦诚相见。"

"叔叔，"塔杜施说道（同时亲吻他的手，
又涨红了脸），"请你听我把真情透露；
我很喜欢那小姑娘，佐霞，你的养女，
虽说我实际上见她不过是一两次；
但是他们对我说，你就要给我说亲，
是监督之女，一位漂亮而富有的千金。
可是如今我不能跟罗莎小姐结婚，
又对佐霞钟情；我难以改变这颗心！
娶这一个却爱那一个是失德的事，
也许时间能医治我，只好一走了之。"

"塔杜施！"叔父打断他说，"真怪！
这算什么好办法，从爱人的身边跑开！
好在你坦率；你一走，准得把事弄坏：

假如我帮你娶佐霞，你该如何表态？
嗯？怎么样？你会不会高兴得跳起来？"

塔杜施过了一会儿说："叔叔的恩情
感动了我！但是，叔叔也是白费了心，
这事一定不成！唉，还不是白高兴！
给我佐霞，泰莉梅娜女士不会答应！"
"我们去求她。"法官说。

           "谁求她也不行，"
塔杜施急忙打断他说，"不，我不能等，
叔叔，我马上要走，明天就得上路，
亲爱的叔叔，我只有请你为我祝福，
一切都已准备就绪，到华沙公国去。"

法官捋着胡须，悻悻地望着这孩子：
"你够坦率吗？你已把心事和盘托出？
先是决斗！后来又对我搬出了爱情，
还说要走，哦，其中真有某种复杂性。
已经有人对我说过，我也步步留心！
你是个登徒子，浪荡儿，专门会骗人。
快告诉我，那天晚上你到哪里去过？
你在屋子外像狗一样地寻找什么？
啊，莫非你搅昏了佐霞的头，想逃跑？
假如真的是如此，你想逃也逃不掉；
我告诉你，先生，不管你喜欢不喜欢，

都要跟佐霞结婚，否则叫你吃马鞭。
无论如何，明天你得站在圣坛前面！
你对我说什么感情！说什么不变心！
你撒谎！呸！我要去查一查你的事情，
先生，我要拧着耳朵给你一点教训！
今天我遇到这么多麻烦，头都痛了！
现在你还不让我安安静静睡个觉！
走吧，你也去睡！"他说着把门敞开：
他要宽衣，于是把执达吏喊了进来。

塔杜施默默地走出来，耷拉着脑袋，
跟叔叔的这场谈话叫人好不愉快，
他是平生第一遭被骂得如此厉害！……
想到那指责，阵阵红潮向脸上涌来。
怎么办？如果佐霞知道了全部事态？
向她求婚？泰莉梅娜又会如何对待？
不，他感到，索普利佐夫再也不能待。

他这么冥思苦想着刚跨出了几步，
就有件什么东西挡住了他的去路；
一道白影子，长长的，窈窕而又轻柔，
那雪白的幽灵向他走来，伸出了手，
从手上反射出的月亮光辉在打颤；
她走到跟前悄悄地说："你这负心汉！
你追寻过我的目光，现在避之不及，
像有毒药藏在我的话语和目光里！

我的报应！我知道你是谁，一个男人！
我不想折磨你，若没领略过那调情；
我给你带来幸福，你就是这么报恩？
你夺走我的心而你的却变得僵硬；
你夺取时毫不费力也就看得很轻！
这是我的报应！但也是残酷的一课，
请相信，我蔑视自己超过你蔑视我！"

"泰莉梅娜，"塔杜施说，"冥冥中有上帝！
我的心不硬，回避并非由于轻视你，
不过请你想想，大家看着，众目睽睽，
能公开来往？难道你不知人言可畏？
这种关系不正派，上帝呀，这是罪恶。"
"罪恶！"她带着苦涩的微笑回答说，
"多么纯洁的羔羊！如果我，一个女性
能把一切羞辱置之度外，为了爱情，
而你，一个男人，却害怕被别人发现？
你们即使承认同时跟十个情妇浪漫，
又有什么能损害得了男子汉的尊严？
老实告诉我：你是想把我抛在一边。"
泰莉梅娜哭得很伤心，泪流满面。
塔杜施说："世人会指着我的后脊梁
说，这位先生年纪轻轻，身强力壮，
却住在乡下，在恋爱中耗费时光——
而别的许多青年，结了婚的男人，
却是一个个抛妻别子，偷越边境

去寻找部队，为民族的事业献身！
即使我情愿留下，难道我能做主？
家父留言要我到波兰部队服务，
而现在叔叔又再次提到这遗嘱；
我已经做出了决定，明天一定走，
泰莉梅娜，皇天在上，我决不回头！"
"我不想去阻挡你通向光荣的路，"
泰莉梅娜说，"不想妨碍你的幸福！
你是个男子汉，可以去另找情人，
比我更加有资格占据你那颗心
或许也是更有钱、更漂亮、更年轻！
为了给我点慰藉，要在分手之前
让我知道，你对我有过真实感情，
不是儿戏，也不是放荡，而是爱恋；
让我知道，我的塔杜施真心爱我！
要你再把'我爱'二字亲口对我说，
让我把它铭记心中，刻在脑海里；
即使不再爱，原谅你也比较容易，
记着你曾爱过！"她又呜呜地哭泣。

塔杜施见到她这样动情地哭泣
和央告，而要求又小得不值一提，
忽然产生了由衷的忧伤和恻隐；
即使他此时此刻能够扪心自问，
恐怕一下也弄不清对她是有情
还是无情。于是便恳切地对她说：

"泰莉梅娜，我若说谎，让天雷劈我，
我的的确确是真诚地喜欢过你，
或者说爱过你，决不是虚情假意；
我和你在一起度过的时间不长，
可那是何等甜蜜和温柔的时光，
我定会久久地铭心刻骨地牢记，
上帝可以作证，我永远忘不了你。"

泰莉梅娜跳起来扑在他的肩上：
"你爱我，救了我，这正是我的期望！
我本想用自己的手把生命结束；
你既然爱我，又怎么会把我抛弃？
我亲爱的，我已经把心交给了你，
而且要把我所有的一切都给你，
不管你到哪里，只要跟你在一起，
世上无论哪个角落都是可爱的！
哪怕是荒蛮的沙漠也不会空寂，
相信我，爱情会把它变成福地。"

塔杜施挣脱了她那有力的拥抱：
"什么？"他说，"去哪里？莫非你是疯了？
跟着我走？作为一名普通士兵
难道到处拖一个卖小吃的女人？"
泰莉梅娜对他说："那我们就结婚。"
塔杜施大叫了起来："不！这不可能！
我现在不打算结婚，也不谈恋爱——

这太滑稽！让我们把这件事抛开！
我求你，亲爱的，请你想想！要冷静！
我对你心怀感激，但是跟你结婚
不可能，让我们相爱，却是，分开住。
我不能在此久留；不，不，我必须走，
别了，我的泰莉梅娜，我明天就走。"

他说着就戴上礼帽，侧转过身去
想走；泰莉梅娜用目光把他留住，
她扬起了脸，像美杜莎①抬起了头；
他只好勉强留下；惊恐地望着她，
她面无血色，僵尸般呆立，好可怕！
终于她伸出臂膀像一把刺人的剑，
又用手指直指着塔杜施的双眼：
"不出我所料！"她喊道，"恶龙的舌头！
蛇蝎的心肠，竟打算就此丢开手！
全然不顾我是由于着了你的迷，
对书记官、伯爵和巡官都看不起，
你引诱了我，又把我这孤儿抛弃，
我不介意，你是男人，男人都卑鄙，
我知道，你跟别人一样背信弃义，
却不知你撒起谎来是这般流利！
我已在你叔父的门边全都听见！
佐霞那孩子怎么啦？又叫你喜欢？

---

①　希腊神话中的蛇发女怪，能使看到她的眼睛的人变为石头。

你刚刚欺骗了一个不幸的女人
还想当着她的面寻找新的牺牲！
再用下流的手段叫另一个不幸！
你逃走，我的诅咒会到处把你追逐——
你留下，我要把你的丑行公之于众；
你的手腕从此再也诱惑不了别人，
像诱惑我那样！我蔑视你，你给我滚！
你是个骗子，不要脸的家伙，害人精！"

仇恨的辱骂扎痛了这青年的耳朵，
索普利查家中从来没有人听见过，
塔杜施发抖了，脸白得跟死人一样，
他咬牙切齿，顿着脚说："这蠢婆娘！"

他走了；但"卑鄙"二字一直挂在心头，
年轻人哆嗦着，深感他是自作自受，
觉得他对泰莉梅娜有太多的愧疚，
凭良心说，觉得她骂得还不够；
可又觉得这辱骂之后对她更厌恶；
佐霞呢，啊！他不敢去想，想起就害羞。
正是这佐霞，多么美丽又多么可爱！
叔叔做媒，本可早早跟她完成婚配！
若不是鬼缠着，怎使他犯了罪再犯罪
撒了谎再撒谎，最终被笑着丢开！
而他还要受到众人的谩骂和讥笑！
短短数日他就把自己的前程毁了！

他感到这罪与罚实在是冤冤相报。

感情风暴过后，像铁锚抛在停泊港，
他头脑里骤然闪出了决斗的念头：
"我要杀死伯爵！那个无赖！"他愤怒喊叫，
"不是死就是报仇！"为什么？他不知道！
一股无名怒火在瞬间燃起又灭了，
于是他又被那深深的烦愁所困扰。
他暗自思忖着："如果那种观察准确，
佐霞和伯爵之间存在着某种默契，
那又怎样？也许伯爵真心爱着佐霞，
也许佐霞也爱他？也许会非他不嫁！
我又有什么权利去破坏他们的婚姻；
我自己不幸难道要使大家都不幸？"

他陷入绝望之中，看不到任何出路，
除非是逃走；去哪里？除非逃进坟墓！

于是他用拳头顶住了低下的额头
向草场奔去，那里的池塘绿水悠悠，
他站在泥泞的池边；向发绿的水里
投下贪婪的目光，并把沼泽的气息
痛快地吸入胸膛，他又张开了嘴巴
对着池水：自杀也像别的冲动一样
发生于幻想；他的头脑在发昏，发胀，
有一种想葬身池水的难言的渴望。

但是泰莉梅娜从他怪诞的姿态上
猜到了他的绝望，看着他奔向池塘，
虽然她对这年轻人已是火冒三丈，
虽然她愤怒的原因也是非常正常，
还是吓了一跳；因她有副慈善心肠。
她伤心的是塔杜施竟敢爱上别的人，
她想惩罚他，但不愿危及他的性命；
所以她就跟在他身后，举起了双手
叫道："站住！任你爱不爱我，别干蠢事！
任凭你是走掉还是结婚，只要站住！"
但是他大步流星地冲在她的前面，
离她很远；他已经——站在了岸边！

命运变幻真是神奇，沿着同一堤岸
伯爵驰骋而来，在一队猎手的前边，
他真是看不尽这如画的良宵美景，
听不够水下乐队奏出的奇妙谐音，
这大合唱犹如风鸣琴优美的琴声
（哪儿也没有波兰的蛙唱这般动人），
于是他勒住马，也忘掉了他的征程，
他把耳朵转向了池塘好奇地倾听。
他的眼睛扫过田野，扫过碧空无垠：
他显然在脑海中组成了一幅夜景。

实实在在这一带真可谓美如画境！

两个池塘面对面好像是一对情人：
右边，池水如处女的面庞光滑纯洁；
左边，池水如男青年的脸略显灰黑，
由于男性的毫毛才失去几分光泽。
右面的池塘周围是闪烁的金色沙，
犹如少女明亮的秀发；左面的池塘
额上有蓬松的头发，那是绢柳，垂杨；
左右两个池塘都裹着青翠的衣裳。

两条小溪从两个池塘流出又汇合，
像手握手；稍远一点，小溪向下跌落；
冲下去，并未消失，因为月亮的清光
在水波上荡漾，把幽暗的沟渠照亮；
水是一层层地跌落，而层层瀑布上
都闪烁着一幅幅明晃耀眼的月光，
在水渠中光辉散成了美丽的碎片，
奔腾的波浪从下面抓住它又带走，
而从上面又洒落下来一束束月光。
你会以为希维德什杨卡①正坐在池边，
一手从深不可测的水罐倒出清泉，
另一只手从围裙里一把把地取出
魔幻的黄金，为了好玩，撒到了水面。

---

① 　湖上的仙女。她是密茨凯维奇为故乡的希维德什湖而编造出来的，为此
他写过一首同名的歌谣。

再远点，溪流从沟渠涌出，在平原上
蜿蜒着，变得平静了，却依然在流淌，
因为在它那活泼的、晃动的水面上
颤动着一道闪烁不定的耀眼月光。
就如那名为"吉沃托斯"的美丽的蛇，
虽然躺在帚石南丛中像在打瞌睡
却在爬行，不停地变换金色和银色，
直到消失在那苔藓和蕨类植物丛：
溪流也这么蜿蜒地藏进赤杨林中，
这些树在远方的地平线上黑森森，
伸展着朦朦胧胧、轻盈飘拂的身影，
仿佛烟笼雾罩中若隐若现的精灵。

两池之间，在沟渠里藏着一座磨坊；
像个老年保护人向一对情侣凝望，
偷听他俩的交谈，时而愤怒地抽搐，
时而又晃头、摇手，咕咕哝哝地恫吓：
这磨坊也突然摇动长满苔藓的头，
转着圈地挥动着它那只多指的手，
它那尖齿的牙床刚开始叽叽嘎嘎，
立刻就淹没了池塘里的绵绵情话，
也惊醒了伯爵。

伯爵看到，近在咫尺
侵犯了他的阵地的人正是塔杜施，
就喊道："准备！抓住他！"骑士们冲上去，

塔杜施还没弄明白发生了什么事
就被抓住；他们又奔向大宅，拥进庭院；
大宅被惊醒，狗在狂吠，更夫在呐喊。
法官来不及穿戴停当就匆匆冲出；
看到这武装的一群，还以为是打劫，
直到认出伯爵，才问："这是怎么回事？"
伯爵就在他的头顶上晃了晃佩刀，
见他手无寸铁，满腔怒气随之消退。
"法官，"他说，"你是我们家族的夙敌，
今天，我要为你的新旧罪尤惩罚你，
今天，你先得归还我你抢去的田产，
然后，对于我的人格侮辱也要清偿!"

可是法官却在胸前画了个十字
说："凭圣父和圣子的名！伯爵大人，
你是强盗吗？这难道合乎你的出身、
你的社会地位以及你的教育水平？
明火执仗，打家劫舍，我坚决不答应!"
这时法官的仆役跑来，有的拿棍棒，
有的拿猎枪；大管家远远站立一旁，
好奇地打量伯爵，袖里藏着把刀。

他们正要开战，却被法官阻拦住了；
抵抗已是徒劳，新的敌人已经赶到：
听见一声枪响！赤杨林里火光闪耀，
小河的桥上是马蹄嘚嘚，一片喧嚣，

"打索普利查去!"成千的人狂呼乱叫:
法官颤抖了,听出这是总管的口号;
"这没什么,"伯爵叫道,"来的是我的人
投降吧,法官,他们都是我的同盟军。"

这时巡官跑上来叫道:"我宣布拘捕
以皇帝陛下的名义;快放下你的刀,
伯爵先生,否则我要叫军队来保护!
请你注意,谁在黑夜进行武装骚扰。
就是违犯法律规定第一千二百条,
凡犯……"伯爵就用刀面在他脸上一敲。
巡官倒下去滚到荨麻丛中不见了;
大家都认为他受了伤或者是死了。

"我看,"法官说,"这是明目张胆地抢劫。"
大家尖叫着;佐霞的哭声淹没了一切,
她用双手抱住法官又是哭又是叫,
像犹太人用针刺了的孩子那样号啕。

这时泰莉梅娜也从马匹之间冲出
伸出原是反拧着的双手奔向伯爵:
"看在你的名誉的分上!"她尖声叫喊,
又把头向后一仰,头发披散在双肩,
"凭神圣的一切,我们跪着向你求情!
伯爵,女士们的请求你也敢不答应?
残酷的人呀,就让首先杀掉我们!"

她晕了过去——伯爵跳过来把她扶住，
这场面使他惊诧，也有点不知所措。
"佐菲亚①小姐，"他说道，"泰莉梅娜女士！
这把刀从未溅上无力自卫者的血污；
姓索普利查的！你们都是我的俘虏。
我在意大利就是如此，在那山岩下——
西西里人把它叫作比尔邦特—洛卡，
我占领了强盗的山寨；杀了武装强盗，
而放下武器的，我只令人捆绑，带走：
跟在马后，以壮我胜利凯旋的声威，
后来才把他们悬吊在厄德纳②山麓。"

也算是索普利查家的运气不太坏，
伯爵的马比其他贵族的马跑得快，
他想第一个得手，就把他们抛在后面，
他跟其他骑马的人相距至少一英里远，
他带领的骑手都听话，也受过训练，
俨然构成一个有纪律的正规军团；
其余的贵族都有些暴动者的习性，
激烈而放纵，尤其是很喜欢动绞刑。

伯爵有时间来把狂热和怒火扑灭，
他思索着，如何结束争斗而不流血；

---

① 即佐霞。佐霞是佐菲亚的爱称。
② 西西里的火山名。

他命令把索普利查一家作为俘虏
锁在大宅里，并派卫兵在门口守住。

随着"打索普利查去!"的喊声人潮涌动，
把庄院团团围住并且向大宅冲锋，
进攻很容易，领袖已被擒，卫兵也四散；
这些得胜者好斗，就四处搜寻残敌交战，
大宅不让进去，他们就跑到了庄屋，
跑进了厨房——那儿的场面将他们镇住：
无数的锅，未熄灭的火，喷香的菜肴，
狗群啃嚼剩余晚餐时的贪婪模样
攫住了大家的心，改变了人的思路，
冷却了他们的激愤，燃起了他们的食欲。
他们因整天的辩论和行军又累又饿，
"吃! 吃!"他们三次异口同声地呼喊着，
"喝! 喝!"这群贵族中又有人大声应和，
于是出现合唱：这个喊吃，那个喊喝；
这口号一经提出便传播得很迅速，
人人流涎水，个个觉得饥肠辘辘，
就这样，在这厨房里的口号下
部队就去劫掠食物而自行解散。

盖尔瓦齐要进法官的房间却受阻，
他只好让步，为了尊重伯爵的看守。
于是，由于对敌人亲自报复不了，
便想到这次征讨的第二大目标。

他这个人经验丰富又熟知法律，

他要使伯爵成为这新产业的主人，

合法而且正式；就到处找执达吏，

经过侦察发现他在火炉后边躲避，

就一把抓住他的衣领往屋外拖去，

又用削刀指着他的胸口，这样说：

"执达吏先生，伯爵大人敬请您

立刻当着贵族兄弟们的面说明

伯爵有权接收城堡和这座大院、

索普利查的村子、播种的田、荒地，

总而言之，还有丛林、森林、地界、

农民、村长，等等一切东西，以及一些别的[①]。

把你懂的都说出来，切勿遗漏！"

"总管先生，请别忙！"

普罗塔齐大胆地说，把手叉在腰上；

"我随时准备执行双方的一切命令，

但我要提醒你，这行动不会有效力，

因为慑于暴力，又是在黑夜宣布的。"

"什么暴力？"总管说，"这里并没有攻击，

我是恭敬地请求您；您若觉得太暗，

我就用削刀敲出火来，在您的眼前

就会有光亮，比七个教堂都亮堂。"

---

① 　原文系拉丁文。作者在这里挖苦当时波兰司法部门通常使用的蹩脚拉丁
语，用波兰词加上拉丁语的结尾。

"亲爱的盖尔瓦齐，"执达吏说，"您何必
生气？我是个执达吏，无权讨论问题；
大家知道，控告的一方叫来执达吏，
把自己想干的吩咐他，他就去宣布。
执达吏是法律大使，大使不能惩处，
我不明白，你们为什么把我看住；
只要给我一盏灯，我立刻就写公文，
但是我现在要宣布，兄弟们请安静！"

为了说得更清楚，他跳上一堆梁木
（在园子的栅栏旁正好有梁木晒着），
刚上去，立刻仿佛有阵风把他吹走，
倏然不见；听得见，他朝白菜地逃脱，
看得见，他的白帽子好像一只白鸽
从黑黝黝的大麻地上一晃而过。
水桶朝那帽子开了一枪，但没打着；
后来又是竿子的噼啪声，普罗塔齐
已经在忽布地里大叫一声："我抗议！"
他逃得掉，因为身后是柳林和沼泽地。

这突然传来的执达吏的抗议声明
犹如被占领的堑壕上最后的炮声，
此后法官大宅的一切抵抗都归平静；
饥饿的贵族也开始了夺食的征程。
施洗者早就去把那牛栏阵地占领，
他挑选了一头公牛还有两条小牛，

给它们额上洒了水；剃刀也出动了，
对准它们的喉咙戳进了他的佩刀；
钻子同样很积极地用自己的匕首
从大猪小猪的肩胛骨下刺了进去。
屠杀也威胁着家禽——那警觉的鹅群①
昔日救过罗马，面对反叛的高卢人，
如今却徒然地呼救；代替那曼留斯的
是水桶攻击鹅栏：有的鹅被窒息，
有的被他活活地缚在长袍的腰带上。
母鹅徒劳地扭动着脖子嘶哑地叫着，
公鹅嘶叫着还用嘴去袭击那入侵者。
它奔跑着：身上飘摇着闪光的柔毛，
恰似个插上了鹅翅膀的轮子在飞转，
又像个霍赫立克②，长了翅膀的恶魔。

然而最可怕的屠杀却发生在鸡窝，
虽说叫喊声较前者显得相形见绌。
年轻的萨克用绳子结了活扣去捉，
从鸡窝拖出公鸡和羽毛蓬松的母鸡，
把那些用珍珠般的大麦粒喂养的
美丽的家禽一只只吊死，堆在一起。
鲁莽的傻犊，是什么激情使你昏了头！

---

① 公元前 4 世纪高卢人侵入罗马之后，在一个深夜偷袭卡皮托尔丘堡垒，堡
　垒的守将马·曼留斯被鹅的叫声惊醒，唤醒了其他人，打败了入侵者。
② 波兰民间传说中的妖精。

314

从此你休想得到愤怒的佐霞的宽宥。

这盖尔瓦齐回忆起了过往的时代：
他吩咐大家从长外衣上解下佩带，
用它们从索普利查的地窖里拖出
一桶桶的陈年白兰地、蜜酒和啤酒。
有的被人马上打开，有的被人弄走，
蚂蚁一般密集的贵族起劲地推着
往城堡里滚；那里是人群的宿营地，
而伯爵的司令部也是设在城堡里。

燃起了上百堆篝火，又煮又炸又烤，
桌子几乎被肉压垮，酒流成了河；
贵族们本想吃吃喝喝唱个通宵——
却渐渐困得打哈欠，谁也控制不了，
眼睛一只只闭上，大家都点头晃脑，
每个人都在坐着的地方就地倒下：
这一个拿着盘子，那一个拿着大杯，
有的还捏着块剩下四分之一的牛肉。
死亡的兄弟①，睡眠终于把胜利者征服。

---

① 　据希腊神话，睡眠和死亡是孪生兄弟。

第 九 章

战争

无秩序的宿营引起的危险——意外的援军——贵族们的可悲处境——募化修士的拜访是援救之兆——普鲁特少校过分的殷勤给自己招来一场风暴——一发枪弹，战争信号——施洗者的行动，马捷的行动和危险——水桶的埋伏保全了索普利佐夫——骑兵的增援，对步兵的袭击——塔杜施的行动——首领的决斗被背信打断——大管家以坚定的策略倾斜了战争的天平——盖尔瓦齐的流血事件——作为宽宏大量的胜利者的监督

这批人沉沉睡去，无论进来几十人
还是灯光闪烁，都不曾把他们惊醒，
入侵者犹如那名为"割草者"的蜘蛛
进击瞌睡的苍蝇一样来突袭贵族：
几乎没有一只来得及嗡嗡叫一声
就已被凶恶的天敌伸出长爪扼住。
贵族们睡得比那些苍蝇还要沉稳：
虽说他们的双手都已被牢牢捆紧，
如同刚被放倒的庄稼束上了草绳，
他们仍无声地躺着，仿佛没有生命。

在全县的贵族中只有水桶一人
豪饮之后仍然能保持头脑清醒，
他须把两小桶蜜酒一口气喝光，
那舌头才会打弯，双腿才会摇晃。
此人虽说喝得过量，睡得很酣畅，
却未失去知觉；他睁开一只眼睛
看到噩梦般的景象！就在他上方，
两张可怕的面孔正在把他打量，
每一张脸上都长有两撇八字胡

冲着他喘气，胡须触到他的嘴上，
四只手绕着他挥动像四只翅膀；
他吓得想画个十字却无法动弹，
他的右手似乎是被钉在了腰间；
他抬了抬左手，可惜！同样是枉然，
魔鬼已把他像婴儿缚在襁褓里面；
他感到更加恐怖，连忙闭上眼睛，
无声息地躺着，冷却、僵化，像死人。

施洗者却奋力自卫，但为时已晚！
他已被捆，用他自己的佩带缠绕；
然而他仍在扭来扭去，一蹦老高，
摔到熟睡的人们胸上，滚到头上，
跟在沙地扑腾的狗鱼一模一样。
他的肺很好，于是发出熊的咆哮：
"诡计！"立刻，所有的人全都惊醒了，
"诡计！暴力！叛卖！"大家齐声吼叫。

这喧闹的回声传到了镜子大厅，
那儿睡着伯爵、总管和骑手数人；
盖尔瓦齐醒来，怎么也无法脱身，
他跟佩刀一起被人绑得直挺挺：
他看到，窗边正站着武装的一群
头戴矮黑盔身着绿色制服的人，
其中有一个佩着肩带，手持战刀
正在用刀尖指使着自己的下僚

低声说："捆牢！捆牢！"骑手躺在地上
横七竖八，五花大绑，像一群绵羊！
伯爵坐着，未被捆绑，却没有武器；
两个士兵在他身旁静静地站立，
手里握着出了鞘的明晃晃的刺刀——
盖尔瓦齐认出来了，天哪！俄国佬！！！

总管不止一次遇到类似的灾难，
不止一次手脚受到绳索的羁绊，
可他总能解脱；知道要弄断绑绳
得找窍门，因为他强壮，又很自信。
他在考虑悄悄自救；他闭上眼睛
佯装睡觉，却把手、脚慢慢往前伸，
又吸了口气，把腹部和胸腔收紧；
然后全身一缩，一鼓，弯成了弓形，
像条蛇，蟠屈着藏起了尾巴和头。
于是他便由细长变得又短又粗；
绳索抻长了，甚至嘎吱嘎吱地响，
却没有断！总管由于羞愧和懊恼
翻过身去，把愤怒的脸贴在地上，
闭着双眼，无知无觉，活像个木桩。

忽然响起了稀疏的咚咚的鼓声，
鼓点愈来愈密，轰隆隆有如雷鸣；
俄国军官遵照鼓点发出的号令
吩咐把伯爵和众骑手锁在大厅，

把别人带往宅院，那儿有一连兵，
施洗者愤怒、挣扎全都是白费劲。

俄国人的司令部就在宅院扎营，
跟它一起的是武装贵族一大群：
波德哈斯基、巴尔巴什、赫雷切哈……
都是法官的朋友或亲戚、近邻。
他们听说法官遭袭击就来解救，
更何况他们跟陀布琴人是夙仇。

是谁从邻近村庄把俄国人招引？
是谁如此神速聚集了这么多人？
巡官？还是扬介尔？对此众说纷纭，
无论当时还是后来，谁也搞不清。

旭日冉冉升起，血一般地红殷殷，
几乎没有光辉的边缘混混沌沌，
乌黑的浓云使这太阳半隐半现，
有如炽热的马蹄铁埋在炭灰中间。
风越刮越猛，从东方驱赶着云朵，
把它像冰块似的聚拢后又撕破；
云朵在经过时洒下冰凉的雨点，
风便跟着冲过来，把雨点吹干，
又有一片湿云在后面追逐着风：
于是这一天就显得阴冷，细雨蒙蒙。

有许多方形梁木晒在宅院墙边，
少校发出命令叫人拖来用斧砍削，
在每根梁木上砍出半圆的凹槽，
往这些凹槽里塞进囚徒们的脚，
再用另一根梁木槽对槽地压好，
把两根梁木的两端用钉子钉牢，
凹槽便像犬牙咬紧绅士们的脚。
他们的双手被紧紧反绑在背后；
少校对他们受的苦痛还嫌不够，
令人先摘去他们头上的四角帽，
又从他们的身上脱掉了长外套
和长、短上衣，连紧身衣也给剥去了。
这些贵族绅士就这么戴着脚枷
在雨中排排坐，冻得上牙磕下牙。
细雨霏霏地飘落一阵紧似一阵，
施洗者愤怒、挣扎又全是白费劲。

无论法官如何为这些贵族讲情，
无论泰莉梅娜和佐霞如何流泪
恳请他们宽待俘虏，都被置若罔闻。
尽管那上尉尼基塔·雷库夫先生
一个善良的俄国人被说动了心，
可是他也必须服从少校的命令。

普鲁特少校，生于杰罗维奇小镇，
是波兰人，普鲁托维奇是他的姓，

322

可是这个大坏蛋却改换了门庭，
摇身变成了俄国人为沙皇效命。
普鲁特嘴里叼着烟斗，两手叉腰。
站着受兵士敬礼，鼻子翘得老高，
在答礼时，作为怒气冲冲的信号
喷出一团浓烟，转身进了大宅。

这时法官已使雷库夫捐弃前嫌，
而且他又去把巡官领到了一边，
商议怎样不通过法庭了结事态，
最要紧的是不能让政府来干预。
于是雷库夫上尉便对普鲁特说：

"少校！这些俘虏对我们有何用处？
送上法庭？那可就毁了这些贵族，
而谁也不会给您少校任何报酬。
请您听我说，最好的是打个圆场，
对您的辛苦法官定会大大犒赏，
我们就说，是到这里巡视一遭，
这么一来羊也无损，狼也能吃饱。
俄国有句俗话：谨慎从事万事成，
用沙皇的扦子来为自己把肉熏；
还有一句：和为贵，争闹总是不妙；
牢牢地扎紧了两头，再往水里抛。
我们不报告，那就谁也不会知道。
上帝给人一双手，不拿算枉长了。"

少校一听站了起来，狂怒地咆哮：
"这是皇家的公务，雷库夫，你疯了？
公务不是友情，老雷库夫，你真蠢！
你昏了？我能放掉这些造反的人！
在这战乱年头！哈，我的波兰朋友，
我来教你们造反！哈，荒唐的贵族，
陀布琴的先生们，哦，你们我认识！
让这些不安分的歹徒淋个透湿！
（说到此，他纵声大笑，眼望着窗口。）
这陀布琴斯基坐着还穿着衣裳，
喂，给他剥掉！去年在化装舞会上
不是我，而是他挑的头，向我寻衅。
我在跳舞，他却喊：'把窃贼轰出门！'
当时恰好由于团部的金库失盗。
我正在接受调查，麻烦实在不小，
但这与他何干？我正跳着马祖卡，
他在后面叫：'窃贼！'别人也喊'乌拉！'
这讨饭贵族使我受尽胯下之辱。
嗯，怎么样？今天他竟落入了我手！
我说过：'欸，陀布琴斯基，休要缺德！
羊总有一天会掉进屠户的大车。'
陀布琴斯基，挨笞杖你罪有应得。"

然后他弯下腰，在法官耳边说道：
"法官，你若想把这件事来个私了，

那就按人头交一千卢布的赎金，
要现款，这可是我卖给你的人情。"

法官还想讨价，少校却听也不听，
在房间里踱步，喷出一团团烟雾
酷似一个爆竹或是一个焰火筒。
女士们追着哀求、哭泣，唧唧哝哝。

法官说："少校，你即使是诉诸法庭，
能赢得什么？并未发生流血斗争，
也没有伤亡；他们吃掉的鸡和鹅，
至多也不过依法照价赔偿给我；
我本人肯定是不会去控告伯爵，
这只是邻居间司空见惯的失和。"

少校说："法官，黄皮书①你没有读过？"
法官接茬问道："黄皮书？那是什么？"
少校说："它比你们一切法律都灵，
它款款写着：绞刑，西伯利亚，鞭刑；
那部军法已在全立陶宛公布过。
你们的法律只好收进抽屉藏着。
依照军法，为这一类的聚众起哄，

---

① 　黄皮书由封面得名，是一部野蛮的俄国军法。即使在平时政府也常宣布
某几省为战区，授予军事长官处置公民的财产和生命的全权。众所周
知，从 1812 年直至革命，在全立陶宛实施黄皮书，执行者是大公爵皇
太子。——原注〔革命指 1831 年的十一月起义。〕

你们至少要到西伯利亚做苦工。"
法官说道:"我要去上诉省长。"
少校说:"就是找皇帝也悉听尊便。
你知道,法令是由皇帝亲自批准,
皇帝还常乐意给人加倍的处分。
上诉去吧,我或许在必要的时候,
法官大人,倒能找到治你的由头。
扬介尔,那政府早已跟踪的密探
正是你家常客,还承租你的酒店。
现在我就可以把你们一起抓获。"
法官说:"没有命令你怎么敢抓我?"
于是他们俩的争论越来越升级,
直到有位新客乘车来到宅院里。

拥来古怪的一大群。前边,奔跑着
一头硕大的黑公羊,像报信使者,
头上耸着四只角①,两只挂着铃铛,
又像两个鞍鞯弯到两边的耳旁;
另外两只则从额上向两边突出,
摇着圆圆的叮咚响的小小铜球。
黑羊之后是群公牛、绵羊和山羊,
家畜后是四辆大车,重载得嘎吱响。

大家都猜到,这是募化修士来临。

---

① 吉尔吉斯的公绵羊有时长有四只角。

于是法官立刻显出主人的热情，
忙往门口一站，欢迎新来的嘉宾。
修士坐的那辆车头一个驶进大门，
他只露出半边脸，半边盖着头巾，
但人们立刻认出了他，因他出现
在囚徒身边，就朝他们转过了脸，
还用一个手指头冲他们点了点。
第二辆车子的御者也被人看清：
是老马捷，嫩条，装扮成一个农民；
他刚一出现，囚徒们就狂呼乱叫，
他说了声："愚蠢！"用手势令其缄口。
第三辆车上普鲁士人破衣烂衫，
第四辆车上是密茨凯维奇和赞。

此时波德哈斯基，伊萨耶维奇们，
比尔巴什，维尔比克，布雷歇尔们
看到陀布琴的贵族受到的虐待，
先前的积怨怒气也渐渐地消解。
因为波兰的贵族尽管好争喜斗，
强悍无忌，却不主张睚眦必报。
于是他们去问老马捷有何高见。
他就把这一群集中在大车旁边
命他们等待。

伯尔纳修士走进房间，
几乎认不出他，虽说装束未更换，

神态却全不同；他一向满面愁容，

心事重重，现在却高高昂起了头，

脸上神采飞扬，像个快乐的修士，

还没开口讲话，先纵声大笑不止：

"哈哈，哈哈！我要向列位鞠躬致敬！

哈哈，哈哈！这可真算是出色，头等！

军官先生们，别人打猎都在白昼，

你们却在夜里！又是大大地丰收，

我已经看见了野兽；嗨，先来拔毛，

拔贵族的毛，嗨，把他们的皮剥掉！

给戴上嚼子，贵族有时会踢和跳！

我恭喜你，少校，你猎着了小伯爵，

他富有，是块肥肉，出自名门望族，

没有三百金币你可千万别松手；

你只要赏赐我和修院三个小钱，

我会永远为你的灵魂祈祷平安。

我伯尔纳修士，很关心你的灵魂。

死亡对长官一样不客气，不留情！

那个巴卡①写得不错，死亡惩处众生

是一视同仁，哪管朱绂、紫绶、丝衿，

她砍掉修士的头巾一如砍棉布，

砍姑娘的鬓发一如砍军官制服。

死亡母亲，巴卡说，就像一颗葱头，

---

① 约瑟夫·巴卡（1707—1780），耶稣会士，拙劣的谐谑诗作者，著有《关于躲不过的死亡的思考》。

谁若是敢去拥抱她，准得泪双流，
她既会去抚爱那睡梦中的孩子，
同样也会去抚爱那放荡的勇士！
唉！少校，我们今天活着，明天，
何不吃饱，喝足，来它个及时行乐！
法官，到时候了，是不是该吃早餐？
我这就入席，请大家都坐到桌边；
少校是否肯纡尊降贵享顿便宴？
上尉以为如何？要上潘趣酒一坛？"

"哦，不错，神父，"两位军官都开了腔，
"到时候了，是该用酒祝法官健康！"

宅里的人望着罗巴克，暗自吃惊，
他从哪里弄来这副表情，这份高兴？
法官立刻向主管厨师下了命令：
拿来酒坛、糖罐、瓶子和肉馅饼。
普鲁特和雷库夫上桌狼吞虎咽，
他们俩都吃得饕餮，也喝得贪婪，
半小时就吃掉了肉馅饼二十三，
还把满满一坛潘趣酒喝掉大半。

少校吃饱了，箕踞而坐，情绪不错，
他掏出烟斗，用一张钞票来点火，
又用餐巾角把嘴边的残食抹掉，
向女士们转过了笑眯眯的双眼

说道："漂亮的女士们很使我喜欢，
如同我喜欢正餐后的甜食小点！
凭我少校的肩章，人在吃过早餐
肉饼之后，最好的小点就是聊天，
跟像你们这样的美人一起闲谈！
来点消遣？打牌？玩十二点？惠斯特①？
要不我们来跳马祖卡？嘿！真要得！
在全团官兵里我跳马祖卡最出色！"
于是他更凑近女士们，弯腰弓背，
冲着她们轮流喷出烟雾和恭维。

"跳舞！"罗巴克喊道，"当我酒醉饭饱，
虽然是修士，有时也要摺起长袍
跳一阵儿马祖卡！不过，你瞧，少校，
我们在这儿喝酒，能让兵士挨冻？
要喝大家喝，法官，拿出白酒一桶，
少校开恩，让勇敢的士兵暖暖身！"
"这算请求，"少校说，"并非强加于人。"
"法官，"罗巴克低声说，"多加些酒精。"
于是，司令官在屋内喝得喜洋洋，
屋外，兵士们也开始了猛灌黄汤。

雷库夫默默地喝了一杯又一杯，
少校却是边喝边把女士们赞美，

---

① 十二点和惠斯特是两种纸牌游戏的名称。

而且想跳舞的劲头也愈来愈足
便丢开烟斗，抓住泰莉梅娜的手，
他想跳，她却逃了；他便来找佐霞，
向她鞠躬，摇晃着请她跳马祖卡。
"喂，你，雷库夫，不要再抽那烟斗了，
扔掉烟斗，你的巴拉莱卡琴①弹得好，
你看那边有把吉他，吉他你也会，
来一曲马祖卡！我，少校，跳第一对。"
上尉拿起了吉他，调好弦，奏着曲，
普鲁特又来催促泰莉梅娜跳舞。

"以少校的名誉保证，小姐，你听清，
假如我撒谎，就不是一个俄国人！
假如我撒谎，就甘愿当一头畜生！
你去问问，所有的军官都会证明，
整个军队都会说，在这二方面军
第九军，步兵第二师，第五十团里
普鲁特的马祖卡跳得登峰造极。
来吧，小姐，莫扭扭怩怩羞羞答答！
否则我要以军人的方式予以惩罚……"

他说着，一跳就抓住了泰莉梅娜，
一个热吻印在她那雪白的肩上；
塔杜施冲过来扇了他一记耳光。

––––––––––––

① 俄罗斯民间的一种三弦的三角琴。

这吻和这耳光发出了两声巨响，
一声接一声，像两个词连接一样。

少校蒙了，揉了揉眼睛，面色突变，
高喊："造反！一个反叛！"拔出了佩剑，
举起便砍；修士从袖中拿出手枪
叫道："给，塔杜施！就像对着蜡烛，放！"
塔杜施一把抓过手枪，瞄准，开枪，
没击中，但已把少校震聋又灼伤。
雷库夫举着吉他跳起来喊："造反！"
向塔杜施冲去；不料从餐桌后面
大管家左手一挥，便飞出一把刀
从人们头上飕飕而过，闪着寒光。
击中了吉他底部，刺得透而又透，
雷库夫往旁边一躲才没把命丢，
可他吓坏了，大叫："士兵！造反！老天！"
又拔出佩剑，自卫着退到了门槛。

从大宅的另一面许多贵族举刀
跳窗蜂拥而入，第一个就是嫩条。
少校退到走廊，雷库夫跟在后面，
他们喊士兵，三个最近的来救援；
三把明晃晃的刺刀出现在门口，
三顶向前伸的黑盔紧接在其后。
马捷站在门口高高举起了嫩条，
紧贴着墙，窥伺着，像捕老鼠的猫，

然后一猛击；或许他想一举成功，
同时砍掉三颗脑袋，然而这老翁
不知是眼神不好，还是由于急躁，
在对方脖子伸到之前把头盔击中，
三顶头盔立刻飞去，嫩条也落下，
碰在刺刀上发出当当的声响——
俄国兵马上后退，马捷穷追不放，
追到院子里——

        那里更是乱成一团。
索普利查家的一伙正个个争先
释放陀布琴的人，拆开那些木梁；
兵士们见到便抓起武器上前阻挡；
中士冲过来把波德哈斯基刺伤，
又伤了两个，还朝着第三个开枪，
这就发生在施洗者的木栅附近。
他的手已经自由，正要投入战斗；
他站起，伸伸手指又捏成了拳头，
就从上面朝俄国佬的背脊狠揍，
把他的脸和额一直打到了枪栓。
枪栓响了，但血染的火药未点燃，
这中士就倒在了施洗者的脚边。
施洗者弯下身去，抓住了那枪筒，
把它高高举起当洒水刷子挥动。
他旋转着枪，打在两个兵的肩上
又重重地击中一个下士的头，

其余的人吓得赶紧从这儿逃走；
施洗者用这旋转的顶盖庇护贵族。

于是他们拆开了木枷，割断绳索，
自由了的贵族奔向那募化大车，
拿出了长剑、佩刀、砍刀、镰刀和枪；
水桶找到了两支口径很大的枪
和一袋子弹；就把子弹往枪里装，
把另一支也装好交到萨克手上。

来了更多兵，杂乱无章，彼此碰撞；
混乱中贵族的挥刀艺术用不上，
兵士也无法开枪，已是短兵相接，
是牙齿咬着牙齿，钢铁碰着钢铁。
佩刀砍断刺刀，镰刀被刀柄打裂，
拳头架住拳头，手臂跟手臂角力。

但是雷库夫却带领着部分兵士
跑到那仓屋同栅栏相连接之处；
他在那里站定，召唤着他的大兵，
要他们赶快停止这混乱的战争：
他们不能开枪，尽在拳头下丧命。
自己也不能开枪，使他特别气愤，
因为到处都是混杂拥挤的人群，
他无法分辨出俄国人和波兰人，
他喊："斯特洛伊！"（意思是归队站好）

他的命令在呐喊声中却听不到。

马捷老人不擅长这种徒手角力，
步步退却，为自己开辟一片空地，
他左推右挡；一会儿用他的刀尖
把敌人一管枪筒上的刺刀削断，
如同把一支蜡烛上的捻子修剪；
一会儿又从左面猛砍、猛刺、猛击。
谨慎的马捷退到了空阔的战地。

但他受到一个下士的进逼、追赶，
那也是个老人，团里的新兵教练，
善用刺刀的大师；他鼓足了力气，
缩着身子，把枪紧抓在两只手里，
右手握枪栓，左手捏住枪筒中部，
他围着他蹦跳，不时地或蹲或扑，
他放开左手，用右手伸出了枪支，
像一条蛇从牙缝里伸出毒信子，
然后又重新拉回，紧贴在膝盖上，
就这么围着马捷蹦跳，穷追不放。

老马捷很赞赏他的对手的机灵，
他用左手扶了扶鼻子上的眼镜，
右手执了嫩条的柄紧靠着胸腔，
往后退，眼睛盯在下士的动作上，
他的腿摇摇晃晃，一副醉鬼模样；

下士更快地逼来，似乎胜利在望，
为了更容易给退却的敌人一枪，
他站起身，用力把右臂伸向前方，
用尽浑身力量推出了沉重的枪，
以致他的整个身子跟着向前倾；
老马捷这时也伸出了他的刀柄，
恰在那支装着刺刀的枪筒下边，
他先是向上朝那枪筒用力一挑，
接着又猛然地挥下了他的嫩条，
砍伤了这位俄国老下士的手臂，
又从左边一扫，砍穿了他的牙床——
俄国兵中杰出的剑手倒在地上，
他佩有三枚十字章和四枚勋章。

这时，在梁木的附近，贵族的左翼，
已接近胜利；施洗者战斗在那里，
远远看到，剃刀也在跟俄国人周旋，
后者削他们的腰，前者照脑袋砍；
正如一架德国匠人发明的机器，
人们把它称为打小麦的脱粒机，
它同时又是铡草机，有连枷和刀，
它既能给小麦脱粒又能切草：
施洗者和剃刀也这样紧密配合，
一个从上边砍，另一个从下边削。

但是施洗者舍弃了必然的胜利，

他又跑到了右翼，那儿情况危急；
老马捷打死了那俄国下士之后，
一位旗手拿了根长戟找他复仇。
（戟这种兵器是长矛和斧头的结合，
如今已被废止，只有舰队还使用，
可当年在步兵里抖过一阵威风。）
这旗手年轻，把戟使得十分纯熟，
多少次把对手的武器打到空中。
老马捷斗不过年轻人，连忙撤退；
他无法杀伤敌人，只能勉强自卫。
旗手已经用矛尖让他受了点轻伤，
现在又要用斧刃砍他的头：
施洗者来不及赶去，就停在半路
飞出了武器，正好击中敌人的脚，
砸断了骨头；旗手扔掉戟，仓皇逃走：
施洗者冲过去，贵族们紧随其后，
左翼跑来的俄国兵又跟着贵族，
人们混杂着，在施洗者周围战斗。

施洗者甩了武器，为马捷解了围，
此刻他自己的生命却岌岌可危，
两个强壮的士兵从后面扑上他，
四只手一齐伸出揪住他的头发；
他们站定了脚，纹丝不动地拉着，
像拉河船桅杆上有弹性的绳索；
施洗者徒然地往后面乱打一气，

他立不住了，忽然看到盖尔瓦齐
正在战斗；就喊："耶稣马利亚！削刀！"

总管听见他惊叫知道情况不妙，
就转过身子，将那锐利的片刀
插到施洗者的头和兵的手中间；
兵士后退了，发出刺耳的尖叫，
但有一只手在头发里缠得太紧，
就挂在了头上面且是血流如注。
像老鹰，当它一只爪子擒住兔子，
另一只，为把兔子拉来，抓住树干，
这兔子拼命撕扯，竟把鹰拉成两半，
鹰的右爪依然留在森林中的树上，
流血的左爪则随着兔子一起遁逃。

施洗者自由后，转着眼观察战地，
伸出手臂，叫喊着搜寻一件武器，
此刻他挥着拳，无畏地一步不退，
只是时刻提防着，靠近盖尔瓦齐，
终于看到儿子萨克在人群中窥伺。
萨克用右手端着一支大口径枪，
左手却拖着一根长长的大木棒①，

① 立陶宛的这种木棒的制作方法是：选好一株小槲树，由下至上用斧子轻
轻砍破树干的外皮和内皮，在破口中嵌入尖锐的石头，经过若干时间，
这些石头就跟树长在一起，成了硬疤节。在多神教时期它是步兵的主要
武器；直到现在有时还用，多为瘤节棒。——原注

那大木棒上有石头、瘤和疤节

（谁也举不起它来，除非是施洗者）

他见到自己心爱的洒水刷子，

抓来就吻，高兴得跳起离地三尺，

又举到头顶挥舞，直到让血浸湿。

后来他表现如何，招过什么灾难，

无人相信这支歌，唱出来也枉然，

正如无人相信维尔诺那位贫妇，

她站立在神圣的尖门的最高处，

看着德尤夫——莫斯科的将军

带领一团哥萨克兵，打开了城门；

看到那叫恰尔诺巴茨基的市民

如何杀死德尤夫，赶走了整团兵①。

总之，一切都不出雷库夫的预计：

人群中兵士敌不过对手的威力。

二十三个被打死的都躺在地上，

三十几个在呻吟的都受了重伤，

许多人躲到花园、忽布草中、河边，

---

① 　雅辛斯基起义后，立陶宛军队向华沙撤退，俄国军队进占已经放弃了的
维尔诺城。德尤夫将军带领司令部从尖门入城。大街上空无人迹，居民
关门闭户。有个市民见到丢弃在胡同里的一门大炮装着弹药，就瞄准城
门开了一炮。这一炮当时救了维尔诺：德尤夫将军和几个军官被打死，
其他人怕有埋伏，便放弃了这座城市。这个市民的姓名我不能确定。
　　——原注

有几个逃进屋里乞求妇女掩护。

胜利了的贵族奔跑着，一片欢腾，
有的找酒桶，有的去搜寻战利品；
唯有罗巴克在胜利中头脑清醒。
直到现在他本人并没有去厮打
（因为教规不允许牧师参与厮杀），
他只作为有经验的人提供计谋，
他走遍了战场上的每一个角落，
用目光和手势对作战者指导、督促。
此刻他呼唤大家到他身边聚集：
去攻打雷库夫，夺取最后的胜利。
同时他又派人去给雷库夫送信，
他只要放下武器，就能保全生命；
然而倘若他拖延不肯交出武器，
罗巴克就要下令包围消灭残敌。

雷库夫上尉丝毫没想放下武器；
他的身边集结了半个营的兵力，
他喊："准备！"这一排人立刻抓住枪，
枪栓喀嚓喀嚓，子弹早已上了膛；
他喊："瞄准！"一长列的枪筒闪闪亮，
他喊："轮流放！"就一声接着一声响，
子弹在呼啸，枪栓喀嚓，通条叮当。
全列看起来就像条好动的爬虫，
同时伸出了成千的亮闪闪的脚。

然而，这些兵被烧酒灌得醉醺醺，
他们瞄不准，打不中，很少伤着人，
打死的更少；但有两个马捷受伤，
巴尔特沃密中的一个不幸阵亡。
贵族这方火力不强，还击很无力，
他们只想用刀对敌人发动攻击，
但年长的出来阻止；子弹在呼啸，
惊吓、驱赶，不久院子就被肃清。
房屋的窗户已被震得窸窸窣窣。

塔杜施为保护妇女在屋内留守，
奉叔父之命，听到打得愈来愈猛，
他跑了出来；跟着冲出的是监督，
托马什终于给他拿来他的佩刀；
他迅速联合贵族，站在他们前头。
他举刀向前奔跑，贵族们都跟去，
兵士等他们靠近，射出枪弹如雨。
伊萨耶维奇牺牲，维尔比克、剃刀受伤；
幸好贵族被拦住，罗巴克从一方，
马捷从另一方；贵族的热情顿灭，
便观望、撤退；俄国兵看到这一切，
雷库夫上尉也就打算最后一搏：
把贵族赶出庭院，占领这座院落。

"列队攻击！"他叫喊道，"枪上刺，向前！"

于是这一排人平举枪筒，像长竿，
他们都低着头，齐步走，愈走愈急；
贵族想从前面阻挡，从侧面射击
都不中用；他们在前进，所向披靡；
上尉用战刀往庄院的大门一指：
"投降，法官！否则我要下令烧房子！"
"烧吧，"法官喊道，"我会叫你也烧死！"

索普利查的庄院！你能安然无恙
在菩提树下闪耀着你雪白的墙，
如果邻近的贵族仍在那里聚会，
坐在法官好客的桌边换盏传杯，
他们会为水桶的健康来把酒敬，
如果没有他，那大宅已化为灰烬！

水桶迄今显示英勇的证据不多；
虽说他是第一个从木枷中解脱，
又立即在大车上找到心爱的"桶"
和一袋子弹，那大枪向来都受宠，
却没拿它去拼杀；他说腹中无酒，
他对自己的豪气就会信心不足；
于是他就走到放酒桶的地方，
以手当匙，让酒溪流般往嘴里淌；
直到他觉得暖烘烘且力大无穷，
才整了整帽子，从膝上拿起了"桶"，
满满地装上火药又让火药洒满了火门，

然后朝战场一瞥；情景触目惊心，
打击、驱赶贵族的刺刀犹如浪潮；
他就向着那浪潮奔去，低弯着腰，
又潜游似的没入了茂密的青草丛，
跨过庭院，来到生长荨麻的地方
埋伏着，打手势叫萨克多加提防。

萨克带着大枪在宅院门口守卫，
他心爱的佐霞此刻就待在屋内，
虽说由于向她求爱常受她蔑视，
可仍爱着她，甘心为保卫她而死。

这一排兵士正要推进到荨麻地，
水桶扣动扳机，从那枪的大嘴里
弹花就向俄国兵飞泻，劈头盖脸；
萨克也开枪射击，兵士阵脚大乱。
受到埋伏的惊吓，他们缩成一团
向后撤；施洗者就跑来收拾伤员。

谷仓已隔得远，担心这退路太长，
雷库夫便跳到了花园的栅栏旁，
把这一队抱头鼠窜的兵士截获
编队，只是变了队形：把那一长列
变成了三角形，使角尖伸向前面，
让角的底部依靠着花园的栅栏。
他做得对，因为从城堡来了骑兵。

伯爵原在城堡被俄国兵看得紧，
当看守一惊散，他便令随从上马，
听到枪声，就率骑兵向火线进发，
他冲在前面，把战刀高举在头上。
这时雷库夫喊："半营火枪一齐放！"
扳机扣动，飞来一条猛烈的火龙，
黑色的枪筒喷射出三百颗子弹。
三位骑手受了伤，一个已无气息。
伯爵的马倒了，伯爵也随之落地；
总管立刻喊叫着奔上前去接应，
因为他看到，俄国兵士已经瞄准
霍雷什科家最后一人，虽是远亲。
修士护住伯爵，用自己血肉之躯
代领了那颗子弹，因他离得更近；
他把伯爵从马下拉出，领到一边，
又发出命令，叫骑手们迅速分散，
叫他们瞄准，不要乱射浪费子弹，
叫他们藏到栅栏、井台、马厩后面；
伯爵一行须等待更合适的时机。

塔杜施跟修士配合得十分默契；
他正机灵地隐藏在木井台后面
从容射击，善用鸟枪是他的特点
（他能射中抛在空中的一个金钱），
他就从俄国兵中专挑头头脑脑

执行恐怖死刑，一枪一个地撂倒。
第一枪打死一个上士，又用双筒
连放了两枪，给两个中士送了终，
他按领章瞄准，指向三角的中心，
瞄准了司令部；雷库夫大发雷霆，
悻悻地顿着脚，咬着自己的剑柄。
"普鲁特少校，"他叫喊道，"这怎么好？
不久我们指挥官就会一个不剩！"

于是普鲁特向塔杜施发出怒吼：
"波兰人，你躲在树后，怎么不知羞！
别当胆小鬼，要打仗就堂堂正正
走到中间来，亮明武器，像个军人。"
塔杜施回答："你若是勇敢的武士，
少校，干吗钻到兵士们的背后去？
我岂惧怕你，你从栅栏后滚出来，
你已吃过耳光，打你我早有准备！
何必流这么多血！你我间的争闹
可以个别解决，用手枪或是佩刀。
武器由你挑，从头发针直至大炮；
否则，我将把你们作洞中狼撂倒。"
他说着又放了一枪，真是弹不虚发，
把雷库夫身边一个中尉送回了老家。

"少校，"雷库夫低声说，"去跟他决斗，
也可报他给你那一记耳光之仇。

要是别的人打死了那年轻贵族，
少校看着，也洗不清你受的侮辱。
须要把那个贵族往空地上引诱，
若不能用枪，也可用剑杀他的头。
'我喜欢刺刀见红，带响的不算数。'
老苏沃洛夫如此说；少校，往前走，
他还会射我们，瞧，正在往这边瞅。"
少校回答说："雷库夫，亲爱的朋友
你是使剑能手，你去，雷库夫兄弟，
你以为如何？或者我派个中尉去？
我，身为少校，我不能离开这些兵，
我肩上的任务是要指挥一个营。"
雷库夫听后举起佩剑，大胆前行，
又命令停止射击，挥着一条白巾。
他询问塔杜施，喜欢使什么武器；
经过谈判，使佩剑得到双方同意。
塔杜施没带佩剑，便有人去找寻，
可武装的伯爵又跑来把协议打乱。

"索普利查先生！"他叫道，"请你原谅，
你是向少校挑战！我跟上尉较量！
我早就恨他居然闯进我的城堡。"
（"该说我们的城堡。"总管纠正他道。）
"他闯进来，"伯爵又说，"率一群恶徒，
我认识雷库夫，他绑了我的骑手。
我要像当年惩罚强盗一样惩罚他，

那山岩西西里人叫比尔邦特—洛卡。"

射击已经停止，大家都在默默静候，
两军好奇地望着他们的首领决斗。
伯爵和雷库夫走向前，侧过身子。
用右手和右眼相互威吓着对峙；
然后他们都用左手揭下了头盔
很客气地鞠躬。（这是决斗的常规，
在动手拼杀之前，先要互致敬意。）
他们的佩剑铿锵地碰到了一起；
两位武士，屈下右膝，抬起一只脚
轮流地前一下、后一下地蹦跳着。

普鲁特见塔杜施在他的队伍前边，
就跟一个叫贡特的下士轻声商谈，
此人在全连人称百发百中的枪手。
"贡特，"少校说，"你可见到那亡命之徒？
倘若你能射穿他的第五根肋骨
就能从我这儿得到四个银卢布。"
贡特就移动他的枪，头低到枪栓，
忠实的伙伴们用大衣将他遮掩；
他瞄准了塔杜施的头而不是肋骨，
他射了，接近目标，子弹把帽子穿透。
塔杜施打了个踉跄，施洗者冲向
雷库夫，接着贵族们都叫喊："阴谋！"
塔杜施一挡，雷库夫才幸免于难，

他匆忙退回，钻进他的队伍中间。

陀布琴人和立陶宛人又争先杀敌，
虽说他们从前是两派且颇多嫌隙，
如今却像兄弟般作战，相互鼓励。
陀布琴人见波德哈斯基英勇无比
阵前挥舞镰刀砍杀兵士，所向披靡
就快乐地高呼："波德哈斯基万岁！
前进，立陶宛兄弟！乌拉！立陶宛万岁！"
斯科乌巴们看到那雄赳赳的剃刀
虽受了伤，依然高举腰刀冲上来，
也高呼："了不起！万岁！玛佐维亚兄弟！"
大家相互鼓舞，勇敢地向俄国兵扑去，
罗巴克和老马捷再也拦不住他们。

当人们从正面给俄国兵狠狠打击，
大管家却离开了战场，走进花园里；
谨慎的普罗塔齐跟他走得很近，
沃依斯基就悄悄对他发出命令。

在这小花园里，几乎就在那栅栏旁，
在雷库夫排列他的三角形的地方，
几根交叉的方木钉成格子形状，
像个鸟笼，是个破旧的大干酪房，
里面许多白色的乳酪闪闪发光；
周围还挂满晾晒的一束束藿香、

水杨梅、朝鲜蓟、百里香，随风飘荡，
这就是大管家的千金的草药房。
干酪房的大小约为二十尺见方，
却只是架在一根很大的柱子上，
像个鹳巢。这槲木柱子竖立经年，
歪歪斜斜，因为它一半早已腐烂，
眼看要倾倒。人们常向法官建议，
把这个年深月久的建筑物废弃；
他却老是说，与其毁掉，不如修理
或重建，但要挨到更合适的时机。
他吩咐暂时在下边撑两根支柱。
这建筑虽然稳住了，依然不牢固，
就这样朝雷库夫的三角形俯视。

大管家和执达吏悄悄走向干酪房，
各人用一根梭镖似的长竿子武装；
女管家偷偷随之从大麻地里走来，
领着厨役，一个非常强壮的小男孩。
他们把长竿搭在柱子朽烂的顶上，
自己手里捏住另一头猛力地推搡，
像是船夫用撑竿把一条搁浅的船
使劲地从岸旁推到那河水的深处。

柱子断了：干酪房便砰然一声倒塌，
梁木和干酪把敌兵的三角形压垮，
砸得死的死，伤的伤，原先列队的地方

躺着木头、尸首和散乱的干酪白花花，
四处沾满鲜血和脑浆。三角形散裂，
洒水刷子在中心轰隆，剃刀在闪光，
嫩条在斩，从屋子里冲出一群贵族，
伯爵从大门放出骑手把败兵追逐。

如今只剩下了八个兵由中士率领；
总管冲过去，他们沉着勇敢地相迎，
九支枪筒都直直瞄准了总管的头；
他飞过去阻拦这射击，挥舞着削刀。
修士看到，横插过去拦住盖尔瓦齐，
他跌倒了，也把盖尔瓦齐绊倒在地。
这时那排枪噼噼啪啪开始了射击；
几乎是子弹还在飞，总管就一跃而起
跳进烟雾，一下削掉两个兵的首级。
剩下的惊慌逃窜，总管又奋力追击；
他们跑过院子，盖尔瓦齐穷追不舍；
他们冲进了一间敞着门的草舍，
总管也紧跟着冲进去，如影随形，
暗处看不见人，但战斗并没有停，
从门口传来呻吟、呐喊和砍杀声。
不久便静下来；走出来总管一人，
他手里那把削刀已是鲜血淋淋。

贵族们已经夺回阵地，大获全胜，
他们追着，砍着，刺着溃散的败兵；

只有雷库夫独自叫喊着：决不投降！
他还在作战，这时，监督来到他身旁，
举起佩刀劝他缴械，态度庄重、安详：
"上尉，投降也决不会污损你的声望，
不幸的武士，你经受了严峻的考验，
已充分显示了自己的顽强和勇敢，
现在你该放弃这毫无希望的抵抗，
否则我们将用战刀解除你的武装；
做我的俘虏，你会拥有生命和荣光！"

雷库夫受到监督的尊严的感染，
恭敬地向他交出了出鞘的佩剑，
连剑柄也血迹斑斑，"莱赫①兄弟们！"
他说，"没有一门大炮，是我的不幸！
苏沃洛夫说过：'请记住，雷库夫先生，
没有大炮你千万别去打波兰人！'
不错！兵士都醉了，是少校让醉的！
唉，普鲁特少校，今天他贪杯中计！
他得去向沙皇请罪，为指挥失当。
监督先生，我将成为你们的朋友。
俄国有句俗话：'谁若是爱得真切，'
监督先生，'就少不了要吵得激烈。'
你们是喝酒的行家，打仗的能手，
那些兵你们可别杀绝一个不留。"

---

① 在古代，波兰人也称莱赫人。

监督听到这里，再次把佩刀举起，
通过执达吏当众宣布宽大处理，
他命令：清扫战场，给伤兵裹伤，
把解除了武装的兵士送进牢房。
找了普鲁特好久，他在那荨麻丛
深深藏匿，死人一般地躺着不动；
等到看见战争已经过去，他才溜走。

立陶宛的最后一次袭击，如此结束。

第 十 章

逃亡·雅采克

关于保障胜利者安全的商谈——同雷库夫的协议——告别——一个重大发现——希望

清晨的云，像黑色的鸟，四处飘零，
又渐渐聚拢起来，向着天顶飞行；
太阳刚刚过了中天向西边斜倾，
鸟群似的云团把半个晴空遮隐；
风儿奋力驱赶着阴云，越赶越急，
云也越来越浓密，垂得越来越低，
终于有一边一半从那高空撕断，
向大地低垂下来，像一片巨帆
张得又阔又远，裹挟着所有的风
从南方向着西方急急飞过天空。

片刻宁静；空气也变得寂然、沉闷，
仿佛是由于受惊吓而猝然失音。
那麦穗，一会儿向地面低弯着腰，
一会儿挺起金黄麦穗在风中摇，
波浪起伏；而此刻却又僵立不动，
耸着那高高的麦秆凝视着天空。
路边排列着青葱的柳树和白杨，
垂柳如哭丧娘跪在旷野的墓旁，
头垂到地上，挥动着长长的臂膀，

散乱的银灰色发辫在风中飘扬，
此刻呆然兀立，满脸无言的哀伤，
宛如西比洛斯山上尼俄柏的石像①。
唯有颤栗的杨树的灰叶在悠荡。

家畜往日收栏时总是懒懒洋洋，
此刻结队奔跑，并不等牧人叫嚷，
就顺着回家的方向逃离了牧场。
公牛前蹄刨着泥土，又用角去顶，
还用它那不祥的吼叫威吓着畜群；
母牛朝天空睁着它那大大的眼睛
惊诧地张着嘴巴，发出声声长鸣；
公猪在最后，哼哼唧唧，龇着牙齿，
还叼了一束麦禾作储备的粮食。

鸟儿躲进了树林、屋檐、草丛深处；
只有乌鸦慢慢踱着庄严的方步，
成群结队地绕着池塘鱼贯而行，
向那黑色云堆瞪着黑色的眼睛，
把舌头伸出干燥而宽阔的喉咙，
张开双翅，等待一场惬意的沐浴；
但它们也预知有特大的暴风雨，

---

① 据希腊神话：尼俄柏是忒拜王后，有众多子女，她的所有子女被阿波罗
和阿耳忒弥斯所射杀，尼俄柏悲痛过度化成了岩石，一阵狂风把这岩石
刮到了西比洛斯山的山顶上。

于是像腾起的乌云，向树林飞去。
最后是燕子，因飞行迅捷而大胆，
它箭似的穿过那黑压压的云团，
又嗖的一声落下，像子弹。

        就在这瞬间
贵族们结束了同俄国兵的苦战，
他们离开了战场，躲进谷仓、庭院，
战场就留给大自然去进行鏖战。

西方，太阳给大地镀上一道金边，
闪耀着昏暗的红黄两色的光焰；
乌云已布下自己网一般的阴影，
正追捕着余光，跟随着太阳飞行，
似乎想在太阳下山前使它就擒。
狂风在下边呼啸，一阵紧似一阵，
狂风夹杂着阵阵骤雨一起来临，
冰雹似的雨点又圆又大亮晶晶。

突然，狂风厮打起来，扭成了一团，
挣扎着，旋转着，卷起喧嚣的轮盘，
盘旋在池塘上方，把水往深处搅，
又落到草场，在柳林和草丛吼叫；
柳枝飞舞，新割的青草飘上飘下，
像从根上被揪起的一撮撮头发，
又混杂了麦束上的卷毛；风吼着，

356

在田野落下就滚来滚去，挖掘着，
掀起泥块，给第三阵风钻着窟窿，
这风就像黑土柱从田野升到空中，
奔腾，怒号，如同一座活动的金字塔，
塔尖钻地，塔脚往星星的眼里撒沙；
它一步步膨胀，扩展，顶端豁然敞开，
就用这大喇叭口宣告暴风雨到来。
随着这雨水和尘土的掺和搅拌，
麦秆、树叶、枝条和青草揉作一团，
狂风撞击树木，在密林深处喧闹，
发出熊一般的咆哮。

      已经是大雨滂沱，雷电交加，
稠密的雨点过筛似的倾泻而下；
一会儿点点相接，像绷紧的琴弦，
用它长长的发辫连结着地和天，
一会儿又大量倾泻像瓢泼桶倒。
现在天空和大地都已看不见了，
比夜还黑的暴风雨把大地笼罩。
时而天边从这端到那端云开一线，
暴风雨的天使露出了光灿灿的脸，
像一轮大太阳，时而又以丧纱蒙面
逃上九天，霹雳一声，乌云门又关严。
狂风再度肆虐地吹，随之大雨倾盆，
又出现浓厚稠密的黑暗，阴气森森。
雨下得稀了，雷也进入片刻的安息；

它又醒了，咆哮着，雨来得更猛更急。
到最后天地万物都变得平和、静谧；
房前屋后只有树声簌簌，雨声淅沥。

这天雨骤风狂正合人们的愿望；
暴风雨以它的黑暗掩蔽了战场，
它淹没道路，把河上的桥梁冲毁，
把田庄变成了不可逼近的堡垒。
发生过的一切，在索普科查营地，
周围的村镇无法得知它的消息，
贵族的安危恰好系于这个秘密。

法官的房间里正在进行重要会议；
修士躺在床上，面色苍白，精疲力尽
而且是血染僧袍，神志却非常清醒，
他下着命令，法官在一旁垂手恭听。
他请来监督，对总管也发出了邀请，
吩咐把雷库夫叫来，然后关上房门。
整整一个钟头进行着秘密谈判，
直到雷库夫上尉终于开口发言，
并把一袋沉重的金币扔到桌边：
"莱赫先生们，你们有句老生常谈，
说俄国人都是贼；如今若有人问。
请告诉他，说你们认识一个俄国人，
他名叫尼基塔·尼基蒂奇·雷库夫，
骑兵连上尉，他曾荣获八枚勋章

和三枚十字章，请你们牢牢记住。
这为奥恰科夫①，这为伊兹迈洛夫②，
这枚勋章是奖励参加诺维战役③，
这一枚是为了普雷悉什－伊洛夫④，
那一枚是为了跟随柯尔萨科夫⑤
从苏黎世的著名撤退；他也得过
一把佩剑，奖励他勇敢，功不可没，
元帅⑥还曾亲自给过他三次表彰，
沙皇下过两次褒奖圣谕，四次嘉奖，
这一切都已明白地写在文件上。"

"可是，上尉，"他的话被罗巴克打断，
"你若不同意和解，我们可怎么办？
你也有言在先，要平息这个事件。"

"不错，我何必害你们，我再说一遍，
凡是雷库夫说过的话决不食言！
我为人忠厚，你们波兰人叫我喜欢，

---

① 奥恰科夫要塞位于第聂伯河口，曾属土耳其，1788 年被俄国人攻克。
② 伊兹迈洛夫应为伊兹梅尔要塞，靠近多瑙河口，曾属土耳其，1790 年被俄国人攻克。
③ 诺维在意大利北部，1799 年苏沃洛夫曾在诺维附近大败法军。
④ 昔雷悉什－伊洛夫显然是普洛悉希－爱劳。——原注 ［位于东普鲁士，1807 年俄军和普鲁士军队在此重创拿破仑的军队。］
⑤ 柯尔萨科夫·亚·林（1753—1840），俄国将军，1799 年奉命出兵到瑞士援助苏沃洛夫，在苏黎世附近战败，之后俄军撤退。
⑥ 指苏沃洛夫。

你们的性格开朗，喝酒时是良伴，

你们天生大胆，打仗时个个争先。

我国有句俗话：坐车者常跌到车下边；

今天冲在前的人，明天会落在后面；

今天你打他们，明天他们也会打你；

这就是军人的日子，何必动怒生气？

一个人怎么会有那么多的坏心，

吃了一次败仗就定要大发雷霆？

奥恰科夫战役可说是鲜血淋淋，

苏黎世一仗歼灭了我们的步兵，

在奥斯特里茨我的连全军覆没；

但那以前，还是我当中士的时候，

你们的科希秋什科在腊茨瓦维采①

靠镰刀兵②割掉了我们一营人的头。

那又怎样？在马切约维采③我报了仇，

亲手用刺刀捅死两个勇敢的贵族，

其中莫克诺夫斯基手执一把镰刀，

率领他的队伍冲到了阵地的前沿，

砍断炮兵的手，那手里还握着火线。

啊！你们波兰人！你们渴望复兴祖国！

---

① 腊茨瓦维采是克拉科夫附近的一个村庄，1794 年 4 月 4 日科希秋什科在
此打败了俄国军队。

② 科希秋什科的起义军中有两千农民军，以镰刀为武器，作战勇猛，人称
镰刀兵。

③ 马切约维采是奥克热伊卡河上的小镇，1794 年 10 月 10 日科希秋什科在
此为俄军所败，受重伤被俘。

我，雷库夫，能感觉到并理解这一切，
沙皇降下圣旨，我只能替你们难过，
干吗管波兰人？让俄国人有莫斯科，
也让波兰人拥有波兰；可这怎么行？
我倒是很想这么办，但沙皇不答应！"

这时法官对他回答说："上尉先生，
这一带谁都知道你是个老实人，
你在这一带驻防也很有些年头；
这点薄礼请你笑纳，我的好朋友，
我们也不想使你受到什么屈辱；
斗胆奉献这些钱，知道你并不富足。"

"士兵啊！"雷库夫叫道，"一连人被消灭！
我的连队呀！这都是普鲁特的罪责！
他是指挥，沙皇会对他进行追究，
而这点金币，先生们，请你们拿走，
我有上尉的薪金，虽然不算丰厚，
但是足够我抽烟也足够我喝酒。
我喜欢你们，同你们一道吃吃喝喝，
一道谈笑、娱乐，日子就是这么消磨；
一旦上方查问，我自然会保护你们，
凭我的荣誉和良心，来为你们作证。
我们就说，我们是来这里做客，访问，
聊天，喝酒，跳舞，大家都有点醉醺醺，
而开火则是普鲁特偶然下的命令，

一场混战！一连人就这么白白牺牲。
先生们，对侦讯你们只要费点黄金
就能脱身。但是，我不得不告诉你们，
我已经对这位拿长刀的绅士说明，
普鲁特是第一指挥官，我是第二人：
普鲁特还活着，也许他要从中作梗，
那你们就完了，这个家伙特别狡猾；
你们只能用点钞票塞住他的嘴巴。
拿长刀的贵族先生，这事如何处理？
你可曾找过普鲁特？可曾跟他商议？"

盖尔瓦齐朝众人一瞥，摸了摸秃顶，
又漫不经心地摆了摆手，似乎表明
他已彻底解决问题。但雷库夫还问：
"普鲁特是否会沉默？是否作过保证？"
总管不乐，怪雷库夫多问制造麻烦，
就郑重地将他的大拇指指向地面，
接着一挥手，似乎要把这谈话打断，
他悻悻地说："我敢起誓，凭我的削刀
普鲁特不会出卖！他永远不会说了！"
然后又把手一松，把手指使劲地摇，
仿佛是要把全部秘密从手上抖掉。

众人都理解了他这个隐秘的动作，
惊得相互对视，把别人的心思琢磨，
阴郁的沉默持续了几分钟之久。

雷库夫说："狼想叼人，却被人抓走！"

"愿他安息！"[1]监督补充说道。

法官说："这是上帝的意旨，在劫难逃！

这次流血非我之过，我是毫不知晓。"

修士一挺身从枕上爬起，面色阴沉。

最后他开了腔，紧盯着总管的眼睛：

"杀害手无寸铁的俘虏，是莫大罪行！

基督甚至于禁止我们去报复仇人！

啊，总管！你一定要受到上帝的严惩。

只有一个条件能拯救你的灵魂：

犯罪不是为报私仇，而是为了公众的利益[2]。"

总管点头还挥动着伸出的一只手，

"为了公众的利益！"[3]他嘴里喋喋不休。

关于普鲁特少校已经无人提及；

次日有人在农庄徒然把他寻觅，

悬赏寻找尸首同样是枉费心机，

少校消失得无踪影，如石沉海底；

对于他可能出什么事，众说纷纭，

无论当时还是过后，谁也难断定。

虽然有人对总管不厌其烦地追问，

可除了"为了公众的利益"[4]他再不吭声。

大管家洞察秘密，但是他一字不露，

---

① ② ③ ④　原文系拉丁文。

守信用的老人沉默着像受了符咒。

订约之后他们就把雷库夫送走，
罗巴克便又招来了参战的贵族，
监督严肃地对他们作了如下说明：
"兄弟们，今天是全凭上帝施恩，
但是我必须对先生们公开承认，
这场不适时的战争会招来不幸；
对过错我们谁也没有推卸之理：
罗巴克修士传播消息过于积极，
总管和贵族又作了错误的理解。
对俄国的战争还不会马上展开，
因此，谁曾热心参加过这场战斗，
他在立陶宛就决不能继续逗留；
你们必须前往华沙公国①去逃生，
其中有：马捷，施洗者是他的诨名，
塔杜施、水桶、剃刀，都要出去避难，
如今只有涉水逃到涅曼河对岸，
那儿等他们的是波兰民族军团；
我们把一切过错归于远离的人，
也要往普鲁特的身上推个干净，
这样就能挽救你们的至亲、乡邻。

---

① 　华沙公国是拿破仑根据 1807 年 7 月在提尔西特同沙俄和普鲁士签订的
和约，在普鲁士第二次和第三次瓜分后的波兰土地上建立的，后又并入
了部分原由奥国占领的波兰土地。面积为十五万一千平方公里，人口四
百三十三万，实际上处于拿破仑的直接统治之下。

这不会是长别离；我们满怀希望，
到了春天，自由之星就大放光芒，
今天你们作为流亡者告别立陶宛，
可很快就会以解放者的身份凯旋。
旅途所需的一切由法官去办理，
而我用金钱资助你们，决不吝惜。"

贵族们感到监督的主意十分聪明；
都知道一旦同俄国沙皇发生纷争，
那就休想在这块土地上维持和平，
不是打一仗，就是到西伯利亚丧命。
他们阴郁地你看看我，我看看你。
然后长叹一声，点点头，表示同意。

波兰人，虽然在各民族间早已闻名，
说他热爱祖国远胜过自己的生命，
但又随时准备离开她，跑到天尽头
在漫长的岁月里忍受贫困和屈辱，
去跟人抗争，同命运搏斗，无怨无悔，
"为祖国服务！"在暴风雨中闪着光辉。

于是他们纷纷宣告准备立刻动身，
只有布赫曼先生对计划不很赞成：
布赫曼老谋深算，他并未亲自参战，
但听说人们在开会，也来发表意见。
他以为计划还好，但又想做些改变，

使它更加准确，解释得更为全面，
首先是要指定一个公开的委员会，
以便合法地考虑这次流亡的目的、
手段和方法，以及许多别的事项；
不幸的是时间实在是太仓促，
布赫曼建议的条件不能满足，
贵族们便匆匆告别，立刻上路。

但法官却叫塔杜施留在房里别走，
并对修士说："到了我告诉你的时候，
这件事我也是昨天刚刚弄清楚，
我们的塔杜施对佐霞一往情深。
那就让他在离别前向姑娘求婚；
我已跟泰莉梅娜谈过，她不再阻拦，
而佐霞也乐于服从监护人的意愿。
即使今天无法让这对年轻人成亲，
那么，老兄，至少要在离别之前订婚；
因为你也知道，年轻人羁旅他乡，
总难免会有些变幻离奇的妄想；
可是，年轻人一看到自己的戒指
便会想起，自己已经有了妻室，
对外界的诱惑就不会放在心上。
相信我，订婚戒指有巨大的力量。

"我本人，三十年前也曾情有独钟
对玛尔达小姐，且有幸被她看中；

我们订了婚；上帝并没为我俩祝福，
却让我独自活在这世上孤苦伶仃，
他把我朋友的女儿，那美丽的姑娘，
把我的赫雷切哈小姐带到了天堂。
给我留下的只是刻骨铭心的怀念
她的美德和容颜，还有这枚金指环。
每当我朝它瞥上一眼，在我的跟前
就出现她的倩影；靠了上帝的垂怜，
我对未婚妻的一颗忠心至今未变。
我当了老鳏夫，虽说未曾娶过妻室，
虽说大管家还有位千金，容貌端庄，
而且同我心爱的玛尔达长得很像！"

他这么说着，又深情地望了望戒指，
还用手背把眼中的泪水偷偷擦去。
"老兄，"他结束道，"这订婚礼是不是办？
你怎么想？他爱她，他们是两厢情愿，
而且我也得到了泰莉梅娜的诺言。"

塔杜施立即奔过去，感动而又兴奋：
"我的好叔叔，我不知如何表达谢忱，
你为我的幸福总是如此费心劳神！
唉，我多么想成为那个最幸福的人！
如果佐霞今天能同我举行订婚礼，
如果我知道，她就是我未来的娇妻。
但我要坦白地说，今天我不能订婚，

其中有种种的原因，请你别再追问。
如果佐霞真是心甘情愿把我等待，
也许将来我会更好，更能与她般配，
也许用我的忠诚能赢得她的欢心。
也许我能挣点光荣装饰我的姓名，
也许在不久之后我就能返回家园，
到那时，叔叔，我就要提起你的诺言，
到那时，我会跪下向亲爱的佐霞致敬，
如果她那时还自由，我就要向她求婚；
我就要离开立陶宛，时间也许很久，
也许会有别人把佐霞的芳心占有；
束缚姑娘的意志决不是我的心愿，
强求我不应该得到的爱那是卑贱。"

这年轻人心潮澎湃，忘情地说着，
宛如两粒硕大的珍珠，泪花两朵
在他那又大又蓝的眼睛里闪烁，
立刻又沿着玫瑰红的面颊滴落。

然而好奇的佐霞就躲在起坐间，
透过壁缝注视着这神秘的交谈；
她听到塔杜施如此坦率又大胆
说出自己的爱恋，她的心在发颤，
她看到他眼里闪烁的两颗泪珠，
虽说她对他的秘密还不大明白：
他为何爱她？为何又将她冷落一旁？

他要到哪里去？她不由得黯然神伤。
她生平第一次从一个青年的嘴里
听到说爱她这重大而神奇的信息。
她跑到家里的小祭坛前双膝跪下，
从里面取出一幅圣画和一个圣匣：
圣画上画的是圣格纳维芙①的肖像，
圣匣里装的是圣约瑟的一角衣裳，
那位大义人②是订婚男女的守护神；
于是她拿着这些圣物走进了房门。

"您走得这样仓促，我来送您上路，
有件小礼品还有句话请记心头：
请您把这圣匣和圣画随身携带，
愿您从此永远不要把佐霞忘怀。
但愿上帝赐给您幸福和健康，
愿上帝保佑您尽快返回家乡。"
她说不下去了，深深地低下了头，
她那双蔚蓝色的眼睛刚刚合拢，
成串的泪水就在睫毛下面涌流，
佐霞闭着眼睛站立着，沉默不语，
眼里不绝地滚下钻石般的泪珠。

---

① 圣格纳维芙是巴黎城的守护女神。
② 指耶稣的父亲木匠约瑟。《圣经》中说他是个大义人，在他还没迎娶的
妻子马利亚从圣灵感孕后，原想暗中休妻，经天使显现向他说明后，迎
娶了马利亚。在伯利恒马利亚产子，取名耶稣，由他养大。

塔杜施接过礼物，亲吻着她的手，
说道："小姐！现在我只得告辞上路，
别了，不要忘了我，还请你时不时
为我祈祷！佐菲亚！……"他也说不下去。

伯爵突然进来，跟泰莉梅娜一起，
他看到年轻人温情脉脉的别离
大为感动，朝泰莉梅娜瞥了一眼，
开口道："多么美呀，这质朴的场面！
牧女的灵魂碰上了战士的灵魂，
像海上遭遇风暴的小船和巨轮
终于不得不分手却又难舍难分！
真的，什么也不能如此使人动情，
像这样活活地被拆散的两颗心。
时间像风：只能吹灭蜡烛的微光，
要是遇见大火那就会越吹越旺。
我的心也是隔得愈远愈有情意。
索普利查先生，我把你视为情敌；
这误会是两家争闹的原因之一，
这误会曾使我对你们拔刀相向，
现在我看出是我的错，请你原谅。
因为你只对这小牧女一往情深，
而我却把心给了这美貌的女神。
让民族敌人的血淹没我们的怨恨，
我们之间从此再也不会剑击刀迎。
让我们用别的方式解决恋爱纷争：

比一比吧！看谁爱得更持久，更真诚！
让我们都把心上的宝贝搁置一旁，
让我们一起奔向枪林弹雨的战场；
让我们较量一下恒心、悲伤和苦难，
用坚强的臂膀把祖国的敌人驱赶。"
他边说边注视泰莉梅娜的眼睛，
而她一言不发，充满惊诧的表情。

"伯爵，"法官打岔说，"你何苦背井离乡，
相信我，守着你的产业会安然无恙。
对穷贵族政府也许要剥皮，动鞭刑，
而你，伯爵，连一根毫毛也不会受损；
你知道，你门第高贵又相当富有，
只要破点钱财，便能从狱中自赎。"

伯爵说："这与我的性格水火不相容；
我既然当不了情人，就得当个英雄；
在爱情烦恼中，唯一的安慰是荣光，
我的心既然贫乏，手就要特别坚强。"

泰莉梅娜问："谁在给您设置障碍？
您可以得到幸福，您也可以去爱！"
伯爵说："这是命中注定，这是天意，
神秘的预兆外加上神秘的动力
催我到异乡干番事业，惊天动地。
我承认，今天我本想为泰莉梅娜

371

在许门①的祭坛前燃起爱的火把，

但是这年轻人给了我美好的示范，

他自觉自愿地拆毁了婚礼的花环

去接受血的洗礼，迎接命运的变幻，

让自己的心儿在困难中千锤百炼。

今天，我生命中的新时代已经来临！

这把剑在比尔邦特－洛卡显过威名，

让全波兰都能听到它铿锵的响声！"

他说完了，傲然地拍着自己的剑柄。

"这个愿望，"罗巴克说，"确实不能非难；

你去吧，但得带钱，你能装备一个连，

伏拉基米尔·波托茨基②给国库捐款

百万，他的行为使法国人大为惊叹；

拉吉维尔·多米尼克亲王典当家产，

拿出钱来供应了两个新的骑兵团。

去吧，要带着钱；我们有足够的人员，

在华沙公国所缺少的就是金钱；

去吧，伯爵，现在让我们说声再见。"

泰莉梅娜看了看伯爵，满眼哀愁，

"唉！"她说，"我知道，什么都拦你不住！

---

① 希腊人和罗马人的婚姻之神，被描绘成一位少年，饰有花串，手执火把。
② 伏·波托茨基（1789—1811），波兰爱国者，华沙公国军队的炮兵上校，他出资供应了两个炮兵营。他的父亲斯·什琴斯内·波托茨基（1752—1805）是塔尔果维策同盟的创立人。

我的勇士，当你登上战争的舞台，
愿你能对爱人的颜色投以青睐！
（此刻她从长衫上扯下丝带一段，
打成一个结子扣在伯爵的胸前。）
但愿这颜色能为你把炮火抵挡，
保佑你在枪林弹雨中福寿安康；
当勇猛的战斗使你的姓氏生辉，
当你血染的盔帽插上光荣月桂，
当你有朝一日雄赳赳班师凯旋，
到那时你再朝这彩结瞥上一眼：
想想是谁亲手把它扣在你胸前！"
她向他伸出手，伯爵便单膝跪下，
亲吻着；泰莉梅娜又将一块手帕
高高抬起，遮住了自己的一只眼，
另一只眼却向下望着伯爵的脸，
伯爵深情地跟她告别，激动非凡。
她长长叹了口气，却又耸了耸肩。

但是法官说："我的伯爵，时间已晚。"
"快走，伯爵！"罗巴克叫道，神色威严，
法官和修士的命令，就这么拆散
一对有情人，又将他们赶出房间。

这时，塔杜施流着泪搂抱了叔叔，
又亲吻了罗巴克修士的一只手；
修士，把这孩子的头按在胸口上，

又在他头上十字交叉放着手掌，
眼望苍天说："儿啊！上帝将你保佑！"
他哭了……而塔杜施已走到门后。

"怎么，哥哥？"法官问，"还不直言相告？
就连现在？可怜的孩子就要走了，
你还是宁可什么都不叫他知道！"
"不，"修士回答，"什么也不叫他知道。
（他用双手捂住脸哭得好不伤心。）
何必让这可怜人知道他的父亲
像无赖，像凶手在世上隐姓埋名？
天知道，我是多么想要向他说清，
但这点安慰我也要向上帝奉献，
为的是赎我昔日所犯下的罪愆。"

"现在，"法官说，"应来想想你的事情，
就你这样的年龄和这一身伤病，
同别人一起去流亡定不能适应；
你说过，你知道有个地方可藏身；
在哪里？你说吧，我们得赶快启程，
马车已经套好，一切都准备就绪，
是到森林去，到看林人的小茅屋？"

罗巴克点头说："到明天早上还不迟；
现在，我的兄弟，你快派人去请神父，
越快越好，叫他带了圣餐到这儿来；

留下我和总管，别的人一概都离开，
再把门关好。"

　　　　　　法官传下罗巴克的话，
接着就偎傍着他在病床上坐下；
总管依旧站着，肘子搁在佩剑上
又把那低垂下的脑袋靠在手上。

罗巴克在开口之前，朝总管脸上
先是注目凝视，神秘地一声不响。
像一个外科医生，先是轻轻抚摸
病人的身子，然后猝然用刀一割：
罗巴克那锐利的目光许久，许久
在总管眼睛上徘徊，越来越温柔，
末了，他似乎下定决心破釜沉舟，
用手捂住眼睛，坚定有力地一吼：

"我是雅采克·索普利查……"

　　　　　　　　听到这话
总管如受了雷殛似的陡然色变，
他一弯腰，把半个身子冲到前边，
却靠了一只脚站立着一动不动，
像从高山滚下的岩石停在途中。
他瞪圆了眼睛，张开嘴，白牙熠熠，
八字胡根根竖起，满脸露着杀机；

佩剑从手中滑脱，他用膝盖拦住，
滑到靠近地板的地方却未掉落，
他用右手捏住剑柄，痉挛地握着；
于是那佩剑便从他的后面伸出，
长而黑的剑锋前后左右地晃动。
盖尔瓦齐活像一只受伤的山猫，
正想从树梢往猎人的眼睛上跳，
它缩成一团，尖叫着，血红的眼睛
闪出火花，胡子和尾巴抖个不停。

"伦巴沃先生，"修士说，"人世间的愤怒
吓不着我，因为我已只受上帝管束；
我凭他的名字求你，他，把世界拯救，
在十字架上还祝福杀害他的凶手，
也曾把强盗的祈祷接受：请你息怒，
耐心地静静听我说完事情的缘由；
我供出一切，为了安慰自己的良心，
我希望得到，至少求得一点儿宽宥；
请听完我的忏悔；然后你想怎么办
我都无所谓，我甘心听凭你裁夺。"
说到此，修士像是祈祷，合拢了双掌；
总管惊诧得连连后退，步履踉跄，
他用手擂着前额，又耸了耸肩膀。

修士讲起他同霍雷什科家的亲近，
讲着他对御膳官女儿的一片痴情，

以及由此而引起的彼此间的纠纷。
他说得语无伦次，夹着控诉和怨恨，
又不时地中断忏悔，似乎已经说完，
然后他再次起头，把新的内容增添。

总管对霍雷什科家的事很熟悉，
虽然这个故事被讲得破碎支离，
他都能在心里加以充实和整理；
但法官却不懂话中的许多含义。
两个都注意地听，头都伸到前边，
而雅采克却越说越慢，时时中断。

"其实，你也知道，亲爱的盖尔瓦齐。
御膳官怎样时常邀我参加宴会；
他有时大叫着为我的健康干杯，
把酒杯举过头顶，说他再也没有
比雅采克·索普利查更好的朋友；
他多么热烈地和我拥抱！有人看到
都以为他同我雅采克是莫逆之交。
他算得什么朋友？其实，他不问自明
是什么在苦苦地折磨着我的灵魂！

"那时候附近的人都在议论纷纷，
有的人对我说：'唉，索普利查先生，
你是枉费了心；达官贵人的门槛
你一个司觞官的儿子岂能高攀。'

我一笑，装出对豪门贵胄的讥嘲，
表明我决不会向权贵摧眉折腰；
说我去看望他们，只是一种客套，
妻室只会在相当的门第中寻找。
这玩笑却深深地刺痛了我的心，
我那时又年轻，又勇敢，前程似锦，
在这里，普通贵族也可选为国王，
拥有的自由同显赫的豪门一样！
滕钦斯基①不是曾经向公主求婚
国王就使他如愿，并不感到丢人。
索普利查与滕钦斯基哪点不相称？
论血统、族徽和对共和国②的忠诚！

"一个人多容易破坏别人的幸福，
瞬息间的过失一生也不能弥补！
御膳官一句话便会成全一段良缘！
或许大家都能够幸福地活到今天，
或许他就在自己心爱的孩子身边
时时有美丽的艾娃在他膝下承欢，
挨着他感恩戴德的女婿颐养天年！
或许他还能轻轻摇着外孙的摇篮！
而今呢？他毁了他自己和我们两个——

---

① 滕钦斯基·杨曾任波兰省长，他和瑞典国王古斯塔夫一世的女儿订婚，
  在前往结婚的途中被丹麦人俘虏，1562 年死于狱中。
② 波兰被瓜分前是贵族共和国，法律规定大小贵族一律平等。

导致那次枪杀和由此而来的一切后果，
那件事成了我终生的苦难和罪过！……
我无权控诉他，我是杀害他的凶手，
我无权控诉，我已从心底把他宽宥，
但是，他也……

"倘若他能够坦率地对我说个'不行'，
他知道我俩有情；倘若不准我登门，
那么谁知道呢？也许我会负气远行，
也许我会怒骂，最后对他不闻不问。
但狡猾而傲慢的他，设下新的圈套：
他装腔作势，表现出根本想象不到
我会为求得这样一门亲事而苦恼。
他需要我，因我在贵族中颇有威信，
这一区的地主乡绅全都跟我亲近。
因此，他对我的爱恋装作视而不见，
他接待我的殷勤一点也没有改变，
甚至于还要我更经常去登门造访；
但是，每当我和他两个人独处一厢，
当他偶尔看到我眼中闪烁的泪光，
看到我心潮澎湃，感情奔放的模样，
这狡黠的老头，赶忙就东拉西扯，
大谈特谈什么诉讼、区议会、打猎……

"唉，有时酒过三巡，他忽然动了心，
紧紧抱住我，保证他的友谊至诚，

他需要我的佩刀，或是议会选票，
当我也不得不友好地跟他拥抱，
那时候怒气却在我的心中燃烧，
嘴里唾沫翻腾，我用手摸着刀柄
真想唾这友谊，甚至叫他刀下丧命；
但是艾娃，看到我的态度和眼神
不知是怎么的，就猜透了我的心，
她立即恳求地望着我，面色焦黄；
这只小鸽子是如此的美丽、端庄，
又有着如此温柔而澄澈的目光！
这天仙似的人儿使我失去了勇气，
我只好沉默，不敢叫她发怒或着急。
我，这个全立陶宛无人不知的莽汉，
多少达官显贵在我面前心惊胆寒，
没有一天不去寻衅闹事，打架斗殴，
稍有一点儿不合意便会勃然大怒，
虽说连国王也不敢来加辱于我，
可是我却把这位御膳官无可奈何。
我那时虽说是怒气冲冲，有酒壮胆，
却依然像只羊羔似的默默无言，
好像是突然见到最神圣的圣餐！

"有多少次，我想对他把心事披露，
甚至要低首下心地向他苦苦哀求，
但我每见他那冰一样冷漠的眼神，
总为自己一时冲动感到难为情；

于是我立即重新同他泛泛闲聊，
谈诉讼，谈区议会，甚至开点玩笑。
不错，这一切都出于傲气和自尊，
唯恐玷污我索普利查家的名声。
我不愿意低声下气地去苦求贵人，
若遭到拒绝，贵族中会怎样议论？
倘若大家都知道，我，雅采克……

"霍雷什科家拒绝跟索普利查家联姻！
他们对我，雅采克，以一碗黑汤相敬！

"最后，我已是不知所措，一筹莫展，
想到召集乡绅组织一个小军团，
永远离开这一区，离开故国家园，
去同莫斯科或是鞑靼决一死战。
于是，我就骑马前去告别御膳官，
希望当他看到一个忠实的盟友，
他从前的挚友，自家人似的故旧，
跟他一起喝酒，打仗，相伴许多年，
如今要跟他诀别，出走，远跋关山——
也许老人会触景生情，忽然动心，
对我表现出哪怕是一丝儿人性，
像蜗牛把它的触角往外伸一伸！

"唉，假如有人在心底为他的朋友
藏点感情的火星，在别离的时候

哪怕是星星之火也会爆出光耀，
就像是人在临终前的回光返照！
若是最后一次触到朋友的额头，
即使最冷酷的眼睛也要热泪流！

"那可怜的人儿一听说我要出国，
就变了脸色，几乎倒下失去知觉，
她什么也不能说，只是涕泗滂沱
流成了小河——我看出，她多么爱我！

"我记得，那是我生平首次潸然泪下，
由于欢乐也由于绝望，我忘了自己，
我发了狂，又想伏在她父亲的脚边
像蛇一样地缠绕住他的膝盖叫喊：
'亲爱的父亲，收我当儿子或把我杀死！'
可御膳官面色阴沉，冷得像根盐柱①，
他很客气，也很冷漠，却又泛泛谈论，
谈的是什么？什么？谈他女儿的婚姻！
在那种时候！啊，盖尔瓦齐！我的朋友，
你也有颗人心，请你想想我的羞辱！

"……御膳官说，'索普利查先生！
媒人刚来为城防司令的公子求婚，

---

① 典出《旧约·创世记》，上帝在毁灭所多玛前，两个天使领着罗得夫妻
及其二女离开该城，罗得之妻在半路回头，变成一根盐柱。

你是我的朋友，你如何看这件事情？
你知道，小女颇为富有且容貌秀丽，
而维特布斯克^①城的司令，在国会里
只不过能坐上一把矮矮的硬交椅^②！
你能给我出个什么主意，我的兄弟？'
我已不记得，我向他回敬过什么话，
似乎一言未发就冲出门去，策马扬鞭！"

"雅采克，"总管说，"你找的借口很聪明，
嗯？可是它们并不能减轻你的罪行！
要知道世上确实常有这样的事情：
有人会爱上公主或是豪门的千金，
就设法强取或智夺，或是公开复仇，
难道要这么狡诈地杀害波兰贵族！
在波兰，而且还跟莫斯科鬼子合谋！"

"我没有合谋！"雅采克回答，语调凄怆。
"强取？我能办到，我能砸烂门窗去抢，
我能把他那座城堡变得羽片飞扬！
我有陀布琴，还有另外的四个村庄。

---

① 现名维捷布斯克，在白俄罗斯东部，历史上曾为波兰一个省的省会。
② 城防司令归属国会的参议院，在国会里，较大的城防司令，即省城的城防司令都坐的是比较讲究的高椅子，而县城的城防司令则只能坐在后边，而且是坐低矮的木椅子。实际上维特布斯克的城防司令是较大的，因为那城市原是省会。御膳官故意这么说，是表现他嫌对方的门第还不够高贵。

唉，要是她能像我们小贵族的姑娘！
要是她强壮、胆大，不畏追赶和逃亡！
要是她能受得住刀剑的叮当作响！
然而那可怜的姑娘一向娇生惯养，
像蝴蝶的幼虫，弱不禁风，终日惶惶！
她正是春天的幼虫！我若是去抢亲，
暴力的手一接触她，岂不叫她丧命；
不，我不能。

"公开复仇，冲向城堡，把它变为齑粉。
这太丢人，别人会说是因为被拒婚！
总管，你那忠厚的心自然感觉不出
受辱的桀骜不驯的灵魂有多痛苦。

"来一次流血的复仇，但要隐藏动机，
不再到城堡去，把爱情从心头摈弃，
忘掉艾娃，去娶一个别的女子为妻，
然后，然后再随便寻个吵架的口实
报仇雪耻。

"起初我还以为我战胜了自己的心，
我庆幸这奇异的变化，而且——娶了亲，
跟一个萍水相逢的穷姑娘结了婚！
我错了——我受到了多么严酷的报应！
我并不爱她，塔杜施的可怜的母亲
最真心待我的女子，最实诚的灵魂——

我却竭力压抑昔日的爱情和怨恨，
像个疯子，徒劳地去适应新的环境，
强迫自己管理田庄或干别的营生，
徒劳的努力！我被复仇的魔鬼缠身，
变成了个凶恶、暴躁、不可理喻的人，
世上再也没有什么能安慰我的心——
于是由旧的过错又萌发新的罪行：
我经常喝得醉醺醺！

"这样，我的女人不久就郁郁而亡。
丢给我这个孩子和无边的绝望！

"我多么热烈地恋着那可怜的姑娘，
过了了多少时间！我走过了多少地方！
无论在哪里，我对她总是不能遗忘，
她那可爱的模样，亭亭玉立的身影
总是浮现在我的眼前，犹如画中人！
我借酒浇愁，但浇不灭对她的怀念，
我东奔西赶，但撵不掉对她的热恋！
我现已穿上僧袍当了上帝的仆人，
又是躺在病床，鲜血染红了衣衿……
然而我谈起她依然是这般忘情！ ——
此时此刻，谈着这样的事？上帝见谅！
你们一定懂得，是怎样的悲痛和绝望
才导致那可悲的下场……

"那时候，正是她刚刚跟别人订婚；

关于她的订婚，到处都有人议论，

有人说，艾娃刚从那省长的手上

接过戒指，就支持不住突然晕倒；

有人说，她得了肺病，发着高烧；

有人还说，她终日呜咽，凄凄哀哀。

推测她一定是私下里另有所爱。——

但是御膳官一如既往，平静、快活，

在那城堡里大开舞会，高朋满座，

我，他已不再邀请——对他还有何益？

我的穷愁潦倒，还有那可耻的恶习

给我带来的是世人的轻蔑和羞辱！

曾几何时，我能叫全区的人都发抖！

拉吉维尔①也把我称作'亲爱的朋友'！

每当我来了兴致骑着马出村远游，

总是前呼后拥，身边随从多过王侯！

每当我拔出佩刀，就有数千把佩刀

在我的周围闪耀，威震豪门的城堡！

到头来，连农民的孩子也敢把我嘲笑！

在人们的眼里我突然变得不值一文！

我，雅采克·索普利查懂得什么是自尊……"

说到此，修士气竭力衰仆倒在枕边，

_____

① 拉吉维尔·卡尔亲王（1734—1790），诨名叫"亲爱的朋友"，因为他常
用这句口头禅称呼别人。他交游很广，在立陶宛贵族中很有声望。

总管则激动地说："伟大，上帝的审判！
这是真的！真的！雅采克？果真是你！
索普利查？戴着修士头巾？四方行乞！
你，我记得是身强力壮，满面红光，
一位非常英俊的贵族，仪表堂堂，
那时多少达官显贵都把你赞扬，
多少女子为你的八字胡颠倒发狂！
时隔不久！悲痛使你变成这般模样！
我怎么没有认出你，凭那次射击？
你那时一枪就准确射进熊嘴里。
我们立陶宛没有比你再好的射手，
论击剑，除了马捷，你也是独占鳌头！
真的！从前贵族妇女曾这样歌唱你：
'当雅采克捻着八字胡，村村都战栗，
他拧着胡子跟谁作对，谁就吓掉魂，
连拉吉维尔亲王也不敢同他抗争。'
你也曾拧着胡子跟我家主人较量！
不幸的人呀！是你吗？落得这等下场？
八字胡的雅采克当上了募化修士！
这真是天理昭彰，上帝审判自有时！
现在！哈！你休想不受惩罚地逃脱，
我发过誓：谁曾血染霍雷什科……"

修士又在床上坐了起来，接着说：
"我骑着马在那城堡周围转悠；
魔鬼塞满我的头脑和我的心，

387

有谁能够说出那许多魔鬼的名！
御膳官！他正在杀害自己的亲人，
他已经把我杀了，毁了我的一生！
我策马到门前，是魔鬼把我招引。
看他又在狂欢！城堡中夜夜酒宴，
窗子里明烛高照，大厅里鼓乐喧天！
这城堡不该坍塌把他的秃头砸烂？——
人一想复仇，就有魔鬼把武器奉献。
我刚刚想到，魔鬼就派来了俄国人。
我站定观望，他们正冲击城堡大门。

"说我同莫斯科鬼子合谋，这不公正。

"我望着；各种想法从我脑中闪过。
先是望着傻笑，像小孩观望失火，
然后我又感到一种杀人的快乐，
我等着，希望它快快烧光，快坍塌；
可我有时忍不住要跳进去救她，
连那御膳官。——

"你们的自卫，你知道，冷静而又果敢，
令我惊诧；俄国人纷纷倒在我身边，
那群畜生射击不准！他们的惨境
勾起我的愤恨。——御膳官眼看要赢！
难道说他是事事成功，无往不利？
能克敌制胜打垮这可怕的袭击？

我自惭形秽，策马离去——天色已亮，
我忽然看到了他：他走到凉台上，
他的钻石纽扣迎着朝阳闪闪发光，
他傲慢地捻着胡子，傲视着下方，
在我看来，他在嘲弄人，尤其是我，
他认出了我，指着我，讥笑着，威胁着。
我从俄国人手里夺过一支长枪，
刚举到肩上，几乎不曾瞄准——就放！
你知道那下场！

"该死的火器！倘若是用剑去杀人，
必须先站定，逼近，格斗，挥舞不停，
还可以把敌人手中的武器打落，
也可以把伸过来的剑中途架住；
但是用火器，只要轻轻一按枪栓，
瞬息间，一个星星火点……

"我逃走了吗，当你从上面向我瞄准？
我朝你的两个枪筒瞪着一双眼睛，
奇异的绝望和忧伤使我呆立不动。
唉，盖尔瓦齐，当时你为什么打不中？
要不你真是对我发了善心，看起来
那是为了赎罪所需的……"

　　　　　说到此，他又出不来气。

"上帝知道，"总管说，"我真想把你了结!"
你的那一枪流了我们多少鲜血，
使我们，也使你一家遭了多少灾祸，
一切都由于你，雅采克先生的罪过!
可是今天，当俄国大兵瞄准了伯爵
（虽属母系，却是霍雷什科家最后一人），
是你遮住了他；当俄国人向我开火
是你将我绊倒，是你救了我们两个。
既然你已出家当了有圣职的修士，
你的圣衣也就把我的削刀挡住。
别了，我再也不登你们家的门槛，
我们结了账——其余的留给上帝去算。"

雅采克伸出手——盖尔瓦齐连忙退走：
"我不能，"他说，"使我高贵的血统受辱，
我不能接触这只鲜血淋淋的手，
它杀人并非为了公众的利益①，而是报私仇。"

但是雅采克，又从枕畔倒向床沿，
把那愈来愈苍白的脸转向法官，
急切地要求快跟本堂神父见面，
又朝盖尔瓦齐呼喊："求你留下，总管；
乘我还有点力气，听我把话说完，
总管先生，我过不了今天的夜晚!"

---

① 　原文系拉丁文。

"你说什么，哥哥？"法官叫道，"我看过，
你的伤并不很重，叫神父来干什么？
得去找医生，也许是包扎得不妥，
药店有……"

修士打断说："兄弟，已经太晚，
我在耶拿挨过一枪，伤口就在下面，
本来治得不好，现在就一并发作，
是坏疽。这个我懂，你看这血多黑，
像烟炱，医生能治？但这不值一说，
凡人终有一死，不是今天就是明天
都得交出自己的灵魂，亲爱的总管，
请你原谅，我必须把心里的话说完！

"不肯当民族的罪人，总算积了一德，
纵然全民族都在骂你是卖国贼！
特别是我这个人，天生的自尊自爱！

"卖国贼的恶名像瘟疫跟我分不开。
乡绅看见我都背过脸去不理不睬，
昔日的朋友也纷纷从我左右逃离，
胆小的人远远打个招呼便立即回避，
甚至普通农民，犹太人，虽向我鞠躬，
但在走过的时候就对我冷嘲热讽；
'卖国贼'这个词儿在我耳边轰响，

在我的屋子里，在我的田间回荡；
像眼中的白翳从早到晚跟着我。
可是我并不曾叛卖过我的祖国。

"俄国人不择手段地把我视为同党，
他们硬要对索普利查家予以奖赏，
拨过来的正是死者的大部分田庄，
塔尔果维策同盟还要给我职位①
来表示他们对我的敬意和鼓励。
假如我那时候听从了魔鬼的建议，
捞个俄国国籍！早就有钱又有势力；
假如我真的摇身一变成了俄国人？
就连最阔的豪门也会来求我开恩；
至于小贵族兄弟，至于平民百姓，
他们动辄就对自己人指后脊梁，
而对效劳俄国的得势者倒乐于原谅！
这一点我很明白，然而——我干不得。

"我逃离了我的祖国！
我到过多少地方！受过多少折磨！

"上帝给我启示，唯一有效的救药
是要从此改邪归正，摈弃那罪恶，
要竭尽所能将功补过……

---

① 　御膳官显然约在 1791 年第一次战争时期被杀。——原注

"御膳官的千金跟随她丈夫，省长
流放西伯利亚，在那里过早死亡；
在国内留下了这个女儿，小佐霞，
我曾托人精心抚养她。

"我曾杀过人，与其说是由于失恋，
不如说是由于一种愚蠢的傲慢；
所以我做了修士，赎回我的罪愆，
我，从前一向是以我的出身夸口，
我，从前是那样的倔强，勇猛好斗，
而今我当了募化修士，低下了头，
我化名罗巴克，它的意思是蠕虫，
我就像条虫混杂在尘土中……

"我愧对过祖国，客观上鼓励人叛卖，
我要用模范行为去为人作表率，
用鲜血和自我牺牲来偿还孽债。

"我为国打过仗；在哪里？怎样？我不讲；
不是为虚荣去闯荡，去领受剑影刀光。
驰骋疆场的战功虽然是轰轰烈烈，
悄悄的有益的行动想起来更亲切，
我受的苦，没有人晓得……

"我曾不止一次成功地潜入此地，

传递将军们的命令，或探听消息，
或密谋定计——加里西亚①人都熟悉
这修士头巾，大波兰人也知根底！
我曾被人用铁链锁在手推车上，
在普鲁士的要塞做过一年苦工；
俄国人曾三次把我的背脊打伤，
有回还要送我到西伯利亚流放；
后来奥地利人又判处我服苦役
关进了地牢，在希比尔堡②那地方
在最严酷的监狱③——
是上帝救了我显了奇迹，
允许我在自己人中间咽这口气，
举行临终圣礼。

"现在，谁知道？也许我添了新罪行！
也许我对掀起暴动太过于热心！
大大超越了我的将军们的命令！
我只想，我的亲人应该首先响应，
索普利查家应第一个拿起武器，
在立陶宛竖起第一面'奔马'义旗！……
这想法……似乎是纯洁的……

---

① 加里西亚是1772年俄、奥、普三国瓜分波兰后，奥国给它的占领区取
的名字。
② 希比尔堡是奥地利在摩拉维亚的城堡，位于伯尔尼附近，是著名政治犯
的监狱。
③ 原文系拉丁文。

394

"你想要报仇，其实你的大仇已报！
因为你已做了上帝的惩罚工具！
上帝用你的剑把我的图谋斩断，
这秘密活动的线我已纺了多年，
你却在顷刻之间把它统统搅乱！
使我毕生的宏图大业化作云烟！
那是我在人间最后的世俗的爱，
是我把它亲手培育，紧贴在胸怀，
它就好像是我至亲至爱的孩子，
可是，你当着父亲的面将他杀死，
而我却把你宽恕！
你！……"

总管打断他说："愿上帝也宽恕你！
雅采克神父，既然你就要行圣礼，
我不是路得教徒，不是分离教派！
我知道，让临终的人伤心是犯罪。
我告诉你的事定会使你感到欣慰。
就在先主受伤倒下的那个时候
我跪在他面前，头低垂到他胸口，
我把剑蘸上他伤口的血，立誓报仇，
我的主人却摇摇头，朝门口伸出手，
向你站立的地方，在空中画个十字；
他已经不能说话，然而他用手势
表明他已饶恕了杀害他的凶手。

我明白这含义，但由于悲愤至极，
关于这个十字我始终只字不提。"

病人痛苦得再也无法进行交谈，
随之出现的是长久的沉默局面。
他们在等候神父。——响起一阵马蹄声，
酒店老板气喘吁吁地敲打着房门，
他给雅采克送来一封重要的急信；
雅采克便吩咐他的弟弟念给他听。
信是菲舍尔①写的，他是波军的参谋长，
那时候他直接隶属于约瑟夫亲王。
信里说，皇帝的秘密议会决定动武②；
而且皇帝已经向全世界公开宣布；
还有，全波议会已经在华沙举行，
马佐夫舍各等级的联盟已经组成，
就要庄严宣告同立陶宛的合并③。

雅采克边听边低声念着祈祷文；
把圣烛抱在胸前，贴近了他的心，
仰望天空的眼睛闪着希望之光，

---

① 菲舍尔·斯（1770—1812），1794年任科希秋什科的副官，华沙公国军
队的将军和参谋长，在1812年的战争中阵亡。
② 拿破仑向俄国公开宣战是在一年以后，即1812年6月，而宣告建立各
等级总同盟、统一全波兰的议会是1812年6月底举行的。诗人把这一
切提前，是为了强调罗巴克的工作不是白费。
③ 指华沙公国同立陶宛合并。

最后的欢喜的泪水小溪般流淌：
"主啊，"他安详地说，"如今可以
照你的话，释放仆人安然去世！①"

大家都跪下；此刻门外传来了铃声：
这表明神父和上帝已经一起来临。

黑夜已经过去，那乳白色的天边
露出第一道玫瑰红的太阳光线；
它又穿过窗玻璃，像金刚石的箭
笔直射到床上，落在病人的身边，
灿烂的金环装饰着他的额和脸，
光闪闪，像圣徒戴着辉煌的冠冕。

---

① 义人西面见到耶稣时说的话。见《新约·路加福音》。

第十一章

一八一二年

春天的预兆①——军队的到来——祈祷仪式——过世的雅采克正式恢复名誉——从盖尔瓦齐和普罗塔齐的谈话中，可以推测诉讼即将了结——一位枪骑兵和姑娘的恋爱——短尾和猎鹰之争终于解决——宾客们参加宴会——几对订婚男女谒见将军们

那一年啊！有福的是能在国内见到你！
人民至今仍把那年的大丰收铭记，
然而士兵们却都把你称作战争年；
老人们喜欢把你的故事挂在嘴边，
诗人们则把你想象成创作的源泉。
天空的奇迹早就报知了你的降临，
有关你的传说早在村村寨寨流行；
随着春天和煦的阳光照到大地
立陶宛人的心就充满奇异的预感，
仿佛是在那世界末日到来之前
有种朦胧的期盼，忧伤而又欣欢。

当人们在春天第一次赶出牲畜，
就发现了它们虽然是又饿又瘦，
可并不向一片绿油油的新麦①跑去，
而是在田间卧倒：不是低头嘶叫
就是反复地咀嚼着冬天的饲料。

---

① 　这是已经返青的冬小麦。——原注

农民们扶犁耕着种春小麦的土地，
没显出度过漫长冬季后的欣喜，
他们没有唱歌，懒懒散散地干活，
似乎是全然忘记了播种与收获。
他们常常拉住拖耙的马或耕牛
战战兢兢地冲着西方一步一回头，
就像那个方向要出现什么奇迹。
候鸟归来也引起了不安的注意：
因为鹳鸟已经飞回原来的松林，
张开了白翅膀，带来早春的信息；
稍后，唧唧喳喳的燕子结队成行，
聚集到池塘的水面上飞舞翱翔，
又捡着冻土上的湿泥搭窝建房。
傍晚能听到山鹬在灌木中低唱，
成群的雁在森林上方嘎嘎叫嚷，
疲倦了就乱哄哄飞下寻找食粮，
而鹤在黑暗的高空则不断哀鸣。
守夜人听到就不由担心地询问，
鸟儿的王国为什么如此乱腾腾，
是什么暴风雨使世界失去平静，
竟驱赶着这些鸟儿过早地来临。

又来了，像一群梅花雀、金鸰、椋鸟。
一列列耀眼的羽毛和彩色的尖旗
时而出现在山头，时而落到草地。
骑兵队！奇异的服装，罕见的武器，

一团接一团，如冰雪化成的洪流
钢铁的队伍沿着大路向前奔驰；
从森林涌出黑色的军帽，刺刀亮闪闪，
队队蚂蚁似的步兵，多得无法计算。

一齐向北涌流，离开温暖的乐土①，
人们随着鸟群来到我们的国度，
他们都是受着一种本能的驱遣，
对这力量他们自己也感到茫然。

马，人，大炮，鹰②日夜奔流向前；
时而这里，时而那里，腾起了烈焰，
大地颤动了，雷声隆隆连成一片。——

战争！战争！在立陶宛没有一处平静，
无论哪个角落都响彻了这种吼声；
漆黑的密林深处住着立陶宛农民，
他们祖辈从生到死不曾走出森林，
除了天上狂风怒号，地上野兽嘶鸣，
他们不懂得其他任何喧闹的声音，
除了森林伙伴不曾见过别的生人——
现在看到天上燃烧着奇异的火光，

---

① 在民间土话里这词原是秋季的意思，那时，候鸟都飞走了；飞向秋季就
是飞向温暖的国度。因此人们把这词引申用作海外神话中的乐土。——
原注
② 指绣在波兰军旗上的鹰。

听到轰的一声，那是一颗炮弹炸响，
因它偏离了战场，在林中另找归宿，
炸断了树干，劈碎枝条，惊动了野兽；
老态龙钟的野牛在苔藓地上发抖，
耸起了它那长长的蓬松的鬃毛
半蹲半立，用前腿支撑着身体，
抖着胡须，对眼前的事好不惊奇；
它看着时时在树丛中闪耀的火花，
那是流弹在盘旋，滚动，嘶叫，爆炸，
似雷鸣；野牛平生第一次感到惊慌，
便立刻逃进更深的密林中去躲藏。

打仗？在哪里？在哪一边？青年们问，
抓起了武器；妇女们双手举过头顶；
大家都含泪呼喊，怀着胜利的信心：
"上帝保佑拿破仑，拿破仑保佑我们！"

春天啊！有福的是那时看到你的人，
永远难忘的战争之春，丰收之春！
春天啊！谁见过你那般繁花似锦，
点缀着庄稼、青草、人群，五彩缤纷，
你充满伟大事件和无穷的希望！
我仍看得见你，梦中的美丽幻象！
我一出娘胎就受着奴役的熬煎，
在襁褓之中就被人钉上了锁链！
一生之中只有一个这样的春天。

索普利佐夫就在通衢大道的旁边，
沿大路从涅曼河来了两位指挥官：
一位是我们自己的约瑟夫亲王[①]，
一位是威斯特法利亚王哲罗姆[②]。
他们已占领了立陶宛的大部分，
从格罗德诺一直到了斯洛尼姆，
国王发出军队休息三天的命令。
那时波兰战士虽说已十分疲惫，
却抱怨国王不许他们向前挺进；
他们一心只想尽快打败俄国人。

亲王的司令部驻在附近的城镇，
在索普利佐夫有四万士兵扎营，
同来的还有东布罗夫斯基将军[③]，
克涅杰维奇将军[④]，马瓦霍夫斯基上校[⑤]，

[①] 　约瑟夫·波尼亚托夫斯基亲王当时是哲罗姆的部下，统率波兰第五军
团，约七万人。
[②] 　哲罗姆·波拿巴（1784—1860）是拿破仑的弟弟，被拿破仑任命为威斯
特法利亚国王；在进军俄国初期，他统率的是拿破仑军队的右翼。
[③] 　即东布罗夫斯基·杨·亨雷克，当时统率波兰军队的一个师。
[④] 　即克涅杰维奇·卡尔·奥通，当时统率波兰军队的一个师。
[⑤] 　马瓦霍夫斯基·卡齐米日（1765—1845），波兰将军，当时是上校，统
领波兰军队的一个团。

盖德罗奇将军①，格拉博夫斯基将军②。

他们来时天色已晚，忙找地方安歇，
有的住在老城堡，有的住在大宅；
刚一发布了命令，布置好了哨兵，
精疲力尽的人们都回到营房安寝。
夜已深沉，军营、大宅、田野一片寂静；
只见巡逻的士兵像憧憧的黑影，
这里那里间或有几处篝火荧荧，
听到几声军营之间来往的口令。

都睡了：屋子的主人，将军和士兵；
只有大管家无法安然合上眼睛；
因为他明天要操办盛大的宴会，
要为索普利查家世代光耀门楣：
要适合款待波兰人珍视的贵宾，
也要同这一天隆重的仪式相称，
是教会的节日也是家庭的喜庆；
明天将会有三对情人同时订婚，
东布罗夫斯基将军傍晚曾留言
说他想吃一顿波兰午餐。

---

① 盖德罗奇·罗姆阿尔德亲王（1750—1824），华沙公国时代的将军，他
并未参加拿破仑大军，而是任 1812 年在立陶宛组建的军队的总监察长。
② 格拉博夫斯基·米哈尔（1773—1812），波兰将军，当时领导波兰军队
的一个旅，后来在斯摩棱斯克的围攻战中阵亡。

虽说已经很迟，

大管家仍迅速从附近招来了厨师；

他找到了五个，本人还亲自下厨。

他系着一条白围裙当了厨师长，

戴一顶睡帽，衣袖卷到肘子以上；

他一手拿蝇拍，把贪婪的小虫轰走，

不准它们落在美味上稍作停留；

另一只手把擦干净的眼镜戴起来，

从怀里掏出一本书，解开后又翻开。

这本书的封面上写的是：《烹饪大全》①，

波兰的珍馐名菜都详细记在里面；

登琴伯爵②在意大利用这书办过宴席，

就连教皇乌尔班八世也赞叹不已③；

后来卡尔——亲爱的朋友——拉吉维尔④

在涅希维日⑤也是根据这部大全

---

①　此书现在很少见，一百多年前由斯坦尼斯瓦夫·切尔涅茨基印
　　行。——原注

②　即耶瑞·奥索林斯基（1595—1650），国王瓦迪斯瓦夫时代著名的政治
　　家，曾于1633年出任国王派至教皇乌尔班八世处的使节。

③　这次出使罗马是常被人描写和绘画的。参看《烹饪大全》的序文：这次
　　出使引起西方各国很大的惊异，对于那位无与伦比的先生的智慧和他的
　　家庭的阔绰、筵席的丰盛都交口称誉，一位罗马亲王甚至说：罗马今天
　　得到这样一位大使，真是有幸。"注意：切尔涅茨基本人就是奥索林斯
　　基的厨师长。——原注

④　拉吉维尔举行宴会招待国王是在1784年。他是国王的政敌，关于这次
　　宴会有过许多描写。

⑤　涅希维日在白俄罗斯，那里有拉吉维尔家族的城堡。现称涅斯维日。

为国王斯坦尼斯瓦夫举行琼筵，
那宴会令人难忘的丰盛与豪华
至今还在立陶宛民间传为佳话。

大管家对读到的、懂得的，侃侃而谈，
由那些熟练的厨师立刻动手去办。
工作沸腾了，五十把菜刀擂响案板，
黑鬼一样的厨役穿梭般地往返：
有的送柴，有的送奶，有的送酒坛。
大锅、煎锅、炖锅一齐动用，烟雾弥漫；
两个厨役拉风箱，坐在炉子旁边，
大管家为了让柴更猛烈地燃烧，
又命令把融了的奶油往柴上倒
（在富有家庭这点奢侈尚能承受）。
有些厨役把大捆干柴往火里投。
有些则往熏肉扦子上插大块的肉，
有牛肉、狍子肉、野猪的腰臀和鹿肉；
还有人把各式各样的飞禽拔毛，
绒毛宛如云彩一阵阵纷纷扬扬，
山鸡、松鸡和母鸡都被拔得精光。
但母鸡却不多；因那次袭击的时候
渴血的傻犊陀布琴斯基攻击鸡埘，
佐霞喂养的鸡群统统被他糟踏，
连一只做药引的母鸡也没留下。
索普利佐夫曾经以它的家禽出名，
如今却来不及重新繁殖它的鸡群。

好在各色肉类倒也是应有尽有，
凡是能搞得到的都已收齐配足，
有的本是家藏，有的来自屠宰场，
有的来自森林、左邻右舍或远方：
可以说，除了龙肝凤胆不缺一样。
慷慨的主人设宴时常为两事犯难：
丰足和美观。索普利佐夫现都齐全。

百花圣母的庄严节日①已经来临。
天气是出奇的晴朗，又正值清晨，
明净的蓝天伸展开盖裹着四垠，
仿佛是悬空的大海，凹陷而平静；
几颗星在蓝天的深处闪闪烁烁，
像海底珍珠在波浪间忽起忽落；
从旁飘过来孤零零的白云一朵，
它把翅膀隐藏在蔚蓝的太空里，
像守护天使隐去了自己的羽衣，
他来迟了，为人间的晚祷所羁绊，
现正急于去追赶天堂的伙伴。

星星的最后的珍珠已变得黯淡，
消隐在那寥廓而又深邃的霄汉，

天空的前额正中已在逐渐发白，
右鬓靠着阴影的枕头带点浅黑，
但是左鬓却愈来愈显出了红色；
稍远处，天边裂开了，像睁开的眼睑，
眼白、虹膜和瞳仁全都清晰可见——
这时候喷射出一道曲折的光线，
在圆圆的天空闪耀着绕了半圈，
它悬在白云之中像是一支金箭。
随着这箭，飞出一簇火——白昼的信号
在天穹上千百次地交叉，照耀，
太阳终于睁开了那惺忪的睡眼，
它眨了眨，抖了抖，眉宇间光华灿烂，
七种色彩交相辉映：像青玉蓝湛湛。
又像红玉红艳艳，也像黄玉黄灿灿，
接着就变得像透明的水晶般耀眼，
后又亮得像钻石，最后像一团火焰，
既像轮大月亮，又像颗闪烁的星：
这孤独的太阳就这样在太空运行。

今天立陶宛百姓来自四乡邻里，
日出之前就已在教堂周围聚齐，
似乎是专来等待宣布新的奇迹。
这聚集部分是由于人们的虔诚，
部分则由于好奇：因为将军们
今天也在索普利佐夫参加礼拜，
他们使这场清晨弥撒格外生辉；

我们军队的这些著名的指挥官，
他们的名字人民熟悉，牢记心底，
对他们敬重得可同守护神相比，
他们的一切流浪、战斗以及远征
可说是全立陶宛的民众的福音。

这时来了几位军官和一群士兵；
人们立刻团团围住，注视着他们，
望着这些穿军服带武器的自由人
望着这些说着波兰话的本国人，
大家几乎不敢相信自己的眼睛。

弥撒开始了——小小圣殿无法容纳
这一大群；平民百姓在草地跪下，
眼望着教堂的大门把帽子脱下：
立陶宛人的白头发或浅黄头发
镀上了金色，像地里成熟的燕麦；
还有姑娘们美丽的头五光十色，
装饰着新鲜花朵或孔雀的羽毛，
系着的彩带在发辫上轻柔地飘，
她们在男人们的脑袋之间晃动，
犹如小麦中的矢车菊或麦仙翁。
跪着的各色的人群遮蔽了田野；
听到了钟声，他们一齐低头礼拜，
好像一阵风吹倒了田里的麦穗。

村姑们今天专门给圣母的祭坛

带来嫩草，作为春天的首次奉献；

周围的一切都饰有花束和花环，

祭坛、圣像，甚至钟楼、走廊都摆满。

偶尔一阵阵晨风从东向西吹过，

吹散的花在跪拜者的头上飘落，

像香炉里升起的芬芳的香烟。

教堂里的弥撒和布道刚刚做完，

主席就来到这一大群人的面前，

这位监督，在前不久的区议会上

被一致选举为同盟议会的议长①。

他穿着省颁的制服②：绣金的短袄，

一件拖着长长穗子的丝绸外套，

还系着一条镏金的厚花缎腰带，

上面挂着用蜥蜴皮包柄的佩刀；

颈项上有枚大钻石扣针在闪耀，

四角帽是白色，插有珍贵的鸟羽，

那是一簇白如雪的白鹭的冠毛。

（只有在节日帽饰才会如此富丽，

每一片小小羽毛就值一千金币。）

---

① 当波法联军开进立陶宛的时候，各省都成立了同盟，也选举了议会的议
员。——原注

② 在斯坦尼斯瓦夫·奥古斯特·波尼亚托夫斯基国王统治时期，规定贵族
着统一的节日礼服；各省的贵族所穿的外套、短袄以至翻领的式样和颜
色各不相同，其规格由各省政府制定。

他这般打扮，登上教堂前的高丘，
村民们和士兵便紧紧围绕在他四周，
他说道：

"兄弟们，神父在布道台上已说过，
皇帝－国王已把自由交还了王国①，
现在就要交还立陶宛和全波兰；
你们大家早已听说政府的决议，
也听说过召开全波议会的宣言。
我想要对大家说的只有几句话，
涉及本地贵族索普利查的一家。
　　　　　全区都记得清
去世的雅采克·索普利查的事情；
既然你们对他的罪过都很清楚，
现在到了宣布他的功绩的时候：
在场的有我们军队的许多将军，
我把从他们那里听到的转告你们。
雅采克并未（像传说的）在罗马丧命，
却改变了以往的生活、职业和姓名；
他对上帝，对祖国的一切过错和罪戾
已用圣职和英雄业绩来完全赎清。

————————

① 　1569 年波兰和立陶宛合并成立波兰共和国，波兰王国是共和国的组成
　　部分，此外还包括乌克兰和白俄罗斯。

"就在霍恩林顿①，当利歇邦斯军②

出战不利败了一半正准备退兵，

又不知克涅杰维奇正赶来接应，

是他，化名罗巴克的雅采克，

在枪林弹雨中给利歇邦斯送信，

信中克涅杰维奇向利歇邦斯说明

我们军队就要把敌军的后方占领。

而后来在西班牙，当我们的骑兵

将壁垒森严的萨摩谢拉山峡③占领，

他在科杰图尔斯基身边受了两次伤！

此后，他作为特使，带着秘密命令

跑过我国的许多地方，调查民心，

建立和联系了许多秘密团体；

最后，在索普利佐夫，他出生的故地，

在袭击中倒下，他是来准备起义。

有关他牺牲的噩耗传到了华沙，

就是在那个时候，皇帝陛下

恩准向他颁发荣誉团④十字勋章

以示对他的英雄业绩给予嘉奖。

---

① 众所周知，在霍恩林顿由克涅杰维奇统率的波兰军团决定了这次胜利。——原注〔霍恩林顿在巴伐利亚，1800 年 12 月法军在波军协助下在此打败奥军。〕

② 科歇邦斯是法国的将军，法军一路纵队的指挥官，在他处于险境的时候，克涅杰维奇率多瑙河军团前去救援。

③ 萨摩谢拉山峡在西班牙，1808 年被杨·科杰图尔斯基（1781—1821）上校统率的波兰骑兵连占领，这一战役给拿破仑打通了去马德里的路。

④ 荣誉团是拿破仑于 1802 年创设的勋位。

414

"根据以上的种种事实细加权衡，
我，作为一个省的政权的代言人，
以我在同盟的地位向你们声明：
雅采克以忠诚服务和皇帝隆恩
已把他名字上的污点洗刷干净，
他失去的荣誉而今已重新获得，
现又站在真正爱国志士的行列；
从此谁敢向去世的雅采克一家
重提他早已赎清的过失的旧话，
那就一定会以污蔑罪受到严惩，
重大污点记入法院档案①，依据法律条文，
不管是世袭的贵族②，还是新晋升的贵族③，
只要诽谤了公民都要受到惩罚；
因为现在是大家平等，那第三条
对于市民以及农民都同样有效。
这议会的法令一定要由书记官
郑重地记录于同盟总部的档案，
并要由执达吏来宣布一体照办。

"至于这一枚荣誉团的十字勋章，
虽然来晚了，并不减荣誉的分量；
既然它未能佩在雅采克的胸前，
我就挂在他的坟上以作为纪念。

---

①②③　　原文系拉丁文。

它将在坟上挂三天，然后存教堂
作为对圣母的奉献。"

他这么说着，从盒子里取出勋章
挂在墓前一个朴素的十字架上，
系在打了蝴蝶结的红缎带上面，
这缀满星星的白十字章戴顶金冠；
迎着太阳星星放射出灿烂的光，
恰似雅采克的光荣的最后辉煌。
此时跪着的人们念着天使奉告①
为这个罪人的永久的安息祝祷；
法官在宾客和村民中往返来回，
请大家到索普利佐夫参加宴会。

屋前的草凳上正坐着两个老头，
各自的膝上捧着满满一盏蜜酒；
他俩都望着花园，丽春花色彩鲜艳，
有位枪骑兵向日葵似的立在花间，
他头上戴着的一顶头盔金光闪耀，
那是贴了金箔还插了束公鸡羽毛；
他身边有位姑娘穿着绿色的长衫，
这芳香似的人儿抬起她的双眼
用紫罗兰一般的眼睛凝视青年；
稍远处，有几位女士在园里采花，

---

① 　　一种祈祷文，纪念天使加百列向马利亚预告她将怀孕的事。

416

都故意调转头，以免妨碍他俩谈话。

老人喝着蜜酒，又彼此敬让着鼻烟，
一边传递树皮烟盒，一边亲切交谈。

"是呀，是呀，我的普罗塔齐！"总管说。
"不错，不错，我的盖尔瓦齐！"执达吏说。
"是呀，不错！"他们两个反复说了又说，
还不住地点头，按着同样的节拍；
后来执达吏普罗塔齐继续说道：
"我们的诉讼稀奇地结束，这也好；
我记得，其实这类事也有例在先；
还有比我们闹得更凶的诉讼案，
也是用婚姻契约，解决全部麻烦：
沃波特①跟博尔兹陀博哈蒂被说合，
克雷普图尔跟库普希奇握手言和，
普特拉门特跟皮克图尔纳誓不再吵，
马茨凯维奇跟奥迪涅茨，图尔诺
跟克维莱茨基②统统都言归于好。
再说波兰和立陶宛之间经历的风暴，
霍雷什科和索普利查两家怎比得了！
然而一旦雅德薇嘉女王慎重思考，

---

① 沃波特和下文中出现的众多姓氏（直到奥迪涅茨）都是立陶宛各家族的
真实姓氏。
② 图尔诺、克维莱茨基都是诗人认识的波兰地区家族的姓氏。

一切争端就都消释连审判也不需要。

最好是敌对双方有寡妇或大姑娘

可出嫁，一切纷争都会以协议收场。

最持久的诉讼一般是发生在

宗教教派之间抑或是近亲之间，

因为不能用婚姻使双方捐弃前嫌。

因此波兰人和俄国人争吵不息，

虽是出自莱赫和罗斯两个同胞兄弟①；

因此立陶宛人和十字军僧侣②之间

有那么多诉讼，翻来覆去没个完，

直到雅盖沃在战争中奏捷凯旋③；

因此雷姆沙跟多米尼克修士之间

那著名的诉讼才旷日持久地悬而未决④，

直到修道院代表迪姆沙修士获胜，

这才有句俗话：上帝比雷姆沙神妙；

我还要添一句：蜜酒远远胜过削刀。"

他说着举杯，为总管的健康一饮而尽。

"不错！不错！"盖尔瓦齐激动地说，

"我们王国和立陶宛的命运好稀奇！

---

① 据中世纪民间传说，古代有三兄弟：莱赫、捷赫和罗斯在三个地方安
家，由此而产生了三个同种族的斯拉夫部落，进而发展成了波兰、捷克
和罗斯三个斯拉夫民族。
② 即条顿骑士团，经常侵犯立陶宛。
③ 1410年，波兰国王瓦迪斯瓦夫二世雅盖沃统率波兰－立陶宛联军在格伦
瓦尔德战役中使骑士团军队几乎全军覆没。
④ 原文系拉丁文。

它们像是一对被魔鬼拆散的夫妻
又经上帝撮合，魔鬼如愿，上帝满意！
唉，普罗塔齐老弟！我们总算亲眼看见
王国的兄弟们又来拜访我们立陶宛！
我和他们共过事，那是在许多年前，
我记得，他们作为同盟者非常勇敢！
要是先主人御膳官能活到这一天！
雅采克啊，雅采克！——但我们何必叹息！
既然立陶宛又同王国联合在一起，
那就是和解了，一切不快都已忘记。"

"也真巧，"执达吏说，"提起这小佐霞，
我们的塔杜施正在跟她论婚嫁，
一年前，好像有个预兆从天而降！"
总管打岔说："该称她佐菲亚姑娘，
她不是个小女孩，已经长大成人，
况且，御膳官的外孙女出自名门。"
"嗯，那是，"普洛塔齐又紧接着说，
"那是关系到她命运的一个预兆，
那个预兆恰是我本人亲眼见到。
那是在一年前的一个节日期间，
我们和仆役坐在这里喝酒闲谈，
我们看到：啪！突然从屋檐上跌落
两只相斗的鸟，两只都是公麻雀，
小一点的那只，脖子上是浅灰毛，
一只是深灰；它们斗得互不相饶，

它们上下翻滚，扬起了一片灰尘；
我们望着，那时仆人们低声议论，
说让这只深灰的代表霍雷什科，
而那只浅灰的则代表索普利查；
因此每当那只浅灰的占了上风，
他们就高喊：'呸！霍雷什科可怜虫！
索普利查万岁！'而当浅灰的倒下，
他们又高叫：'起来呀，索普利查！
不要向权贵投降，落得遭人咒骂！'
我们笑着，等着，看谁能把谁战胜；
这时，小佐霞对鸟儿满怀着同情，
她跑过来把那对骑士捧在手上；
它们还在斗，啄得羽毛纷纷扬扬，
这小生灵竟有如此顽强的精神。
妇女们望着佐霞又发开了议论：
说这可爱的姑娘定是命中注定
要来调解两个结了宿怨的仇人。
我看，她们的预言今天得到证实。
不错，她们那时想的不是塔杜施，
而是伯爵。"

对于这件事，总管说道：
"世上的事千奇百巧，谁又能逆料！
我也说件事，虽然不如这件稀奇，
但是要充分理解它也颇不容易。
你知道，从前只要能找到一匙水，

我也想把索普利查一家都淹死；
然而就是这个塔杜施，年纪轻轻，
从他小时候起就特别合我的心。
我发现，他跟男孩打架总是打赢；
每当他跑到我们的城堡来玩耍，
我总要找些难办的事来逗引他。
什么也难不倒他；无论是抓鸽子、
上塔楼，还是采槲寄子去爬槲树，
还是上最高的松树掏老鸦的巢，
他都毫不畏惧，而且样样做得好；
我想，这个孩子生来是吉星高照，
真可惜，他姓了索普利查这个姓！
谁料到，我招待的竟是城堡的主人，
我高贵的女东家佐菲亚小姐的夫君！"

他俩说完了，喝着酒，一同陷入沉思，
只有不时听见的短短的几个单词：
"是，是，盖尔瓦齐。"——"是，普罗塔齐。"

草凳靠着厨房，厨房的窗户敞开，
浓烟好像是从大火中冒了出来，
滚滚浓烟中闪着厨师长的白帽，
仿佛是一只白色鸽子的白羽毛。
大管家从窗口伸出头，在他俩上边
居高临下地悄悄听着他们的交谈，
后来又递给他们一碟奶油饼干

说道："请尝尝吧，算是下酒的糕点。
我来告诉你们争吵的趣事一件，
这桩事差一点没闹出一场血战，
在纳利博基森林里打猎的雷坦
用了一计使德纳索夫亲王不安。
这一计几乎叫他丢了自己的命：
是我调解了两位大人间的纠纷，
怎样调和的，且听我来告诉你们。"
但大管家的故事被厨师们打断，
他们来请示，该派谁去摆桌面。

大管家走了，两位老人酒也喝完。
他们沉思着，把目光转向了花园，
英俊的枪骑兵正同那小姐交谈。
她的手握在枪骑兵的左手里面，
（他右手吊着绷带，显然是受过伤。）
他就这样轻言细语地问那姑娘：

"佐菲亚，你必须把这事对我说明，
在交换戒指之前，我一定要弄清。
为何去年冬天你答应跟我订婚？
那时候我却不能接受你的答应：
那种强制的诺言不合我的心愿。
我在索普利佐夫住的时间很短；
我并非那样浅薄，以至自作聪明，
以为看一眼就能赢得你的芳心；

我不是吹牛家，为博得你的好感，
我要建功立业，哪怕要等许多年。
现在你又好意答应了我的求婚：
是什么竟使我值得你如此情深？
答应或许并非出自对我的眷恋，
是因为叔叔和姑母的美言相劝；
但是婚姻，佐霞，是很严肃的事情，
你作决定时只能听从自己的心，
千万不要去照顾任何人的威信，
你尽可不要去管我叔叔的怂恿，
也不要去听你姑母的撺弄；
如果你对我除了好意别无其他，
那么我们就把这订婚再推一下，
我不愿束缚你，我们可等些时间。
不必仓促行事，尤其是昨天傍晚
我接到了命令，要我留在立陶宛
担任本团的教官，直到伤口复原。
怎么样，亲爱的佐霞？"

                听到这番话
她抬起头，惶惑地望着他的眼睛：
"我已不很记得从前发生的事情，
大家都说，我应该成为您的妻室；
我总是顺从上天和长辈的意志。"
然后她垂下了那蔚蓝色的双眼，
补充说，"如果您记得，在您走之前，

也就是在那个雨骤风狂的夜晚，
罗巴克神父在那时离开了人间，
您要走时，对我们是多么地留恋，
我看到了您的眼睛里泪光闪闪，
那泪珠儿一直落到了我的心田；
从此我便完全相信了您的诺言，
说句实话，我知道自己叫您喜欢；
每当我为您的成功祈祷，看到的
总是站立在我面前的深情的您，
带着您那颗大大的闪光的眼泪。
后来监督夫人把我带到维尔诺
去过冬，然而思念一直煎熬着我，
思念索普利佐夫和我的小闺房，
我怎能忘，就在那个寂静的傍晚
您和我首次奇迹般相逢的地方，
后来您向我道别又在那小桌旁；
我不知道，那究竟是怎么一回事，
那相思就像是秋天播下的种子，
经过一个冬天在我的心头发芽，
对这个小房间我总是抛舍不下；
总是有个声音响彻在我耳边，
说我定能找到您，如今果然实现。
嘴巴常常会透露心里想着的事，
我常常无心地叨念着您的名字——
那是在维尔诺过谢肉节的期间；
姑娘们都说我藏着对谁的热恋：

今天我可以对您很坦然地承认，
如果我爱上了谁，那就一定是您。"

这爱情表白使塔杜施称心如愿，
他紧握住她的手，双双出了花园，
径直朝着这位小姐的闺房走去，
那正是塔杜施十年前住过的房间。

书记官穿戴得华丽非凡，在里面
正忙着为他的未婚妻精心打扮，
他跑来跑去，给她递戒指，送项链，
还有那雪花膏、香水、扑粉和贴片；
他心花怒放，胜利地凝视着新娘。
那位年轻女士总算是化好了妆，
坐在镜子前面向美神征询意见；
而侍女们还在忙碌，围着她转，
有的手上拿着烧热了的烫发钳
要重新烫一烫她发辫上的鬈环，
有的跪在地上整理长裙的花边。

当书记官正在房里欣赏未婚妻，
一个厨役拍着窗子提醒他注意：
发现从柳树丛中蹿出一只兔子
箭一般掠过草场跑进了园子里，
又一头钻到刚长起来的蔬菜地；
它藏在那里，从苗圃可把它轰走，

再放出猎犬挡住它的必经之路。
巡官跑上去了，拉着猎鹰的项圈，
书记官跟在后头，忙把短尾呼唤。
大管家让他们两个都带了猎犬，
巧妙地把他们安置在栅栏旁边，
而自己则拿着蝇拍跳进了菜园，
他拍手跺脚吹口哨，吓唬那野兔，
这两位猎人各自拉住自己的狗，
用手指着兔子正要从那儿逃脱，
他俩呷着嘴唇，猎犬也耸起耳朵
用鼻孔嗅着风，而且还急得打颤，
就像是两支箭搭在一根弦上面。
大管家喊一声："追！"兔子从栅栏旁
纵身一跃，刹那间就落到了草场，
猎犬也飞快地追去，头也不用掉，
猎鹰和短尾一齐把那灰兔抓住，
是在同一时间，从相对的方向，
活像一只鸟儿身上的两个翅膀；
犬牙利爪似的掐进了它的背脊。
野兔只叫了一声，像新生儿似的，
可怜至极！猎人跑来：它已断了气。
而猎犬还在撕扯它腹部的白毛。

猎人拍着猎犬，大管家也过来了；
他慢慢取下挂在佩带上的猎刀，
割下了那野兔的四只脚，说道：

"今天，这两条狗应受同样的奖赏，
是因为它们获得了同样的荣光，
它们是同样的敏捷，也同样艰难；
这真是宫殿配帕茨，帕茨配宫殿①，
两条猎犬的主人都是英雄汉，
两位猎人的猎犬也是旗鼓相当；
你们长期的争论今日就此收场；
你们过去选我当打赌的仲裁人，
现在我宣布：你们二人均已获胜，
我这就交还赌注，好让物归原主，
请你们来签字。"听到老人的宣判
猎人们彼此望着，全都笑容满面，
消除了长时间的隔阂，握手言欢。

然而书记官又发表了不同意见：
"我下的赌注是一匹马连同鞍鞯，
而且我还在地方法院登记立案，
说我的戒指要作酬金送给裁判；
已交出来的打赌证物不能归还。
恭请大管家收下戒指作为纪念
并请他命人把自己的大名刻上，
或者是刻上赫雷切哈家的纹章；

---

① 这是句波兰谚语，意思是二者有同样的价值，彼此般配。谚语起源于安东尼·米哈乌·帕茨将军在立陶宛的耶兹诺的豪华宫殿，建于 18 世纪中叶。

戒指的玛瑙细润，金托是十一开的。
马已经被枪骑兵征去当了坐骑，
鞍辔在我手中，行家都称赞不已，
夸它舒适、牢固，像饰物一样漂亮：
马鞍不宽，土耳其－哥萨克的式样，
前面有前鞒，是用各色宝石镶嵌，
座位上铺的垫褥的面子是锦缎。
当你跳上马鞍，坐上柔软的坐垫，
在鞍上就如同在床上一样舒坦；
而当你纵马跑去（这是众所周知，
书记官博莱斯塔非常爱打手势，
说到此，他叉开腿，像要跳上马去，
然后缓缓地摇晃，仿佛在策马奔驰），
当你纵马飞奔，那鞍辔光彩照人，
像是从你的骏马身上滴下黄金，
因为两边的马披是用金线绣成，
而宽大的银马镫又是镀了黄金；
珠母的扣子闪耀在那马衔带上，
也在缰绳上发射出灿烂的光芒，
胸甲上挂着新月形莱利瓦纹章①，
这全套的鞍辔实在是不同凡响，
据说这是在波德盖齐②的战争中

---

① 波兰的家族纹章之一，红底上一弯金黄的新月，两角上翘，中央是一颗
　 金星，为索普利查家族所佩。
② 波德盖齐在利沃夫的东南边，1665 年索别斯基·杨统率的波兰军队在此
　 打败了土耳其人。

来自一位很显赫的土耳其贵族，
请收下，巡官，作我敬重你的证据。”

对此巡官回答，他因礼品而高兴：
"我作赌注的是那漂亮的狗项圈，
桑古什科亲王从前送我作纪念，
它包着蜥蜴皮，系着锃亮的金环，
还有丝织的系狗带，工艺很精湛，
同它上面闪光的宝石一样奇巧。
这一套我原本想留作传家之宝；
我会有孩子，你知道，我今天订婚；
但是，亲爱的书记官，我诚心恳请
你收下，跟你那豪华的马具交换，
它可作为我们这场争闹的纪念：
这一场争论多年以来经久不息，
终于结束，对我们双方都很光彩。
现在让我们一起欢呼：和解万岁！”

于是他们回到屋子里，在桌边宣告：
短尾和猎鹰之争从此永远结束。

据传，这只兔子是大管家饲养的，
又偷偷把它从室内放进了园里，
想借着这只很容易到手的灰兔
使两个怒目相向的人成为朋友。
老人的这条妙计用得如此秘密，

使整个索普利佐夫都蒙在鼓里。
几年后一个厨役透露了这消息，
想挑起巡官和书记官重新闹气；
但他散布侮辱猎犬的话白费了劲，
大管家矢口否认，对厨役谁也不信。

客人们都已聚集在城堡的大厅，
围坐在桌边等候盛宴，高谈阔论，
法官身着省颁的礼服走进厅堂，
伴着塔杜施先生和佐菲亚姑娘。
塔杜施，把他的左手举到了额边，
用一个军礼向自己的指挥官致敬。
佐菲亚则是把目光垂向了地面，
羞红了脸，用屈膝礼向客人请安
（姑母教过她怎样行屈膝礼才好看）。
她作为待嫁的姑娘头戴着花环，
其余的服饰跟她早上穿的一样，
那时候她虔诚地来到了小教堂，
把一束新春花草献给圣母肖像。
她还为客人们采来新鲜的花草；
她用一只手分发着这些花和草，
另一只扶正了头上闪亮的镰刀。
长官们取了花草，吻了吻她的手；
佐霞又轮流行屈膝礼，面带娇羞。

克涅杰维奇将军搂住了她的肩膀

在她额上轻轻一吻像慈父一般，
又把这姑娘高高举起，放在桌上，
于是大家便一齐鼓掌，同声叫好，
热烈地赞美这姑娘的端庄仪表，
尤其是她那立陶宛村姑的服装；
这些长官在自己的一生充满动荡，
长年都是在国外奔波，颠沛流亡，
在他们看来，民族服装美妙无双，
使他们想起了自己的韶华时光，
也想起一去不返的昔日的爱恋；
所以他们几乎个个都热泪盈眶
聚在桌旁，好奇地朝她张望。
有人要求佐霞抬起头，睁开眼睛；
还有几位要求她赏脸转一转身；
这羞羞答答的姑娘一边打着转，
一边却用手遮住了自己的双眼。
塔杜施望着她，搓着手，喜洋洋。

不知是有人劝她如此打扮出场，
还是她本能地选中了这身服装
（因为姑娘们一般都本能地知道
怎样的装束最适合自己的相貌），
总之，这一天佐霞是生平第一次
从早上就被泰莉梅娜骂为固执，
她拒绝穿时装，甚至用眼泪帮忙，
就只好让她依旧穿着村姑的衣裳。

她穿一条洁白的长裙；外衣很短，
是绿色羽缎滚了道粉红的花边；
紧身胸衣也是绿色，从腰到颈项
用粉红的丝带束成菱形的花样；
它遮住胸脯，像绿叶掩映着花蕾。
洁白的衬衣袖子闪着熠熠光辉，
宛如那欲飞的蝴蝶把翅膀张开，
腕上的袖口波浪起伏，束着丝带；
她的脖子也被衬衣紧紧地围住，
领口上缀着一个粉红色的结子；
她的耳环是用樱桃核雕琢成的，
萨克完成这件工艺品时很得意
（带着爱神的箭和火焰的两颗心
是萨克向佐霞求爱时送的礼品）；
她的领口上挂着两副琥珀珠串，
头上戴着碧绿的迷迭香的花环，
佐霞把丝带扎的发辫甩到肩上，
并且按照乡下割麦姑娘的习俗[1]
在额头上缚了一把弯弯的镰刀，
镰刀刚割过草被磨得闪闪发光，
像狄安娜[2]额上的新月一样明亮。

---

[1]　佐霞是按照收获节上向贵宾献面包的村姑模样打扮自己的。

[2]　据罗马神话，狄安娜是狩猎、森林和月亮女神。她作为月亮女神的形象
　　是：头戴新月冠，手持火炬。

所有的人都鼓掌，喝彩。一位军官
从衣袋里掏出装纸的匣子^①，拿出纸张，
他铺开纸，削好铅笔，在唇边润湿，
望着佐霞就作画。法官一见笔和纸，
马上就认出这位不寻常的艺术家，
虽说上校的制服使他容貌顿改：
华丽的肩章，真正枪骑兵的风采，
黑多了的下巴，西班牙式的胡子。
法官说："伯爵，你好呀，尊敬的阁下，
你在弹药盒里竟备有纸笔作画！"
这正是伯爵，他入伍是在不久前，
那是因为他拥有很大一笔进款，
就用这些钱装备了一个骑兵团，
而且在第一次战斗中表现不凡，
皇帝今天刚刚任命他当了上校：
因此法官便来祝贺他飞黄腾达，
可伯爵没留神听，只是埋头作画。

就在此时第二对订婚人进来了：
这位巡官过去曾经替沙皇效劳；
如今为拿破仑指挥着一队宪兵，
虽说他上任还不到十个时辰，
他已换上深蓝制服，剪裁是波兰式样，
挂一把弯弯的佩刀，踢马刺叮当响。

———————

① 　　原文系法文。

他爱人泰克拉·赫雷切哈挨着他，
她打扮得花枝招展，迈着尊严的步伐；
因为巡官早已放弃了泰莉梅娜，
为了狠狠打击一下那风骚的女人，
就把他的心转向了大管家的千金。
这新娘不太年轻，或许已五十出头，
却是个很好的主妇，稳重而且富有，
因为除了她所继承的村子不算，
法官的赠款又增加了她的妆奁。

大家等了很久第三对还不露面。
法官派仆人去请，心里忐忑不安；
仆人回来说，第三位新郎书记官
在追兔子的时候丢了订婚戒指，
他找遍整个草场到处都寻不见；
而书记官的新娘还在梳妆台边，
虽说她紧赶慢赶，还有侍女帮忙，
但是老也完不了她那梳妆打扮：
要一切准备就绪除非等到四点。

第十二章

让我们相亲相爱！

最后一次古波兰宴会——堂皇的桌饰——它所展示的人物——它的变形——东布罗夫斯基接受馈赠——再一次提到削刀——克涅杰维奇接受馈赠——塔杜施接受遗产后的第一个施政方针——盖尔瓦齐的意见——音乐会上的音乐会——波兰舞——让我们相亲相爱！

宴会厅的门终于砰的一声敞开。
衣冠楚楚的大管家昂首走进来，
他既不打招呼也不在桌边入座，
因为他今天扮演的是新的角色——
贵族府邸的掌礼官，宴会的司仪；
他手中的手杖正是职务的标记，
他用手杖指定座位请客人入席。
在前排，拥有全省的最高权力
作为议会议长的监督占了首席，
坐上一把带象牙扶手的丝绒椅；
他右首坐着东布罗夫斯基将军，
左首是克涅杰维奇和帕茨①将军、
马瓦霍夫斯基将军和监督夫人；
再远一点则坐着其他各位女士、
各位军官、大小贵族和乡绅地主，
男女宾客都相间而坐一男一女，
都严格遵照大管家指定的顺序。

---

① 指卢德维克·帕茨，1812 年晋升为波兰将军并任拿破仑的副官。密茨凯
维奇在流亡中与他结识。

法官点了点头便从宴席上起身；
来到了院子里招待一大群农民：
请他们坐在两斯塔耶①长的桌边，
他坐在一端，教区神父坐另一端。
塔杜施和佐霞没有在桌边就座，
他俩忙于款待农民，边走边吃喝。
这是古老的习俗，田庄的新主人
在第一次宴会上亲自伺候平民。

此刻大厅的客人们正等候酒食，
都惊诧地望着一个庞大的桌饰，
它的工艺和质料一样不同凡响。
据传说，那是孤儿拉吉维尔亲王②
派人到威尼斯定制了这套桌饰，
按他自己的设计装成波兰样式。
后来在瑞典战争期间一度散失，
不知怎么又在这贵族家里露面；
今天从库房取出，放在餐桌中间，
摆成了一个像车轮的硕大圆圈。

这桌饰从底到边缘都满满铺上

---

① 丈量土地的长度单位，其长度在不同年代和不同地区有所不同，在古波
  兰一斯塔耶约等于一百三十四米。
② 孤儿拉吉维尔亲王旅游过许多地方并出版了到圣地巡礼的游记。——原
  注［米柯瓦伊·克瑞什托夫·拉吉维尔（1549—1616），诨名孤儿，曾
  任维尔诺省长和立陶宛的掌礼官。］

蛋白酥皮和像雪一样洁白的糖，
巧夺天工地模仿着冬天的景色；
中央糖果堆成的大森林略显黯，
周围好像是村落和贵族的田庄，
房舍上的霜雪都是起沫的白糖；
器皿的边缘又摆了许多点缀品，
都是些穿着波兰服装的小瓷人；
他们表情各异像舞台上的演员，
似乎在演示某种很重大的事件；
他们个个都神态逼真，色彩鲜艳，
除了没有声音，其余跟活人相像。

宾客们好奇地问：他们演示什么？
大管家于是举起手杖指点着说
（这时仆役送上伏特加，准备进膳）：
"承尊贵的宾客们赏脸，我来谈谈：
你们所看到的人物有许许多多，
他们是演示波兰区议会的聚会经过，
议会里的商议、投票、胜利和辩论，
我把猜出来的意思讲给诸位听。

"请看右边，这是我们的贵族乡绅：
准是议会前宴会上邀请的客人，
餐桌已摆好，还不曾请客人入席，
都成群地站着，每一群都在商议。
你们看，每群中央都站着一个人，

从那张着的嘴巴、瞪圆了的眼睛，
从那些手——它们似乎在动个不停
可看出——演说家在解释什么事情，
用手指在手掌上比画，进行说明，
演说家都在推举自己的候选人，
成败不一，听众都是不同的表情。

"第二群中，贵族们都认真地听着，
这位双手塞在腰带里，侧着耳朵，
那位手伸到耳边，静静捻着虬髯
在收集听到的话，将其记入脑海；
见听众受到感化，演说家高兴了，
他拍拍口袋，那里面正装着选票。

"但是，第三群中情况有点不妙：
演说家不得不抓住听众的腰带，
你们看！他们都想挣脱，不予理睬；
你们看！这位听众气得暴跳如雷，
他举起手威胁演说家，要他闭嘴，
他显然是听到了对敌党的恭维；
那第二位，像头公牛低下了额角，
或许，他对那演说家要用角去顶；
有人在拔战刀，也有人拔腿逃跑。

"有位小贵族悄悄站在人群中间，
看起来他是个无党派，犹豫不定；

投什么票？他不知道，心里在斗争，
他举起双手，伸着拇指，听天由命，
他又闭上眼睛，指甲向指甲瞄准，
显然，投什么票他要由命运决定：
如果指头正好对着，就投赞成票，
如果对得不准，他就要投反对票。

"左边是另外一幕：修道院的食堂
已经被改成贵族们聚会的会场。
老人并排坐着，年轻人站在后边，
又从他们头顶好奇地望着中间；
中间站着议长，手上抱着个瓷罐，
他在数票球，贵族们都睁圆了眼，
他摇出最后的球；执达吏手一伸
当众宣布已当选的官员的姓名。

"有位贵族置大家的协议于不顾，
看吧，他从食堂灶间窗口伸出头，
看呀，他吹胡子瞪眼，派头多么大，
他恨不得一口把整个房间吞下；
他在喊'我反对！'这一点不难猜到，
你们看，对于这突然的无理取闹
人们齐向门边拥去，要冲进灶间；
都拔出佩刀，一场血战将难避免。

"但是那儿的过道里，请大家注意

有位可敬的老神父，身披着法衣，
他是修院住持；从祭坛带来圣饼，
还有个侍者摇着铃，要大家安静；
贵族们都收起了佩刀，跪在地上，
在胸前画十字，神父则仍在奔忙，
来到了兵器还在叮当响的地方；
而他一来，立刻使大家安静、退让。

"唉，对这点，你们年轻人记不起来！
我们这些恃勇好斗的贵族乡绅
虽然刚愎，却并不需要动用军警；
只要信仰坚贞，法律会得到尊重，
那是有秩序的自由且充满光荣！
听说有些国家，养许多彪形大汉、
形形色色的警察、宪兵和保安团；
如果只靠刀剑把社会秩序维护，
我就不相信，还谈得上什么自由。"

忽然监督开了口，又敲着鼻烟盒：
"大管家，请你把故事留到以后说；
这区议会诚然听起来津津有味，
可我们都饿了，请你下命令上菜。"

对此大管家把手杖往地上一点，
说道："尊敬的大人，请您再赏个脸，
我就要讲完区议会的最后一场：

这位新议长被支持者举在手上
出了食堂，贵族多高兴，帽子横飞，
他们个个张大了嘴，山呼万岁！
但在那一边站着落选的候选人，
帽子紧扣在沉思的头上，多孤单！
站在屋前的妻子猜到丈夫的下场，
可怜的女人！她晕倒在仆妇的手上。
可怜！她本应得到'最尊敬的'头衔，
如今只好用'尊敬的'称呼再等三年！"

大管家结束了故事，又一挥手杖，
于是仆役们便一对一对地出场，
捧着各种美味佳肴：王室甜菜汤，
古波兰肉羹，它出自奇特的配方，
大管家的举动也是稀奇而又神秘：
他往肉羹里投几颗珍珠和一枚金币
（这样的肉羹既能清血又能强身）。
接着又是别的菜，可谁能说出菜名！
许多菜早已失传，不为现代人所知，
什么孔图扎①，阿尔卡斯②，布莱马斯③，
以及作配料的大西洋鳕鱼，肉丸子，
香精，麝香，琼脂，松子和西洋李子；

---

① 一种用小鸡或小牛肉熬的肉羹。
② 一种用牛奶、乳酪和蛋黄做成的冷食。
③ 一种用杏仁粉加各种作料做成的怪味杏仁冻。

还有那些鱼！多瑙河的鲑鱼干，欧鳇，
从威尼斯和土耳其运来的鱼子酱，
大鲈鱼，小鲈鱼，还有梭鱼尺半长，
比目鱼，大鲤鱼，红鲤是专门饲养！
最后是烹调绝活：没切的鱼一条，
它的头部是用油煎，中段用火烤，
而它的尾部却是用了酱油红烧。

客人既不打听这些珍馐的名称，
也不为神奇的烹调技巧而停顿，
他们是以军人的胃口狼吞虎咽，
杯里的匈牙利葡萄酒直往外漫。

然而此刻大桌饰的颜色已改变①，
白雪剥落了，出现了葱绿的一片，
那糖霜的泡沫由于夏天的温暖
已融化，露出原来看不见的盘底，
因此景色又展现出一年的新季，
闪耀着碧绿的五彩缤纷的春天。
出现各种谷物，像酵母催发的一般，
橘色小麦的金黄穗子蓬蓬勃勃，

---

① 在 16 世纪和 17 世纪初，艺术繁荣，连宴会也由艺术家指导布置，满是
象征和戏剧场景。利奥十世在罗马有过一次很著名的宴会，陈设了代表
四季变换的桌饰，那显然为拉吉维尔作了榜样。这欧洲宴会的习俗在 18
世纪中叶就发生了变化，波兰却保持得最久。——原注 ［利奥十世于
1513—1521 年任罗马教皇。］

欣欣向荣的稞麦一派银装素裹，
那荞麦是用巧克力糖精心制作，
还有果园，树上缀满梨子和苹果。

客人们只能暂时享受夏天的赏赐，
他们无法要求大管家把美景延长，
像一颗行星按照特定的轨道运转，
桌饰的季节在变，麦子本是金灿灿，
却因了房间的热气而缓缓地融化，
草儿枯黄了，树叶变红了，纷纷落下，
你或许会说，突然刮起了一阵秋风；
那些树木片刻之前还是郁郁葱葱，
如今它们好像是受到了风侵霜蚀，
光秃秃地站立着；那些都是肉桂枝，
而且那棵松树也是用月桂枝装成，
树上长的是小茴香，代替了松针。

客人喝着酒，掰下树枝、树干和树根，
他们都津津有味地嚼着，当作点心。
大管家绕桌饰走一圈，满心高兴，
不断地向宾客们投以得意的眼神。

亨利克·东布罗夫斯基装作很惊奇：
"我的大管家，这莫非是中国皮影戏？

还是皮内蒂①叫他的魔鬼为你效力？
这样的桌饰在立陶宛是不是还有？
所有的人开宴会都这么古色古香？
请告诉我，因为我在国外待得太久。"

大管家躬身回答："不，最尊敬的将军，
这完全不是靠什么魔术亵渎神灵！
这只是过去那些著名宴会的遗迹，
它常出现在古老的波兰贵族府第。
当时波兰正处在幸福的强盛时期！
我所做的，全都清楚写在这本书里。
你问我，立陶宛是否保留了这风习？
遗憾啦！新花样也钻到了我们这里。
许多年轻公子叫嚷不能忍受奢靡。
就像犹太人，连待客的酒菜也吝惜，
匈牙利葡萄酒他们都舍不得沾唇，
只喝该死的、时髦的莫斯科假香槟；
可是他们晚上玩纸牌输掉的金币
足够举办招待一百位贵族的宴席。
甚至（我心里的话，今天要说个明白，
恳请监督大人对我千万不要见怪），
当我把这套奇妙的桌饰搬出库房，

---

① 皮内蒂是全波兰尽人皆知的魔术师，但他是哪一年来到我国，我却说
不清。——原注［皮内蒂是意大利人，在 18 世纪和 19 世纪之交多次
到过波兰。］

连监督大人也冲着我扮了个怪相!
他说,这不过是麻烦的、古老的东西,
从表面上看简直如同儿童的游戏,
对于这样尊贵的人物是太不相称!
还有法官!他也说,这会惹恼了贵宾!
可是,我给诸位引起了多少的惊叹,
我想,这精美的艺术的确值得一看!
不知索普利佐夫是否还有此等良机
能再为这样的达官显贵举办宴席。
我知道,将军,您正是宴会的行家,
这本书对您定会有用,请您收下,
今后您要办宴会招待外国帝王,
甚至,或许拿破仑也会亲临赏光。
但是,请允许我向您献上这书之前,
说说它怎么碰巧落到我的手上。"

宴会厅门外突然出现一片喧闹,
"塔楼上的鸡万岁!"许多声音高叫。
一群人拥进大厅,马捷走在前面。
法官便牵着他的手送到了桌边,
让他高高地坐在那些首领之间
说:"马捷,我的好邻居,你不够礼貌,
你来得这样晚,午宴都快收场。"
"我早吃过,"马捷回答,"并非为吃喝,
而是由于一种好奇心驱使着我
想从近处看看我们民族的军队。

446

不是谈鱼肉鸡，要说的话一大堆！
大家想来，把我往这儿强拉硬拽，
您又请我入席——我只有表示谢意。"
说完这话他把盘子翻了个个儿，
表示他一定不吃，并且沉默不语。

"陀布琴斯基，"东布罗夫斯基将军说，
"你就是科希秋什科时代的神剑手！
是马捷，又叫嫩条！你的大名我久仰。
请告诉我，你怎么还这般强壮，健旺！
多少年过去了，瞧！我已是年过半百，
你看，克涅杰维奇也已是鬓发斑白，
而你也许还能跟年轻人较量一番。
你那嫩条的威风或许还不减当年；
我听说，你前不久还教训过俄国人。
你的兄弟们在哪里？我想看看他们，
真想看看你们那些削刀和剃刀，
古老的立陶宛的最后一批珍宝。"

"将军，"法官说，"自从那次打了胜仗，
几乎所有陀布琴人都到大公国躲藏；
他们一定是加入到哪个军团里了。"
"不错，"一位年轻的骑兵队长回答道，
"在我们第二连有个大胡子怪人，
上士陀布琴斯基，他以施洗者自诩，

马祖尔人①都叫他立陶宛熊的外号。
只要您吩咐一声，将军，他立刻就到。"
一位中尉说："还有几个立陶宛人，
我有位战士叫的就是削刀这个名，
有个拿大口径枪的担任骑兵侧翼；
此外还有两个掷弹手在步兵团里，
这些人统统都是姓陀布琴斯基。"

将军说："好，但我想认识他们的首脑，
我很想认识一下那位著名的削刀，
关于他，大管家对我讲了许多奇闻，
仿佛是在谈论着一位古代的巨人。"
"削刀，"大管家说，"虽然他不曾逃亡，
然而怕俄国人追究，一直在躲藏，
整个冬天，这可怜人在森林中流浪，
最近才回来，战时他还能派上用场，
他这个人具有骑士的骁勇风度，
只可惜如今老了，有一点儿佝偻。
他在这里！……"大管家用手指着走廊，
仆役们和许多农民正挤在门旁，
一个秃头忽然在众人的头顶上
闪闪发光，活像一轮圆圆的月亮，
出现三次又在人群中隐去三次，
总管边走边鞠躬，从人群里挤出

---

① 指波兰历史上的马佐夫舍地区的居民。

并说道：

"最尊敬的王家统帅大人
或是将军大人，重要的不是尊称，
我叫伦巴沃，敬遵台命，我带来了
我的削刀，它的名声的确是不小，
既不是由于装饰，也不由于铭记，
而是由于经过千锤百炼的锋利，
甚至连最尊敬的大人您也洞察。
倘若是这把削刀能够张嘴说话，
它也许会要赞美这持刀的老人，
多少年来，感谢上帝，他耿耿忠心，
为祖国也为霍雷什科这个家族，
这在人们中间至今还记忆犹新。
我的少爷！文书削他的鹅毛笔尖
远不及这削刀砍人头来得熟练；
它削掉的鼻子耳朵多得数不清！
然而这把削刀却没有丝毫缺损，
它也没有染上任何暗杀的污痕；
它只用于决斗或是公开的战争。
只有一次！砍死了没有武器的人，
实在不幸，愿上帝保佑他的灵魂！
但这是为了公众的利益①，上帝给我作证。"

东布罗夫斯基笑着说："拿来看看，

---

① 原文系拉丁文。

449

好漂亮的削刀，地道的杀人宝剑！"
他惊诧地注视着这把极大的剑，
又把它交给军官们挨个地传看；
军官们都乐于试试自己的力气，
可几乎谁也不能把剑高高举起。
都说邓宾斯基①具有过人的臂力，
或许能舞得动，可是他不在这里。
在场的人中，只有骑兵队的队长
德维尔尼茨基②，还有一位分队长
中尉鲁日茨基③能挥动这根铁棒；
剑就沿着这一排传到各人手上。

克涅杰维奇将军，他的身材最高，
然而事实证明，他也是臂力最好；
他夺过长剑，舞得轻如一把佩刀，
剑在人们头顶上电光般地闪耀，
他记起了波兰剑术的种种绝招：
什么十字击，磨盘击，曲砍，直劈
还有什么偷砍，反击以及急三击，

---

① 亨利克·邓宾斯基（1791—1864），波兰将军，1831 年十一月起义的著名指挥官，在十一月起义中进军立陶宛。

② 约瑟夫·德维尔尼茨基（1779—1857），波兰将军，1831 年十一月起义的著名指挥官，1831 年领兵在斯托切克打了大胜仗，流亡巴黎时任民族委员会主席。

③ 萨姆埃尔·鲁日茨基（1784—1834），在 1831 年十一月起义中晋升为将军。

这些他都会，他是士官学校^①毕业的。

他正在笑着舞着，伦巴沃已跪倒
在他的脚边，又把他的双膝紧抱，
随着剑的一砍一击流着泪叫好：
"妙呀！将军，难道您当过同盟^②盟员？
这一击是普瓦斯基兄弟^③的家传！
这一击是起源于杰让诺夫斯基^④，
这是萨瓦^⑤的击法！谁教您这绝技？
除非是老马捷·陀布琴斯基！将军，
我的天啦！这一招正是我的发明！
我不夸口，只有伦巴沃庄园的人
知道这击法，而且用了我的诨名，
它被称作'我的少爷击法'，大人，
是谁传给了您？这击法，我的发明！"
他站了起来，紧紧地抱住了将军。
"如今我总算能平静地合上眼睛！
居然还有人能把我这爱物珍存；
因为我日日夜夜都在担心，发愁，

<hr>

① 又名骑士学校。波兰第一所士官学校，由国王斯坦尼斯瓦夫·奥古斯特
  创建于 1766 年。
② 指巴尔同盟。
③ 普瓦斯基三兄弟都是巴尔同盟的著名领袖，其中卡齐米日·普瓦斯基
  （1747—1779）是波兰将军，1777 年在美国的独立战争中领导著名的普
  瓦斯基骑兵军团，1779 年在塞芬那之战中阵亡。
④ 米哈乌·杰让诺夫斯基也是巴尔同盟盟员，波兰著名的冒险家。
⑤ 萨瓦·卡林斯基，哥萨克，巴尔同盟游击队的著名统领。

怕我死后我这把长剑会要生锈！
现在不会生锈了！我的将军大人，
原谅我！扔掉那德国小刀和铁棍，
作为贵族拿这样的棍子太丢人；
请佩上这把剑，它正合您的身份！
我把我的削刀奉献在您的脚前，
这是我在人世上最珍贵的纪念，
我没有娶过妻，也没有子孙后代，
它就是我的妻小；从来不曾离开
我的怀抱，从早到晚我将它抚玩，
到夜里这削刀就躺在我的身边！
现在我老了，它就挂在我床头的墙上，
像上帝的十诫在犹太人心头的分量！
我本打算让它跟我一起埋入坟墓，
如今它找到新主人——愿它为您服务！"

将军开着玩笑，内心却深为感动：
"朋友，倘若把你的妻小向我奉送，
你将给自己留下很寂寞的余生，
会老态龙钟，无妻无室，孑然一身！
我能用什么报答你这珍贵的赠品，
用什么安慰你那孤苦伶仃的老境？"
"我是崔布尔斯基？"总管悲伤地说道，
"他跟俄国人玩'结婚'，把妻子输掉了，

像民歌唱的那样^①。有如此可靠的手
能够让我这把削刀在世界上辉耀，
我已心满意足！将军，有一点请记牢，
这剑实在太长，要用根长带子系好；
而且一定要用双手从左耳一砍，
就可以从头顶到腹部劈成两半。"

将军接受了长剑，可是由于太长
无法佩带，仆役就收在军械车上。
关于这把削刀的结局，传说纷纭，
但无论当时还是以后，谁也说不清。

将军又转身对马捷说："你呢？伙伴，
你对我们的到来难道不太喜欢？
你为何灰溜溜？为什么一声不响？
当你看到金鹰和银鹰一起翱翔，
当你听到号手们就在你的耳旁
又吹响了科希秋什科的起床号，
难道你那颗心不会快活得翻腾？
马捷，我想，你是个真正勇敢的人；
即使你不拿起战刀，不骑到马上，
你也会跟伙伴们痛快地喝他一场，
为拿破仑的健康，为波兰的希望！"

———————————

① 《悲哀的崔布尔斯卡太太之歌》在立陶宛很流行，这位太太的丈夫由于
赌牌，把她输给了俄国人。——原注

"哈！"马捷说，"我很清楚发生了什么！

但是，大人，两头鹰很难同住一个窝！

大人物的恩惠，将军，骑的马是杂色！

皇帝是位大英雄，对此无须多说！

我记得，我的朋友普瓦斯基一伙，

他们望着都摩列①的时候曾说过，

波兰需要的是波兰的英雄豪杰，

不要法国人、意大利人，只要皮亚斯特②、

杨，约瑟夫，或是马捷③，就只要这些。

至于军队！他们都说是我们波兰的！

但这些步兵、工兵、掷弹兵和炮兵！

这中间德国名称④多于本国的名称，

听起来谁能理解，谁又能弄得清！

跟随你的定有土耳其人或鞑靼人，

或分离教派，都是些不信上帝的人：

他们在乡村强暴妇女，我亲眼见过，

他们还抢劫行人，对教堂进行掠夺！

皇帝要去莫斯科！这路程实在遥远，

要是陛下的出征不合上帝的心愿！

---

① 　查理·法朗西思·都摩列（1739—1823），法国政府派往巴尔同盟的军
事教导员，后升为将军。

② 　波兰传说中史前的国王，波兰第一代王朝就是以他的名字命名，称皮亚
斯特王朝。后用此名泛指地道的波兰人。

③ 　杨、约瑟夫、马捷都是地道的波兰人名字。

④ 　波兰的军种在拿破仑时代用的是法国名称，过去则多用德国名称，马捷
是生活在青年时代的回忆里，故把一切外国事物都看成是德国的。

我听说，他已经遭到了主教的诅咒①；
这都是……"此刻马捷用汤泡了泡面包
吃了起来，最后一句话他没说出口。

马捷的话使监督觉得很不中听，
年轻人窃窃私语；法官打断争论
急忙宣布进来了第三对订婚人。

这是书记官，他总以书记官自我标榜，
谁也没认出他；他一向穿的是波兰装，
而今他的未婚妻逼他脱下长衫，
泰莉梅娜把这列为结婚的条件②；
所以书记官便只好按法式打扮。
看来燕尾服把他的灵魂丢了一半，
他走路像吞下根棍子，又直又僵
像只仙鹤；不敢左顾右盼地张望；
他很沉着，但从表情看出他很难受，
他不会鞠躬，不知往哪里放他的手，
说话打手势本是他多年的习惯，
他常常也爱把双手插进佩带里——
佩带没有了——他就只好摸摸肚皮；
他发现错了；很狼狈，脸红得像龙虾

---

① 指罗马教廷同法国之间的矛盾，拿破仑想取消教皇的世俗权力，而教皇
庇护七世于1809年将拿破仑开除教籍。
② 从1800年至1812年间，法国服装在各省极为流行，大多数青年都在结
婚前按未婚妻的要求改换服装。——原注

又把双手往燕尾服的一只口袋里插。
他在一片低语和嘲笑声中前进，
真活像个受着夹队鞭刑的罪人，
他为自己身上的礼服感到羞耻，
就像是做了一件很不体面的事；
最后他看到马捷就吓得打哆嗦。

马捷跟书记官向来处得很友好，
此刻却射来锐利而凶狠的目光，
书记官脸发白，急忙把衣扣扣上，
仿佛马捷要用目光剥下他的衣裳；
陀布琴斯基只高叫了两声"白痴！"
书记官易装使他恨得咬牙切齿，
以至立刻从桌旁站起拂袖而去，
朝着他那偏僻的村庄纵马奔驰。

然而此刻书记官那妩媚的新娘
泰莉梅娜，正在炫耀美色和化妆，
她从头顶到脚趾全都是最新潮。
她穿什么衣裙，头梳得如何时髦，
真是一言难尽，笔墨也描绘不了，
除非有笔能画出轻纱、薄绢的透明，
画出花边、开司米、珍珠宝石的晶莹，
画出那玫瑰红的脸和动人的眼神。

伯爵立刻认出她，惊得面色苍白，

他站了起来，搜索着身边的佩刀：
"是你！"他叫道，"还是眼睛把我欺骗？
你？挽着别人的手？就在我的面前？
你这朝秦暮楚的女人不知羞愧！
竟敢如此张扬在众人面前显摆？
你怎能把刚说过的誓言遗忘？
我这轻信的人！竟然把饰带珍藏！
我决不放过如此侮辱我的情敌！
想走向祭坛除非跨过我的尸体！"

客人都站起来，书记官十分困窘，
监督忙在情敌之间进行调停；
泰莉梅娜把伯爵拉到一旁劝说：
"时间还不迟，书记官尚不曾娶我，
你若是诚心反对，请立刻对我说，
你得马上告诉我而且简单明确：
你是否爱我，是否至今没有变心？
你是不是准备马上就同我结婚？
你如果愿意，我就把书记官放弃。"
伯爵说："你这女人，我真不了解你！
过去你的恋爱充满了浪漫诗情，
而今你已完全成了乏味的散文；
假如婚姻不约束心灵，只束缚手脚，
那么你们的夫妇生活又算是什么？
请相信，有的求婚无须宣布爱恋，
不曾立过约的义务也并不少见！

两颗燃烧的心在地球两端交谈，
如同星星在闪耀着它们的光焰；
谁知道！为何地球这般渴望太阳，
而且又总是这般地亲近着月亮，
或许正因为它们永远彼此相望，
想通过一条最近的路跑到身旁！
然而它们要接近却总枉费心机！"
"够了，"她打断说，"我不是一颗行星，
够了，伯爵，上帝开恩，我是个女人；
我都清楚，你不必对我七扯八拉。
现在我警告你，你若再说一句话
破坏我的婚姻，那么，上帝在天上，
我一定要用这指甲来把你抓伤……"
伯爵说："对您的幸福我不会刁难！"
便转过了那忧伤和轻蔑的目光；
为了惩罚这个背信弃义的情人，
作为终身伴侣他选了监督千金。

大管家急于调解反目的年轻人，
又从头来列举那些聪明的例证，
重提纳利博基森林的野猪趣闻，

雷坦和德纳索夫亲王间的纠纷 ①，
然而那时客人们已吃完了冰糕，
都走出城堡到院子里乘凉去了。

农民们也快吃完宴席，正在喝蜜酒，
乐师已调好乐器，请大家都来跳舞；
有人找塔杜施，他站在偏僻的地方
同他未来的妻子低声把要事相商。

"佐菲亚！我有件很重要的事告诉你；
已征求过叔叔的意见，他并无异议。
你知道，我已成了许多田庄的主人，
根据法律你拥有其中很大一部分。
那些农民不是我的奴隶，而是你的，
未经女主人同意我不敢擅自处理。
现在，当我们都有了亲爱的祖国，
难道叫农民经历一场幸福变革，
除了更换一个主人便一无所得？

---

① 雷坦同德纳索夫亲王冲突的故事大管家最后没有讲完。这故事流传很
广，我们在这里简述其结局以飨读者：雷坦由于德纳索夫亲王夸口而大
怒，就在一条野兽必经的狭路上站在亲王身边；恰好一只极大的野猪被
枪声和猎犬追急了，就朝这狭路冲来。雷坦夺下亲王手中的枪，也把自
己的枪丢在地上，他抓了一支标枪并把另一支递给这德国人，说道：
"现在我们可以看看究竟谁更会用标枪。"这时野猪已冲到他们跟前，
幸好大管家沃依斯基·赫雷切切哈就站在附近，他很准确地一枪就打死了
野猪。这两位先生先是大发脾气，后来和解了，而且重奖了赫雷切
哈。——原注

诚然，对他们的管理一向很宽厚，
谁知我死后他们会落入何人之手；
我是军人，我俩都不能长生不老，
我是凡人，也害怕自己心性不牢，
我想做得周全点，放弃我的特权，
把农民的命运交付法律去保护。
我们自由了，也应让农民获得自由，
把田地交给他们，成为耕者所有，
他们在这儿生长，用血汗春种秋收，·
以这些田地养活我们，使我们富足。
我要提醒你，一旦赏赐这些田地，
我们当然就会减少很多的收益，
我们一定要学会过清寒的生活，
我是从儿时就习惯了勤俭节约，
而你，佐菲亚，你是出自名门贵胄，
更何况小时候又是生活在首都，
你是否愿意像个村妇住在乡下，
远远地离开外面大世界的繁华?"

对此，佐霞的回答显得十分谦虚：
"我是女人，权力不是属于我的事，
再说您不久就要成为我的夫君；
至于出主意定大事，我还太年轻，
您怎样处置，我都全心全意赞成！
如果你因为解放农民而变成穷人，
那么，塔杜施，我对你只会更加倾心。

我不很知道自己的家世，也不关心；
只记得我本是个孤儿，幼年很贫困，
只记得索普利查家把我教养成人，
我是在他们家里长大又在此完婚。
我不惧怕乡下；说我住过大都市，
我早已忘却，那是很久以前的事；
这种乡村的生活永远叫我欢喜；
请相信我，我的这些公鸡和母鸡
比那圣彼得堡更使我感到惬意；
如果我也曾把舞会和社交想念，
那是稚气，现在我觉得城市讨厌；
冬天在维尔诺的小住，使我相信
我生来就是要过农村生活的人；
在舞会上我常想念索普利佐夫。
我年轻又健壮，所以不害怕劳动，
我会挂着串钥匙巡视房前屋后；
你瞧着吧，我会把家管得很好！"

佐霞刚刚说完了这最后几句话，
盖尔瓦齐就走过来，面带着惊诧：
"我知道！"他说，"这自由法官已提起！
但我不明白，它跟农民有何关系！
我怕这正是有点德国味的东西！
自由不是农民的事，而是贵族的！

不错，我们大家都是亚当①的子孙，
但是我听说过，农民的祖先是含②，
犹太人出自雅弗③，贵族则出自闪④，
因此我们作为长兄应统治他们。
可现在神父教的是另一个故事……
他说，《旧约》中记载的的确是如此。
但我们的主基督虽是帝王血统，
却生于农民的马厩在犹太人中，
从此他要各等级和睦，一律平等；
好，既然没别的办法，就这样也行！
尤其是我听说，最尊敬的女主人，
我的佐菲亚小姐对什么都赞成；
她下令，我执行，我对她唯命是听。
我只想说，不能给个空洞的自由，
仅一句空话，像俄国统治的时候，
过世的卡尔普⑤虽然解放了农民，
然而俄国却向他们征三倍税收

---

① 《旧约·创世记》中上帝造的人，后来被视为人类的始祖。
② 《旧约·创世记》中的人物，挪亚的次子。
③ 《旧约·创世记》中的人物，挪亚的第三子。
④ 《旧约·创世记》中的人物，挪亚的长子。
⑤ 指波兰贵族伊格纳齐·卡尔普，他曾于 1808 年宣布在自己的领地上解放所有的农民。

叫他们挨饿 ①。因此我建议，按古俗
把那些农民统统都晋升为贵族，
同时宣布，向他们赠送我们的纹章。
小姐把'半羊'纹章赠给一些村庄，
而索普利查先生再把'星月'纹章
赐赏给自己的另外几个村庄。
到那时候，连我伦巴沃也会承认
农夫都是跟我们一样平等的人
当我看到佩带纹章的光荣乡绅。
而且一定要经过区议会的承认。

"还有，做丈夫的不要叫夫人担心，
说什么献出田地你俩会遭受穷困；
上帝不许我看着贵胄千金的手
竟为干农家的活计而受累变粗。
天无绝人之路——城堡里有只箱子，
里面存放着霍雷什科家的餐具，
一起还放着各种指环、手镯、项链，
多彩的羽饰、马衣、很出色的刀剑，
御膳官的宝库，为防盗埋于地下；

---

① 俄国政府除了贵族不承认有自由的人。被地主解放的农民立刻就上了皇
室私产的册子，从前给地主服劳役，这时候还要加付税款。众所周知，
1818 年维尔诺地区的公民在区议会通过计划，解放一切农民，为此目的
推举代表团谒见沙皇；但俄国政府撤销了该计划，不许再提。所以在俄
国统治下，没有办法解放农民，除非把他们变成一家人。许多农民都是
由于贵族的恩惠或者花钱而被晋升为贵族的。——原注

463

这些宝物应归他的后嗣佐菲亚；
我在城堡守护，视如自己的眼珠，
不让俄国人和索普利查家拿去。
我还用只大袋子装自己的金币，
有积攒的工钱也有主人的赏赐，
我曾想，一旦城堡回到我们手里，
可得把这几个钱用来修缮墙壁——
今天从事新式耕作碰上了急需；
因此，先生，我要搬来跟你们同住，
在我仁慈的主母家中吃口闲饭，
摇着霍雷什科家第三代的摇篮，
还要教会这孩子使削刀的本领，
她会生儿子，因为战争就要来临，
而在战时出生的总是男性公民。"

盖尔瓦齐刚把最后几句话说出，
普罗塔齐来了，迈着庄严的脚步，
他鞠了个躬，就从长外衣的胸口
掏出首颂词，足有四十页的长度。
一位下级军官写下这首韵律词，
他在首都曾经写过著名的颂诗，
后来他穿上军装，成了行伍中人，
但依然颇有诗兴，写过许多诗文。——
执达吏高声朗读了整整三百行，
终于读到这个地方：

　　　"啊！你那妩媚的容颜

激起了痛苦的欢乐，甜蜜的慨叹！
当你把俏丽的脸转向柏洛娜①的行列，
投枪会突然折断，盾牌也会破裂，
今天你要让玛尔斯②被许门③战胜；
百头怪蛇许德拉④是不和的象征，
愿你的手把咝咝叫的蛇头除尽！"——
塔杜施和佐菲亚双双鼓掌不停，
都装作是在赞许，其实不想再听。
依照法官的吩咐，神父站到桌上
把塔杜施的决心向农民们宣讲。

农民们刚刚听清这件新鲜的事，
便一齐朝他们年轻的主人拥去，
又纷纷拜倒在他们女主人脚旁
含泪高喊："祝我们的主人健康！"
塔杜施也高呼："祝我们的公民
所有的自由的波兰人一律平等！"
东布罗夫斯基说："祝民众健康！"
大家都喊着："领袖万岁！军队万岁！
民众万岁！各等各级的人们万岁！"

————————

①　罗马神话中的战争女神，她的形象是位穿长衣的妇女，手执投枪、宝
　　剑、火把和盾牌。
②　见 240 页注②。
③　见 372 页注①。
④　希腊神话中的多头水蛇，有一百个头，在头被砍之处还能长出新的头
　　来。最后被赫剌克勒斯所杀。

异口同声的祝福像滚滚的春雷。

唯有那布赫曼没有与众人同欢，
他赞美这计划，但希望稍加改变，
首先要发个合法委员会的宣言，
那当然……可是时间来不及，
因此就无法采用布赫曼的建议。

在城堡院子里人们已成对成双，
军官同女士，士兵同乡下姑娘：
"波洛涅兹①！"大家一齐高声叫喊。
军官们正往这儿带来了军乐团；
法官却在将军的耳边低声请求：
"大人，请吩咐您的乐团稍事停留，
您知道，今天是我侄儿订婚佳期，
按照我们家庭古老的传统风习，
订婚和结婚都要演奏乡下乐器。
您看，洋琴手、四弦琴手和吹风笛的
都是很出色的乐师，全都站在那里；
那位四弦琴手已经在发愁着急，
吹风笛的在鞠躬并用眼神哀求：
假若赶他们走，这些可怜人会哭；
民众又不会伴着别的乐曲跳舞，
叫他们开始吧，让民众快活一场，

---

① 波兰的一种很隆重的交际舞。

然后再把您那出色的乐团欣赏。"
他发出了信号。

四弦琴手把衣袖卷起，
他调好了琴弦，把下巴靠着琴底，
拉弓就像赛马似的在琴上奔跑。
旁边的风笛手看到了这个信号，
像在拍打翅膀，肩头急促地打颤，
他们吹着风袋，脸颊都鼓得滚圆；
你会以为，这二人就要展翅飞翔，
如同玻瑞阿斯①肥胖的子孙一样。
洋琴却未登场。

虽说有许多洋琴手，
然而在扬介尔面前都不敢演奏，
（扬介尔在整个冬天都不曾露面，
现在他跟着总司令部突然出现。）
大家知道，若论演奏这一种乐器，
他的熟练、情趣和才气无与伦比。
大伙请他奏一曲，纷纷递来洋琴；
犹太人拒绝了，说他的手已僵硬，
技艺荒疏，不敢在大人物前献丑；
他又连连鞠躬准备偷偷地溜走；
佐霞见了就跑来，伸出白嫩的手

① 希腊神话中的北风神。

递过木槌，琴师敲击琴弦的工具；
另一只手抚摸老人银色的胡须，
又屈了屈膝说："扬介尔，请弹一曲，
为了我，今天正是我订婚的吉期，
你不是常说要抚琴贺我的婚礼？"

扬介尔一向十分喜爱佐霞姑娘，
便点点头，现出不再拒绝的样子；
于是大伙把他带到了院子中央，
给他搬椅子，把洋琴放在他膝上，
他望了望这乐器愉快而且自豪；
像个退伍老兵在战时重新应召，
当儿孙们从墙上取下他的战刀，
老人笑了，他虽很久没摸过武器，
却感到这只手仍然是强壮有力。

此刻他的两个徒弟正跪在琴边，
重新调试琴弦并把洋琴试弹；
扬介尔静静地坐着眯缝着双眼，
琴槌一动不动地夹在他手指间。

他放低了琴槌，奏出高亢的旋律，
接着一阵紧击就像是暴风骤雨；
大家感到惊奇——但这不过是试奏，
只见他戛然而止，把双槌举过了头。

他又奏了起来：双槌轻柔地震颤，
动作那么轻柔如蝉翼掠过琴弦，
几乎听不见的沙沙声若隐若现。
这琴师凝望着天空等候着灵感。
又朝下望，傲然瞥了一眼那乐器，
放下举起的双手，两槌同时猛击，
听众蓦地一惊……

　　　许多根弦一齐发声。
犹如亚内恰尔军乐①锣钹齐鸣。
同时还奏出了铃铛声和军鼓声
这正是五三波洛涅兹②的最强音！
那奔腾跳跃的乐声吐出了欢乐，
又将这欢乐灌满了人们的耳朵，
姑娘们想起舞，小伙们跺着双脚——
老人们的思绪却被它带得很远，
带回那幸福的年头：在参众两院
的议员通过《五三宪法》的第二天，
在市政厅庆祝国王同民众讲和；
那时候人们一边跳舞一边唱着：
"我们敬爱的国王万岁！议会万岁！
民众万岁！各等各级的人们万岁！"

---

① 　这是一种特别热闹的土耳其军乐，18世纪传入波兰，成为波兰军队中步
　　兵的军乐。
② 　舞曲名，表现的是1791年5月3日波兰议会通过第一部爱国宪法《五
　　三宪法》时的情景。

乐师越弹越急，音调也越来越高，
忽然拨错了一根弦像蛇在嘶叫，
像铁器划过玻璃——使人心惊肉跳，
热闹之中渗入了不祥和的预兆。
听众失去了欢颜，惴惴不安地问：
乐师弹错了曲子？乐器定错了音？
乐师决不会弹错！他是妙手天成，
有意拨动反叛的琴弦，破坏和音。
他把那根暴起的琴弦越击越重，
奏出了一阵阵干扰和音的噪声；
总管终于理解了这位洋琴高手，
他用手捂住脸高叫："我懂这音调！
这是万恶的塔尔果维策！我懂了！"
突然那根不祥的弦嘶的一声绷断；
乐师又跳到最高音，把节拍打乱，
双槌又从最高音跳到低音的弦。

人们听到成千上万嘈杂的喊声
愈来愈响，奏出的音节是行军、战争，
进攻、冲锋，可以听到轰隆的枪炮，
还有孩子的呻吟和母亲的号啕。
这高超的乐师如此神妙地奏出
袭击的恐怖，姑娘们都吓得发抖，

她们流着泪想起普拉格的屠城①，
那是从歌谣和故事熟知的事情，
然而奏出的新调又使她们高兴，
乐师让所有的琴弦发出了轰鸣，
窒息了一切撕心裂肺的叫喊声，
仿佛把这些惨叫都压入了地心。

听众几乎都来不及定一定神，
又听到了新曲——先是一阵窸窣声，
轻柔、文雅，几条细弦发出了低吟，
酷似那在蜘蛛网上搏击的苍蝇。
随之琴槌触及越来越多的琴弦，
敲出来的旋律先是分离而散漫，
后又聚拢，合成许多和谐的军团②，
此刻又是无数谐音合拍地奏着，
联成一首凄楚动人的著名的歌③：
讲一个流亡士兵，穿越莽丛密林，
由于灾难和饥寒交迫几度昏晕，
终于在他忠心的骏马脚边倒下，
那马用蹄子刨出墓穴掩埋了他。
这首老歌，波兰军人是那样爱听！

---

① 这里描绘的是 1794 年科希秋什科的起义。起义失败后沙俄侵略军把华沙普拉格区变成一片火海，八千军民被屠杀，两千人被投入维斯瓦河淹死。

② 暗示流亡的波兰人组成了志愿军团。

③ 指《穿越莽丛，穿越密林走着一个士兵》，这首歌产生于 17 世纪初。

熟悉它的战士把乐师围得紧紧；

他们听着，回忆起那可怕的时光，

当年他们站立在祖国的坟墓上①

哼过这支歌，而后走遍世界各方；

他们又想起了自己长年的流浪，

历尽了陆地、海洋、酷热和冰霜，

在异邦人中间，置身士兵的营房，

这民族的绝唱使他们欣慰又感伤。

他们听着，忧郁地把头垂到胸上。

他们又抬起了头，那旋律变得昂扬，

因为乐师奏出了不同凡响的乐章。

他又居高临下地朝琴弦扫了一眼，

就合起了双手，用两只槌同时敲击：

这一击是如此美妙，又如此有力量，

那琴弦竟然发出了军号的声响，

一曲名歌伴着军号声直上九重，

一支胜利进行曲：波兰不会灭亡！……

前进，东布罗夫斯基！——人们一齐鼓掌，

"前进，东布罗夫斯基！"大家同声高唱！

这乐师似乎也很惊异自己的歌，

他丢下琴槌，高高举起两只胳膊，

他的狐皮帽子从头顶落到肩上，

---

① 指 1795 年波兰被俄、奥、普瓜分而沦亡。

他那扬起的长髯在庄严地飘拂，
他的双颊上闪耀着奇异的红光，
炯炯有神的眼睛燃烧着青春之火，
这老人抬眼朝东布罗夫斯基一望，
忙遮住眼睛，泪水从指缝汩汩流淌：
"将军，"他说，"我们立陶宛早把你盼望，
像我们犹太人期待着弥赛亚①一样，
歌人们早在民众之中预言了你，
上天也为你的到来显现过奇迹②，
祝你长寿，百战百胜，你是我们的！……"
他说这番话的时候还带着哽咽，
这诚实的犹太老汉作为波兰人
忠贞不渝地热爱他的波兰祖国！
东布罗夫斯基伸手向他表示谢忱，
扬介尔脱下帽子，在领袖手上亲吻。

开始跳波洛涅兹舞——监督走了过来
把外衣的长袖子轻轻向后一甩，
将了将八字胡，向佐霞伸出手臂，
又文雅地鞠躬，邀请她跳第一对。
跟着监督一对对舞伴排列成行，
信号一响就翩跹起舞——他是领场。

---

① 犹太人心中的救世主。公元前 586 年犹太王国灭亡后，以色列人就盼望
弥赛亚降临，拯救以色列。
② 指彗星。与 401 页第六行相呼应。

绿茵之上红色的皮靴闪闪发亮，
佩刀放光，华丽的佩带光彩夺目，
他慢悠悠地走着，似乎随随便便；
但那每迈出的一步和每个动作
都表露了跳舞者的思想和情感：
他停住脚，似乎在问自己的舞伴，
向她低头，显出想跟她悄声攀谈；
女士扭过头去，羞答答，像不愿听，
他摘下四角帽，鞠着躬，十分恭顺，
女士望了望他，却依然默不作声；
他放慢了脚步，注视着她的眼神，
他终于笑了——对她的回答很高兴，
他跳得更快，傲然地把对手打量；
他的那顶插着鹭鸶翎的四角帽
时而在额前摇，时而又在额上晃，
最后歪戴在耳边。他捻着八字胡
向前走，大家都羡慕地亦步亦趋，
他却想领着舞伴从人群中溜出；
有时他站立着，客气地打个手势，
恭敬地请别人从他前面过去；
有时他思索着，巧妙地闪在一边，
他不断变换路线，只想摆脱同伴，
可那些人老缠着不放步步紧跟，
用旋转的舞步把他俩围在中心；
于是他发怒了，右手按住了刀柄，
好像在说："对你们我毫不放在心，

倒霉的只会是那些妒忌我的人!"
他盘旋着转来转去,傲然昂着头,
眼里带着挑战,径直向人群冲去;
跳舞的伙伴谁也不敢将他挡住,
都给他让路——但在变了阵式之后,
他们又纷纷跟了上来把他追逐。

到处是喝彩、欢呼和嘈杂的喊声:
"嗬!看哪,青年们,他恐怕是最后一个
能如此娴熟领跳波洛涅兹舞的人!"
人们一对跟着一对热闹而快乐,
他们分散开又转着圈重新聚合,
像一条大蛇蜿蜒游动百曲千盘;
女士、先生、士兵的服装色彩斑斓
而又瞬息万变,如同耀眼的鳞片
镀了一层夕阳的金灿灿的光焰;
青翠的草坪衬托在这彩蛇下面。
舞正酣,乐正喧,掌声和祝福连成片!

只有下士萨克·陀布琴斯基一个
既不听音乐,也不跳舞,更不取乐,
反背着手站着,阴沉沉好不丧气,
他又把对佐霞的追求从头回忆:
他多么殷勤地送鲜花,编结花篮,
为她抓窝中的小鸟,给她雕耳环。
虽然他为她耗费了那么多赠品,

虽然她避而不见，虽然他的父亲
也不准他去求亲，他却一往情深！
曾有过多少次他坐在栅栏上边，
只是为了能透过窗口瞧她一眼；
有过多少次他偷偷溜进大麻地，
只为了看着她种植她的小菜地，
看她拔草，摘黄瓜或喂她的小鸡。
狠心的姑娘！甚至没表示过谢意！
他垂下头，最后吹起一曲马祖卡；
接着又使劲把军盔往耳上一压，
就向营地走去，那儿炮旁站着哨兵；
他跟士兵玩起了纸牌，以此散心，
他还借酒浇愁，拉着伙伴狂饮。
陀布琴斯基对佐霞就是这样痴情。

佐霞跳得很欢，虽说她是在前面
跳领舞的一对，远处的人难看见；
在院子里绿草如茵的宽阔场地，
嫣然含笑的姑娘身着绿色长衣，
乡村的打扮，头戴花冠，身佩花环，
在花草中影影绰绰曼妙地飞旋，
她像天使在夜空领着群星运行，
领着舞队；吸引着所有人的眼睛，
不难猜出她在哪里，因为所有人
都朝她伸出手臂，都在向她逼近。
监督再也无法挨在姑娘的身边，

妒忌的人们早把他这一对拆散；
东布罗夫斯基的好运也不久长，
他刚成为佐霞的舞伴就有人抢，
他刚让给第二个，第三个又赶上，
这一位也被人挤走，快快地退出。
佐霞跳累了，终于碰上了塔杜施，
她担心有变，想留在塔杜施身旁，
于是她宣布波洛涅兹舞已终场，
她走到桌前给客人们把酒斟上。

太阳已经下山，黄昏静谧而温暖，
辽阔的天空上飘浮着几片浮云，
苍穹略带蓝色，晚霞玫瑰般娇艳；
淡淡的云又轻又亮，预示着晴天，
这儿一团像草茵上熟睡的绵羊，
那儿细碎的跟成群的水鸭一样。
西方的云，形状恰似一幅大幔帐
透明而且起皱，顶上如珍珠镶嵌，
边缘镀成金色，正中央深红似染，
夕阳的余晖还在燃烧，还在闪耀，
它渐渐地变黄，变白，终于隐去了：
太阳垂下了头，拉开彩霞的幔帐，
又长嘘出一口热气——沉入了梦乡。

贵族们还在欢宴，他们举杯祝酒：
首先祝福拿破仑和将军们长寿，

祝福塔杜施和佐霞恩爱到白头，
接着又挨个祝福三对订婚的人，
祝福今天请来的所有贵客嘉宾，
所有活着的，凡是记得起来的友人，
还有死去的，永垂不朽的英灵！

我也曾到那里做客，曾把蜜酒品尝，
我把耳闻目见的写下，与读者共飨。①

---

① 　这两句是波兰神话故事常用的结束语。

跋 诗

我踯躅在巴黎的街头冥思苦想，
可怕的喧嚣声敲击着我的耳膜：
诅咒、撒谎、不合时宜的计划，
过迟的懊悔，追究罪责的吵骂！

可悲呀！我们这些亡命者，大难临头，
我们竟怯懦地从故国家园逃走！
无论走到哪里，恐惧总不离左右，
所到的每个邻邦都视我们为仇敌，
都用重重枷锁把我们紧紧地扣住，
逼迫我们这一群人尽快地去死。

假如这个世界①对悲痛充耳不闻！
假如波兰来的消息如墓地钟声
时时刻刻使他们感到胆战心惊；
假如守护者盼望他们早早丧命
敌人又远远向他们招手像掘墓人！

---

① 指1831年起义失败后大批波兰人流亡巴黎，形成不同的政治－思想派别，为追究起义失败的原因，为波兰的前途争吵不休。

假如他们即使在天堂也看不到希望！
莫怪他们怀有愤世嫉俗的心肠，
他们甚至连看自己也觉得肮脏，
漫长的苦难使他们失去了理智，
如今既唾弃自己又在相互吞食。

我这只不能高飞的鸟渴望腾起，
飞过那狂风暴雨雷电交加之地，
去寻找我宁静的林荫和明媚的晴天，
去寻找我的童年时代，故乡的庄园……

唯一的幸福，是在暮色苍茫时分
同几位知交围坐在壁炉的附近，
为抵挡欧洲的喧闹，把房门关紧，
让绵绵思绪回到那美好的年华，
冥想着，怀念着，梦着自己的国家……

至于说到最近洒下的淋漓鲜血，
淹漫着全波兰大地的滚滚热泪
以及至今依然不息地回响的荣光！
这一切，我们却没有精力去思量！……
因为民族正在经受这样的熬煎，
任何大勇者只要看一看他的苦难，
也会感到力不从心唯有徒劳扼腕。

凄惨的丧服使几代人浑身黑透，

无数的诅咒使空气也变得沉重，
人们的思想不敢转向那里飞翔，
那是连雷之鸟①也感到恐怖的地方。

波兰母亲啊！你的坟上新土未干——
谁都没有力量说起你，把你悼念！

啊！有什么人的嘴竟敢于侈谈
说今天能找到一种神奇的语言，
它能把大理石般的绝望软化，
能把沉重的石盖从心头揭下，
能使涨满了泪水的眼睛睁开，
让凝固了的血泪恣意流出来？
等这样的嘴出现，早已换了时代。

待来日——当复仇之狮停止咆哮，
当军号不再长鸣，当队伍解散了，
当最后的敌人发出痛苦的哀吼，
并用沉默来向全世界宣告自由，
当我们的风驰电掣般飞行的鹰
在赫罗古雷②古老的国界上停留，
饱噬过敌人的尸肉，全身染着血，

---

① 指鹰。
② 即勇敢的鲍莱斯瓦夫一世（967—1025），波兰国王，992 年开始执政，
1025 年加冕为国王。

最后收敛起那矫健的翅膀休息！
于是，我们的战士！头戴着槲叶冠，
卸下了戎装，抛开了手中的刀剑！
他们就会乐意坐下来听一听歌声！
到了全世界都在羡慕他们的命运，
他们就有闲暇听一听过去的事情！
到那时他去为先人的命运悲哭，
眼泪也不会把他们的面颊玷污。

今天对于我们，世上的不速之客，
整个过去和整个未来的一切
唯一剩下的就只有那儿时之国！
波兰人在那里还能找到些许幸福，
那儿就像初恋一样神圣而纯洁，
那儿不因回顾过失而陷于混乱，
也不因世事之流动而发生变迁。
在那儿，我从未切齿痛恨也很少哭，
我愿向幸福之乡寄以深情的祝福，
在我那儿时的国度——人在世间奔走
就如在一个百花盛开的草原漫游，
只采可爱而美丽的花，甩弃有毒的，
对任何有益的花朵从不掉头回避。

那幸福的国度，既狭小而又贫瘠！
正如世界是上帝的，它是我们的！
那儿的一切统统属于我们自己，

点点滴滴的事物都刻入我的记忆：
难忘那棵菩提树郁郁葱葱的树冠，
全村的孩子都在它的浓荫下游玩；
难忘那儿的每一块石头，每条小溪，
每一个角落我们都是那样的熟悉，
连我们国家的边界和邻居的屋脊！

也只有生活在那个国度的居民
时至今日仍然对我们一片真心，
有一些始终是我们忠实的友人，
有一些仍是我们的可靠同盟军！
谁住在那里？——母亲，兄弟，亲戚，友邻。
如果他们之中少了一个什么人，
大家对他总要经常反复地谈论，
多么深刻的记忆，多么悠远的哀情！
在那里，奴仆对自己主人的忠诚
远远胜过别国的妻子对于夫君，
在那里，士兵失去武器之后的懊丧
也比此地儿子失去父亲更伤心，
那里，人们即使对一条死狗的哀戚
也比此地人哭英雄①更长久，更真诚。

在那些日子里，朋友们常来聚谈，
一字字一句句组成了我的诗篇，

---

① 指拿破仑。

像翱翔在荒岛上的神奇的仙鹤，
春天，它们从魔宫的屋顶上飞过，
听到中了魔法的孩子正大放悲声，
每只鸟儿都给他掷下一根翎毛，
孩子就安上了翅膀，飞回了家……

啊，但愿我能活到那幸福的一天，
这本书能在农舍的茅檐下流传，
乡下姑娘一边摇着纺车把线纺，
一边低声吟唱她们喜爱的诗行：
唱一个姑娘，她是那样地迷恋演奏，
弹起四弦琴便把她的鹅忘在脑后；
唱一个孤儿，他美得像天上的晚霞，
在黄昏时候他赶着一群白鹅回家，——
但愿那些乡下姑娘也捧着这部诗
它正像她们的歌谣一样单纯朴实！

我年轻时也参加过乡下的娱乐，
常在菩提树下的草地随意而坐，
高声朗读描写尤斯蒂娜①的诗歌，
还有那部关于维斯瓦夫②的传说。
无论靠在桌边瞌睡的村长先生，

---

①　波兰诗人弗兰齐舍克·卡尔宾斯基（1741—1825）的情诗中反复出现的
　　少女名字。
②　波兰诗人卡齐米日·布罗津斯基（1791—1835）同名诗作中的主人公。

无论是管家还是那田庄的主人，
都不出来拦阻，而且都很乐意听，
遇到难点还向年轻人解文释义，
读到精彩之处他们都赞叹不已，
而对书中的败笔他们从不挑剔。

年轻人却都羡慕诗人们的声望，
它至今仍然在森林和田野传扬，
然而比起卡皮托尔山岗①的桂冠，
一个蓝矢车菊和绿云香的花环，
诗人们更加珍视也更为之动情，
因为那是乡下姑娘们亲手编成。

---

① 卡皮托尔山岗是罗马城的七丘之一，其上的朱庇特神庙是罗马的国家神庙，中世纪时，罗马皇帝或教皇会在此为著名诗人带上桂冠，以示最高的奖赏。